嗆辣美嬌娘

4

完

文創風 512

芳菲 著

目錄

第六十一章　橫生枝節

此時謝玉嬌真的有一種要被壓得斷氣的感覺，好在她一雙手重新獲得了自由，便用力推著周天昊的胸口，想讓他離自己遠一點。

謝玉嬌推了兩下，卻不見周天昊有任何反應，當她再次用力的時候，卻看見他不知什麼時候已經睜開了眼睛，那雙黑亮的眸中，似乎閃著熊熊的火焰，將要把她吞噬一般。

正當謝玉嬌為此心跳漏了一拍時，下一秒一個帶著酒氣的吻，就這樣鋪天蓋地朝她襲來。

「唔……」謝玉嬌不禁曲起了膝蓋，在周天昊身下扭動起身子。

那靈活濕軟的長舌，攪得謝玉嬌頭腦發脹、渾身癱軟，她只覺得身上的衣衫一件一件被扯落，而在她下身遊走的手指忽然停留了片刻，緩慢地擠入她的身體。

痛……謝玉嬌驀然睜大了眼，反射性地併攏雙膝，結果膝蓋正好撞在周天昊全身上下最脆弱的地方。其實謝玉嬌差點一巴掌就要甩過去，卻硬是忍住了。

周天昊吃痛，捂著下身翻滾到一旁，謝玉嬌急忙繫好腰帶起身，正好看見圓桌上放著一盞涼茶。她端起茶盞，一股腦兒把茶往周天昊的腦袋上潑，誰知道他不但沒醒過來，居然還像渴得不得了一樣，張開嘴一遍一遍舔著唇瓣，那樣子說有多搞笑就有多搞笑。

謝玉嬌原本滿腔怒意，被他這舉動一逗，頓時消了大半，她哭笑不得地丟開茶盞，整了整自己的衣服，往正院去了。

徐氏留劉嬤嬤下來聊天，兩人開始討論起謝玉嬌和周天昊的婚事。由於徐氏知道謝玉嬌出門請謝雲臻去了，因此看見她黑著一張臉回來時，有些驚訝地問道：「怎麼了？妳七叔不同意嗎？」

謝玉嬌搖了搖頭，低著頭往前走了兩步，看見劉嬤嬤也在，便開口道：「劉嬤嬤，殿下喝醉酒了。」

劉嬤嬤一聽大驚失色，周天昊是她養大的孩子，她能不知道他的狀況嗎？周天昊身體還不錯，就是不勝酒力這點讓人頭痛，過去因為喝酒惹過幾次事之後，他就懂得節制，很少沾酒，即便喝，也不會喝醉，怎麼今天就破了戒呢？

「那我趕緊過去看看，殿下什麼都好，就是沒酒量。」說完，劉嬤嬤急急忙忙離去了。

謝玉嬌暗暗嘀咕，周天昊沒酒量是真，可誰知他這回是不是借酒裝瘋？想到剛才那驚魂一瞬間，謝玉嬌還覺得有些害怕呢！

徐氏見謝玉嬌的臉拉得跟馬臉一樣長，還以為她是氣周天昊喝酒，便勸慰道：「男人喝酒應酬正常，以前妳爹出門談生意，少不了會多喝幾杯，睡一覺醒來就好了。」

謝玉嬌聽了，只淡淡地回了一句。「他喝不喝酒我都無所謂。」

徐氏瞧謝玉嬌不像特別生氣的樣子，頓時有些摸不著頭緒，只好轉身吩咐百靈道：「妳去廚房差人準備醒酒湯吧！」

謝玉嬌在徐氏這邊待了片刻，又覺得方才被周天昊碰過的地方黏膩得難受，便起身回繡樓去了。其實被周天昊抱著的時候，她動了情，可一想到他居然藉著酒勁做這種事，到底有幾分不痛快；萬一他清醒過後什麼都不記得了，那她的第一次豈不是餵狗了？

在浴池裡泡了半天，謝玉嬌等那股蠢蠢欲動的慾望退了下去，才起身準備穿衣，誰知她才剛站定，就覺得下身流出熱呼呼的東西，仔細一看，原來是癸水來了。

謝玉嬌吁了口氣，幸好他們剛才沒怎麼樣，不然後果還真是不堪設想啊⋯⋯

劉嬤嬤去了周天昊那邊，結果不看不知道，一看嚇一跳，怎麼他身上、臉上，還有床上都濕透了呢？偏偏她那祖宗還呼呼大睡，好像天塌下來都沒他的事一樣。

四處觀察了一下，劉嬤嬤看見桌上的空茶盞，怎麼看都不像是周天昊自己起來喝茶不小心灑的，唯一的可能就是謝玉嬌潑的。劉嬤嬤嘆口氣，打了些水進來，沾濕帕子後為周天昊擦拭臉跟手腳，可是當她擦到他的手指時，忽然間愣住了，周天昊食指的指尖上，分明沾染著某種液體乾涸後的痕跡。

不知怎地，劉嬤嬤立刻想到謝玉嬌那張冰山一樣的臉，頓時覺得大事不妙，她拽著周天昊的衣襟搖了半日，在他耳邊喊道：「殿下，不好了，這回您可惹事了。」

周天昊這會兒睡得正香甜，聽見耳邊嗡嗡嗡的說話聲，忍不住睜開眼睛，看見是劉嬤嬤在他跟前，便有些懵懵地問道：「劉嬤嬤，怎麼了……」

劉嬤嬤拉著周天昊的手，湊到他眼前道：「殿下，您還記得指尖的血是從哪裡弄來的嗎？」

周天昊睡眼惺忪，一臉茫然地看著自己食指指尖上的血，過了片刻，他整個人就像抽筋一樣，從床上一躍而起。

此時周天昊只覺得後背竄起一股寒意，雖然一時之間他還沒想起方才到底發生了什麼事，但是剛才他依稀記得自己做了一個很美的夢，夢裡他對謝玉嬌上下其手，還忍不住用手占領那片嬌軟之地……

只是現在指尖的血跡分明告訴他，剛才發生的事壓根兒不是夢。

腦子這麼一轉，周天昊的酒就醒了。

此時廚房已經熬好醒酒湯，雲松從外頭端了湯進來，見周天昊醒了，笑著說道：「殿下這回醒得可真快，醒酒湯才剛熬好呢，好好的湯都浪費了。」

雖然雲松的心情很是輕鬆，但他馬上就發現房間裡的氣氛實在不太好，一顆心不禁提了起來，又見劉嬤嬤也在，便低聲問道：「劉嬤嬤，殿下這是怎麼了？」

劉嬤嬤深知名節對一個女子的重要性，這會兒見一向嘴快的雲松進來，很擔心他說溜嘴，便冷著一張臉道：「殿下原本好好的，怎麼就喝醉了？肯定是你沒在一旁提點著。」

雲松從小就怕劉嬤嬤，見她這樣板著臉說話，急忙把醒酒湯往桌上一放，小聲道：「奴……奴才……奴才知錯了，奴才這就面壁思過去。」

劉嬤嬤見雲松溜得快，忍不住搖了搖頭，見他走遠了，這才走到周天昊跟前道：「殿下實在太過孟浪，姑娘家的身體這般矜貴，便是您神志清醒，也難保不會弄疼她，如今倒好了，您醉成這樣，還做了那種事……」

說到這裡，劉嬤嬤實在沒辦法同情周天昊，只覺得謝玉嬌這回受的委屈可大了，難怪她進正院時臉色那麼難看。

周天昊此時也不知道如何是好，起身把手伸進水盆裡，洗淨指尖上的血跡，看到血跡在水中暈開，他頓時心疼不已。

忍了那麼久，只想著洞房之夜能好好疼愛她一番，誰知道竟然出了這種事，他現在真的恨不得剁了自己的手指，整個人垂頭喪氣的，連聲嘆息。

「劉嬤嬤，妳說這事到底該怎麼辦？我……我喝醉了，真的是無心之過啊！」周天昊忽然怨起康廣壽，什麼酒不好喝，非要把他私藏的五十年陳釀拿出來，這下可好，要連累自己跪算盤了。

「如今說這些有什麼用，事情都已經這樣了。」劉嬤嬤看著周天昊長大，頭一次看見他這般長吁短嘆的模樣，看樣子是真的知道錯了。

劉嬤嬤見周天昊那皺成一個「川」字的眉頭，嘆了口氣道：「罷了，現在說什麼都沒用，奴婢去備水，您先洗個澡，換下這一身酒氣熏天的衣服，奴婢再去夫人那邊走一趟，看看小姐還在不在那裡，好替您說幾句好話。」

周天昊聞言，連忙點頭應了，用略帶哀愁的眼神看著劉嬤嬤轉身離去。

繡樓裡，謝玉嬌懨懨地靠在軟榻上，喜鵲則在一旁做針線。前幾日張嬤嬤向徐氏提起，說長順年紀不小了，想讓他與喜鵲早些完婚，徐氏當然沒有不答應的道理，因此就放消息出來，讓張嬤嬤選個好日子，迎娶喜鵲過門。

喜鵲自從得知這件事，便開始準備嫁妝，做鞋、繡紅蓋頭、繡喜服，忙得不可開交。在針線活方面，謝玉嬌真的是毫無天賦，因此她的嫁妝全靠徐氏張羅，這會兒得了空閒，她就有些無聊了。

謝玉嬌瞄見喜鵲一邊做針線，一邊還帶著笑，忍不住問道：「做針線就做針線，笑個什麼勁，難道怕人不知道妳要嫁人了？」

喜鵲聽見謝玉嬌說了這些話，頓時面紅耳赤起來。

「小姐又挖苦人，您自己不做，倒是笑奴婢。」喜鵲說著，放下手中的活計，起身為謝玉嬌倒了盞熱茶，開口道：「按說小姐也該自己做一樣才好，按照咱們江寧縣的習俗，新郎成婚當日，可要穿著新娘做的鞋去迎親呢！」

謝玉嬌喝了口茶，一聽這話，唇瓣不禁抖了抖，放下茶盞道：「那這下可完了，要是不當心鞋底裡頭扎著一根繡花針，只怕新郎傷了腳，來不成了呢！」

喜鵲聽了，忍不住笑起來，回頭繼續做針線，又道：「小姐做不來鞋也不打緊，後來習俗有些改了，只說新郎身上戴著一樣新娘做的小玩意兒就成了，所以現在的大家閨秀都不做鞋，單做荷包、香囊之類的就成。奴婢心想，過幾日夫人大概也要讓小姐開始做了。」

一想到這件事，謝玉嬌就覺得頭大，但身為一個穿越者，也該學一樣「本土」技能才像話。這麼一思量，謝玉嬌勉為其難地坐起身來，對喜鵲道：「妳去幫我剪個荷包樣子來，我也學學看。」

喜鵲見謝玉嬌來了興致，笑著道：「那小姐等著，奴婢去樓下表小姐那邊剪一個，她手邊的荷包樣式最多。」

思及徐蕙如，謝玉嬌還是有些心疼，好在如今事情都過去了，並沒鬧出什麼風波來。最近徐氏開始為徐蕙如打探人家，想來徐禹行打定了主意，寧可徐蕙如嫁給本地的老實人，也不願讓她嫁入豪門受委屈了。

劉嬤嬤服侍周天昊洗漱完，便去正院找徐氏打探消息。徐氏敬劉嬤嬤是宮裡出來的人，行事也規矩俐落，又比她與張嬤嬤略長幾歲，因此待她很是客氣。

徐氏看見劉嬤嬤過來，急忙上前問道：「怎麼樣？昊兒好些了沒有，可喝過醒酒湯了？」

劉嬤嬤知道徐氏很關心周天昊，但不好意思說他一口醒酒湯都沒喝就被嚇醒了，只笑著道：「喝過了，還用水洗漱了一番，我讓他再睡一會兒，等要用晚膳時再去喊他。」

徐氏聽劉嬤嬤這麼說，嘆息道：「不能喝就少喝一杯，喝多了平白讓自己難受。」

劉嬤嬤看見房裡安安靜靜的，問道：「小姐人呢？怎麼不在房裡了？」

徐氏回道：「她說身子不舒服，就回繡樓去了，晚膳時再喊她。」

一聽謝玉嬌身子不舒服，劉嬤嬤越發覺得「那件事」八九不離十，難怪方才謝玉嬌進來的時候，走路的姿態有些怪異，大概是因為真的很疼？

劉嬤嬤幾乎一輩子都在宮裡過活，自己完全沒碰過男人，所以到底是怎麼個疼法，其實她也不清楚，不過就是聽人敘述過罷了。這會兒聽徐氏這麼說，她更認定周天昊闖禍了。

「怕夫人擔心殿下，所以先過來回話，這會兒若是沒事，我就先回去了。」劉嬤嬤覺得茲事體大，得趕緊回去跟周天昊商量對策才行。

徐氏自然不知道劉嬤嬤在想些什麼，點了點頭，讓她回去周天昊住的外院。

此時周天昊已經完全清醒過來，他無奈地看著自己的指尖，一遍遍回想方才在房裡發生的事，只是喝多的人記憶力會受影響，這會兒他連自己是怎麼從縣衙回來的，都想不起來了。

劉嬤嬤掀起簾子進來，一臉鬱悶地說道：「殿下，老奴打聽到了，小姐果然身子不舒服，回繡樓歇著去了。老奴別的不敢多說，只是這事萬一讓夫人知道了，殿下您的臉面可就……」

周天昊瞧劉嬤嬤一臉同情地看著自己，只覺得頭疼得很。謝玉嬌的脾氣怎麼樣，他再清楚不過，上回不過因為徐蕙如說話慢了半拍，導致他挨了她一巴掌，雖然事後她對他又親又抱的，算是彌補回來了，可當時她那凶神惡煞的模樣，到現在還是能讓他倒吸一口冷氣。

「嬌嬌是我媳婦，這是早晚的事，男子漢大丈夫，敢做敢當，沒什麼好怕的，要是不能給她一個交代，我還算是人嗎？」

說到這裡，周天昊站起身來往外走。一直不面對這件事也不是辦法，要是等到謝玉嬌爆發，那他就真的吃不完兜著走。

劉嬤嬤見周天昊要離開，急忙跟過去道：「殿下，您可別胡來，要好生哄著小姐才行啊！殿下……」

只是周天昊人高馬大，步伐又大，等劉嬤嬤追出去的時候，早已沒了人影。

周天昊走過穿堂門，眼看就要到繡樓了，雖然那邊的月洞門也有婆子把守，可如今人人都知道周天昊是謝家的女婿，誰還會擋他的去路，因此這一路上完全暢通無阻。

待周天昊到了繡樓門口，又覺得直接闖進去不太好，畢竟裡頭還住著別人，因此他轉頭繞去後面，抬起頭往二樓的窗戶看。

謝玉嬌方才做了一會兒針線，這時候正覺得眼睛痠痛，便打開二樓窗戶想看看遠方，讓雙眼休息一下，誰知她才往外一瞧，就看見周天昊魂不守舍地站在樓下。

周天昊看到了謝玉嬌，開口想喊她，誰知謝玉嬌一個轉身，就把窗戶給關得嚴嚴實實。見到謝玉嬌的舉動，周天昊著急得不得了，他對著窗戶抬頭喊了兩聲，誰知道謝玉嬌卻當作沒聽見，還把簾子也拉下來。

這下是真的瞧不見人了……周天昊不禁微微有些失落。此時院子裡好些丫鬟聽見聲音，都跑過來看熱鬧，周天昊只覺得臉上熱辣辣的，又想到謝玉嬌今日受了這麼大的委屈，怕是不肯聽他解釋，可她要是一直這樣不肯見人，他會急死的。

想到這裡，周天昊也顧不了那麼多了，撩起袍子，屈膝跪在地上。

都說男兒膝下有黃金，周天昊自從穿越過來，還真沒跪過什麼人，畢竟身為皇子，向來都是別人跪他，沒有他跪別人的分。

眾丫鬟見周天昊跪下，全都驚呼起來，她們順著他凝視的地方看過去，只見二樓的窗戶關得緊密，連簾子也拉下了，只怕他跪得再久，她們小姐也瞧不見。

謝玉嬌素來知道周天昊喜歡動手動腳，若依照現代的觀點來看，其實不算什麼，只是如今大環境如此，她並不想為了這件事惹上麻煩，就算今天沒讓他得逞，好歹也要給他一點顏色瞧瞧，以消自己心頭之氣。

拉下簾子之後，謝玉嬌又坐到軟榻旁邊做起針線，只是一想到手上做的荷包是要給他的，就有些不高興。她丟下荷包，正打算下樓找徐蕙如說話，卻忽然聽見急促上樓的腳步聲。

「小姐快下去瞧瞧，殿下不知道中了什麼邪，正在樓下外面跪著呢！」紫燕一臉茫然地向謝玉嬌稟報，若不是她剛才回來時看見丫鬟都擠在同一個地方，覺得有些奇怪，過去看了一眼，還不知道周天昊居然跪在地上呢！

喜鵲聞言，連忙放下手中的針線走到窗邊，她透過簾子的縫隙看了一眼，驚訝道：「小姐快來瞧瞧，殿下真的跪著呢！這是怎麼了？」

平常她和紫燕兩個貼身服侍謝玉嬌，知道她慣會耍些小性子，今日回來時她也確實冷著一張臉，後來得知是癸水來了，喜鵲以為她是因為這個心煩，沒多問什麼，如今瞧這光景，倒像是睿王殿下得罪她們小姐了？

謝玉嬌一聽，走到窗邊察看，只見周天昊跪在地上，抬著頭往窗戶這邊看過來，遠遠的牆角旁邊，還躲著幾個看熱鬧的丫鬟。這些丫鬟都是謝家宅或周邊村子窮苦人家賣進來的，並不識字明理，到時要是亂說什麼，他們可就有得受了。

眼前的景象，讓謝玉嬌不禁氣得咬牙。周天昊分明就是故意做給人看的，他欺負她，還裝出這副模樣，會不會太過分了？謝玉嬌怒得一屁股坐在軟榻上，絞著手裡的帕子生悶氣。

喜鵲見了，小聲勸慰道：「小姐，這才剛開春，外頭天還冷著呢，這樣跪著，膝蓋受不了啊！再說，殿下身子才好沒多久，小姐瞧他這樣跪著，不心疼嗎？」

「愛跪就跪，我才不心疼他呢！」謝玉嬌心中有怨，連帶說話的語氣也很不屑，一張臉脹得通紅。

可想到周天昊在那邊跪著，少不了會有婆子跑去正院告訴徐氏，一會兒徐氏要是過來了，又要怎麼跟她解釋呢？那種事，畢竟不好啟齒……

謝玉嬌不禁覺得心煩意亂，頓了一會兒，她猛然站起身來，提著裙子就往樓下衝過去。

第六十二章　塵埃落定

出了門，謝玉嬌瞧那幾個丫鬟都伸長脖子往周天昊那邊看，便清了清嗓子道：「熱鬧看夠了就散了吧，不然都給我回自己家去。」

丫鬟們聽見謝玉嬌的聲音，全都嚇了一跳，馬上做鳥獸散。

周天昊看見謝玉嬌下樓，急忙想站起來，誰知道他才準備提著袍子起身，謝玉嬌就走到他跟前，冷聲道：「殿下這是做什麼呢？以為上演一回苦肉計，我就會原諒你了嗎？」

謝玉嬌如今除了氣周天昊冒犯自己，更氣他不保重自己的身子，竟然喝那麼多酒。江老太醫說過，周天昊的傷之所以能順利恢復，主要還是因為他年紀輕、底子好，可再好的底子，也禁不住這樣折騰啊！

周天昊這時候酒是醒了，可腦袋卻昏昏沈沈，他見謝玉嬌終於現身，頓時將那些不適全數拋在腦後，跪著道：「嬌嬌，妳就原諒我這一次吧，我會對妳負責的。」

謝玉嬌一聽這話就來氣，她脹紅了臉道：「喝醉了不好好躺著睡，就知道欺負我，誰要你負責了？你現在就給我走，我再也不要看到你了。」

一氣起來，謝玉嬌就口無遮攔，一股腦兒地說出這些話，可她臉上略帶嬌羞的神情，完全說明她不過就是在鬧小性子。

周天昊原本嚇出一身冷汗，如今看見謝玉嬌這模樣，反而知道她不是真的生氣，便低著頭由她發洩。

就在此時，夾道裡忽然傳來一個丫鬟的聲音，說道：「夫人過來了。」

罵都罵過了，謝玉嬌見周天昊只是垂著頭不說話，不忍心再苛責，上前拉著他的袖子道：「快起來，裝這副要死不活的樣子給誰看？真是替你臊得慌。」

謝玉嬌的話才剛說完，周天昊忽然站了起來，他高大的身形瞬間如一道黑影籠罩住謝玉嬌，將她嬌小的身軀禁錮在一旁的矮牆上。

一抬起頭，謝玉嬌就對上周天昊幽深的眼眸，還來不及反應，她的唇瓣就微微一痛，他那濕滑的靈舌迅速探入她口中，擷取她的蜜液。

謝玉嬌握著拳頭推開周天昊，卻反而被他狠狠按在胸口，只能軟著身子靠在他懷中，任由他作惡。

一旁拐了個彎才過來的徐氏與劉嬤嬤見到這個景象，全都愣住了，隨即臉上多了一絲尷尬的笑意。

徐氏往後退了兩步，躲到牆後頭，她看著跟自己一樣滿臉尷尬的劉嬤嬤，笑著道：「現在的年輕人真的是……」

劉嬤嬤見周天昊和謝玉嬌親上了，想來已經和好，笑著道：「以後等他們成了親，必定床頭吵、床尾和，夫人就等著抱孫子吧！」

徐氏聽了這話很高興，一個勁地點頭，接著便與劉嬤嬤笑嘻嘻地離開「事發地點」。

周天昊見她們走遠，這才鬆開謝玉嬌，瞧著她臉上紅撲撲的一片，又忍不住想湊上去親個過癮，卻被謝玉嬌給避開，她噘著嘴道：「以後看你還敢不敢喝醉酒。」

周天昊瞧謝玉嬌一臉嬌嗔的模樣，陪笑道：「保證不敢，若下次又喝醉，妳就罰我跪鍵盤。」

「哼！你說得倒輕巧，我去哪裡找鍵盤給你跪啊！」謝玉嬌推開周天昊，往前走了一步，忽然間身子一僵，腳步沒能再提起來。

方才他們吻得太過激烈，突然開始走動後，下身的鮮血就如潮湧一般，即使像現在這樣站著，謝玉嬌也能感覺到那股熱流正順著自己的大腿緩緩往下滑落。

周天昊瞧謝玉嬌的舉止有些怪異，不禁愣了一下，只見她一張臉越來越紅，身子像定格一樣完全不動，便小聲問道：「嬌嬌，妳怎麼了？」

謝玉嬌擰著帕子，咬唇道：「要你管。」

周天昊見謝玉嬌提不起腳來，還以為她是哪裡扭傷了，上前兩步將她打橫抱起來，往屋子裡走。

謝玉嬌嚇了一跳，反射性地抱住周天昊的脖子，心裡一陣哀號。方才不過就是弄髒了褲子，這下子臀部後面也遭殃了……

「別……別上樓，把我送到澡堂門口就好。」謝玉嬌咬著唇瓣開口，一張臉紅得跟煮熟的蝦子一樣。

周天昊點了點頭往澡堂那邊去，忽然間他腳步一頓，低下頭看著謝玉嬌道：「嬌嬌，妳癸水來了？」

謝玉嬌這會兒正鬱悶呢，誰知道周天昊還開口問這個問題，她氣得瞪了他一眼道：「問什麼問，還不快把我放下，都要讓別人看見了……」

此時聽到這個消息，周天昊只覺得他的世界瞬間明亮起來，他低下頭含住謝玉嬌的唇瓣，又是一陣熱吻。謝玉嬌被他騰空抱在懷中，哪裡反抗得了，只能任由他侵略，吻得她氣息紊亂。

結束這個吻後，周天昊興奮地說：「嬌嬌，真是太好了，這是我今天得知的最棒的消息。」

謝玉嬌見到周天昊這副模樣，忍不住瞪了他一眼，她這會兒可不好受著呢，腰痠腹脹的，他居然還這麼幸災樂禍？

「放我下來。」謝玉嬌扭了扭身子，從周天昊的懷中下來，快步走到澡堂門口，怒道：「走開啦，你嘴裡還散著一股酒氣呢，在我聞不到之前，別再來找我。」

周天昊伸手呼了一口氣，果真聞到一股酒味，便乾笑著撓了撓後腦勺，說道：「行，我……我先走了。」

謝玉嬌推著周天昊離去，他卻有些不捨地往澡堂瞧了一眼，發現裡面有一個好大的水池，不禁默默嚥了嚥口水，也不知道什麼時候，自己才有運道能進去一起洗一回……

周天昊回到自己的住處，在淨房裡刷了十來次的牙，等清理妥當了，在床上靠著，想起終究沒有因為自己的孟浪傷了謝玉嬌，他頓時鬆了口氣，不知不覺間睡著了。

剛剛睡了片刻，周天昊忽然聽見謝玉嬌站在他床前衝著他喊道：「你這傢伙，我讓你回來漱口，你卻又躺下睡覺，真是……」

謝玉嬌的話還沒說完，就一屁股坐到床沿上。周天昊睜開眼睛，看見謝玉嬌臉上帶著淡淡的紅暈，不禁覺得她俏麗動人，帶著幾分慵懶伸出手，一把將她拉到自己懷裡。

誰知謝玉嬌竟然沒發火，反而羞答答地靠在周天昊胸口，靈巧的手忽然覆上他下身最敏感的地方。周天昊的臉脹得通紅，握著謝玉嬌的手來回動了幾下，接著翻身將她壓在下面，吻著她粉潤的唇瓣，伸手解開她的衣帶。

周天昊一邊動作，一邊想到他們兩人尚未成親，做這種事不合禮數，頓時有些猶豫，也不再繼續進攻；正當他覺得下身的慾望無法紓解，脹得難受時，忽然聽見謝玉嬌在他耳邊嬌滴滴地開口道：「你不是一直都想要嗎？那還愣著幹麼？」

此話一出，周天昊瞬間渾身酥麻，哪裡管得了其他有的沒的，衝得身下的人嬌喘連連，就在他要發洩的時候，忽然想起謝玉嬌今日來了癸水，生生嚇了一跳，猛然睜開了眼。待他定睛一瞧，眼前哪裡有謝玉嬌的影子，倒是他的褲子上多了好大一灘子孫。

周天昊整個人完全清醒過來，就算此刻身邊沒其他人，依舊覺得羞愧不已，又讓雲松打了水進來，洗了好幾回才作罷。

雲松往裡頭送水時，還兀自納悶。殿下今天是怎麼了，跟個姑娘家一樣，大白天的要洗多少回啊？

謝玉嬌在澡堂裡打水洗過身子，又換上乾淨的月經帶與衣服，總算把整個人清理得乾淨舒爽，才回到自己房裡。

休息了約莫半個時辰，便是用晚膳的時候。謝家不似那些重規矩的人家，講究男女不同席，況且如今徐禹行不在謝家，若是讓周天昊一個人在外院吃飯，實在沒意思，因此徐氏總讓他去正院一起用晚膳。

謝玉嬌與徐蕙如兩個人相偕去正院，這幾日徐蕙如的心情好了許多，只是如今謝玉嬌又變得忙碌，她窩在房裡實在悶得很，便去徐氏那邊領了好些針線活回來做，不過那都是謝玉嬌成婚時要用的，她自己的東西反倒丟在一旁。

「表姊，妳的紅蓋頭要什麼花樣？是鴛鴦戲水？還是龍鳳呈祥？或者是並蒂蓮花？」

謝玉嬌聽了這番話，愣了一下才反應過來，她見徐蕙如在問自己，皺著眉頭道：「紅蓋頭是紅色的就成了吧？上面繡東西有些多餘，沒花樣也沒差啊！」

徐蕙如聽謝玉嬌這麼說，噗哧一聲笑出來，眨了眨眼道：「表姊若是不喜歡太複雜的，那就挑一些好看的花樣，在旁邊繡一圈，好歹要有些點綴才行。」

謝玉嬌偏著頭想了想，開口道：「那就繡個並蒂蓮花的吧，看著簡單一些，那些鴛鴦啊、龍鳳的，光看就很難。」

徐蕙如見謝玉嬌在這方面實在沒什麼要求，便笑著點頭答應了。

轉眼兩個人已經進了正院，謝朝宗正在門口逗小貓玩，他看見謝玉嬌過來，急忙迎上前去，拉著她的裙子要抱抱。

謝玉嬌目前身上不方便，況且謝朝宗現在皮得像隻猴子一樣，要是他的鞋子在她裙子上蹭兩下，那可就弄髒了，於是她便笑著道：「朝宗乖，今日姊姊可抱不動你。」

謝朝宗一聽，圓滾滾的小臉上頓時寫滿了失落，他吸了吸鼻子，一副要哭的模樣，謝玉嬌正感到為難，就聽周天昊在她身後開口道：「朝宗，來姊夫這裡，我陪你玩飛機。」

謝玉嬌聞言輕哼了一聲，正想數落周天昊兩句，誰知道謝朝宗卻張開了小膀子，搖搖晃晃地往周天昊那邊走去。

徐蕙如老是聽周天昊提起什麼「飛機」，不禁好奇地問道：「表姊，什麼是『飛機』啊？」

謝玉嬌皺起了眉頭，一臉鬱悶地回道：「別跟妳表姊夫學壞了。」

雖然謝玉嬌這番回答並未解開徐蕙如的疑惑，但她看見謝玉嬌的臉色泛紅，突然明白了些什麼，不禁羞澀起來，沒再繼續追問下去。

謝朝宗纏著周天昊在外頭玩了半天，額頭都冒汗了，這才被周天昊抱著進廳裡。張嬤嬤看見了，趕忙從周天昊手中接過謝朝宗，絮絮叨叨道：「哎喲我的小祖宗，怎麼又玩了一頭汗？要是著了風寒可就不好了，快讓嬤嬤擦擦，一會兒該吃晚飯了。」

此時丫鬟在廳裡布菜，謝玉嬌與徐蕙如坐在椅子上喝茶。周天昊因為方才做了那樣一場夢，這會兒看見謝玉嬌，隱隱有些不好意思，他紅著一張臉，坐在她對面的位置上，低著頭，時不時偷看她一眼。

謝玉嬌被周天昊這鬼鬼祟祟的模樣弄得有些不好意思起來，又不是沒親過、沒摸過的，用得著這麼「害羞」嗎？

這個時候徐氏正好從裡間出來，她才剛看見周天昊與謝玉嬌在繡樓的「情感交流」，現在見到他們小倆口，頓時有幾分尷尬，她見丫鬟們已經布好菜色，便清了清嗓子道：「沒什麼事，就坐下來用晚膳吧！」

徐蕙如也知道方才繡樓外發生的事，只是她向來守規矩，因此沒去看熱鬧，她房裡的丫鬟嘴碎也被她制止，這會兒看見大夥兒無所適從的樣子，她也不說話，只往自己常待的位置一坐。

徐氏見眾人坐定了，才道：「清明時家裡要做一場法事，過了清明，你們兩個的事也該議一議了。」

謝玉嬌臉頰微微一紅，她不像周天昊那樣厚臉皮，能不管外面的人怎麼說，雖然他們兩個人還算清清白白的，但婚姻大事還是早些辦了才好。

周天昊也很著急，最近一次他回宮時，聽說賜婚的旨意已經擬定，只是皇上實在不忍心委屈他這個么弟，正在物色一處府邸，打算改建成為睿王府。畢竟周天昊堂堂一個王爺，若是連自己的府邸都沒有，不僅不像話，說不定人家還以為大雍真的要完蛋了。

就在周天昊想開口回話時，外頭忽然有丫鬟進來傳話。「夫人，舅老爺回來了，正往這裡來。」

徐禹行新婚燕爾，加上過年後生意忙碌起來，因此這陣子並沒回謝家，會在這個時辰到這裡來，只怕是臨時起意，不然就是有什麼要緊的事。

徐氏急忙起身要迎出去，可還沒到廳門口呢，就看見簾子一閃，徐禹行已經進來了。

徐蕙如好幾天沒看見徐禹行，高高興興地迎上前去，喊了一聲「爹」。

徐禹行伸手摸了摸徐蕙如的髮絲，看她心情似乎不錯，鬆了口氣，牽著她一起往裡頭走。

徐氏笑著說道：「怎麼這個時候過來？」

徐禹行落坐之後，先喝了一口丫鬟送上來的茶，才回道：「有些事要和嬌嬌商量，所以就回來一趟。」

徐氏瞧徐禹行風塵僕僕的模樣，不禁心疼起來，只道：「有什麼事，等吃完了晚飯再商量也不遲。」她一邊說，一邊讓丫鬟多準備一副碗筷上來。

用過晚膳，待丫鬟和婆子收拾乾淨之後，徐禹行留謝玉嬌在廳裡喝茶，開口道：「莫愁湖那邊的宅子，有人出價了，價格很好，只是……」

徐禹行說著，忍不住抬頭看了坐在一旁的周天昊一眼，臉上帶著幾分憋不住的笑意，繼續道：「只是來看房子的是內務府的人，原本他們不肯說這是要做什麼用的，後來我悄悄花了些銀子去打聽，才知道這宅子是皇上要買下來給睿王殿下當王府用的。」

聽到這裡，周天昊剛喝進嘴的一口茶立刻噴了出來，他見謝玉嬌臉上淡淡帶著笑，頓時不知如何是好。

徐氏皺眉想了想，開口道：「這還用賣嗎？既然那是我們謝家的產業，又被皇上挑中，當成嬌嬌的嫁妝不就成了嗎？」

徐禹行也有這個心思，只不過周天昊畢竟是皇家子嗣，哪裡會貪圖謝家給謝玉嬌的嫁妝？

謝玉嬌想了想，如今周天昊在金陵沒府邸，她總不能真按照招上門女婿的形式，連花轎都不上，這樣到底對他不公，便是自己辛苦些，好歹也得做做樣子，全了他與皇室的顏面。

「只要價格合理就賣了吧，我們是生意人，別的不用多考慮，娘若是不肯收錢，將來折了銀子添購嫁妝隨我過門也是一樣。」

徐禹行覺得這麼做既合理又實惠，便點頭道：「既然嬌嬌這麼說，明日一早我就跟他們回話。」

第二天下午，宮裡的人就來謝家傳旨了。

來傳旨的公公是皇后娘娘身邊的太監福安，他唸畢了聖旨，瞧著在地上跪著的眾人，開口道：「殿下快請起吧，陛下早就擬定聖旨了，只是之前一直在為殿下物色府邸，今日一早談妥，就讓奴才趕緊過來了。」

周天昊點了點頭，接過明黃色的聖旨，到這個時候，他才覺得這樁婚事總算敲定了。

方才宮裡來人的時候，謝家宅的人們看見浩浩蕩蕩一支隊伍進村，這會兒謝府門口已圍滿各種看熱鬧的人群。張嬤嬤見了這陣仗，連忙開口道：「夫人，家裡有大喜事，得撒喜錢給鄉親們才是。」

徐氏這才反應過來，忙道：「對對對，撒喜錢，妳快帶幾個丫鬟和小廝去庫房拿。」

她一邊說，一邊上前招待福安公公進正廳喝茶。

謝玉嬌轉過頭看向周天昊，只見他緊緊握著那道聖旨，不禁覺得有些好笑，輕輕搖了搖頭後，跟著進入正廳。

待徐氏和福安公公坐定，丫鬟們上了茶後，福安公公道：「陛下已經讓欽天監選定了幾個黃道吉日，讓謝夫人選個中意的，早日訂下殿下的婚事。」

徐氏為了他們兩個成親的事，沒少翻過農民曆，如今聽福安公公說欽天監已選定日子，頓時鬆了口氣，笑著道：「公公請說。」

謝玉嬌聽見他們商量起日子，一時之間有些不好意思，索性走進房裡陪謝朝宗去了。

福安公公微微頷首道：「最近的日子是四月初八，接著便是五月十六，再來就是六月十八，過了這三個，下半年就要等到八月分了。」

四月初八……只剩下兩個多月了，日子有些緊，六月十八聽著吉利，可那時候是三伏天，實在太熱了，想來想去，五月十六最適合，於是徐氏回道：「請公公回了皇上，就五月十六吧！」

坐在一旁一直沒說話的周天昊此時有些鬱悶，一想到還要近三個月才能入洞房，不禁感到焦躁又無奈。四月初八不是挺好的嗎？為什麼非要挑五月十六？不過這些話，他也問不出口就是了。

福安公公見徐氏選好了日子，便起身告辭，周天昊則親自送他出門。

謝玉嬌雖然人在裡頭，卻能聽見外面的人說話，她見福安公公離開，便從裡面出來。

徐氏看見謝玉嬌，拉著她的手道：「原本想選四月初八，可日子實在太緊，好些東西沒備齊全，還是挑了五月十六，妳覺得如何？」

對於這個話題，謝玉嬌很是羞澀，她不知不覺紅了臉頰，低頭道：「女兒自然是聽娘的，您決定就好。」

徐氏笑著道：「我是怕你們小倆口等不及罷了，妳既然應下，我也不必再煩惱。」

謝玉嬌見徐氏這般調侃自己，忍不住鬱悶道：「我若是不答應，娘難道還能請公公回來，重新再選個日子嗎？」

徐氏被謝玉嬌這麼一說，頓時啞口無言，又瞧她臉上寫滿了女兒家的羞赧，輕聲嘆息道：「原本覺得咱們家不缺銀子，橫豎我多留妳幾年，到時招個上門女婿也就罷了，沒想到人算不如天算，讓妳遇上了昊兒這個王爺，幸好他一向厚待妳，娘也放心了。」

謝玉嬌被說得滿臉通紅，又正巧看見周天昊回來，便扯著帕子往外頭跑。

周天昊見狀，趕緊跟在謝玉嬌身後，看她一路低著頭往前走，便上前牽起她的手道：「我……送妳回繡樓。」

第六十三章 樑上君子

一眨眼過了兩個多月，謝玉嬌在隱龍山下設的棉襖作坊也熱烈地開工。謝雲臻果然沒讓謝玉嬌失望，將作坊裡兩、三百人管理得井井有條。

尤其讓謝玉嬌驚訝的是，謝雲臻居然還想到分組作業這個辦法，大大提高繡娘們的效率。例如塞棉花快的，就專門塞棉花；縫袖子快的，就只縫袖子；做領子快的，就只做領子，原本好些人做一件棉襖要花很長的時間，如今動作反倒快了許多。

隱龍山一帶向來人煙稀少，如今謝玉嬌命人種上桑樹、果樹，又在低窪的山谷裡開墾了稻田，那些難民倒真是過起了男耕女織的日子。

到了四月底時，謝家的粥棚就正式撤了，康廣壽親自到現場，大筆一揮，寫下「青龍村」三個大字。

因為謝玉嬌今日要去難民住的村子視察，徐蕙如便跟著她一起來，這會兒看見康廣壽也在，倒是有些害羞。這幾個月徐氏一直在為徐蕙如張羅親事，徐氏自己的出身不低，而徐蕙如畢竟是她的姪女，她不想讓她嫁得太差；只不過雖然江寧當地的富人不少，可徐家並不缺銀子，因此耽擱到現在，還沒定下人選。

康廣壽看見謝玉嬌和徐蕙如，實在不好意思不過去打招呼，原先他只當最近謝玉嬌正準備成婚，這種日子不一定會過來，誰知她還是到場了。

「謝小姐今日倒是有空過來。」康廣壽笑著說道。

「聽說康大人要來，所以我不敢不到。」謝玉嬌跟康廣壽客套起來。

康廣壽一聽，尷尬地笑了笑，隨即道：「哪裡的話，這地方原就是謝家挪出來安置眾人的地方，謝小姐想來就來，妳是主，我是客。」

謝玉嬌聽康廣壽這麼說，也不跟他爭辯，一行人一同往山神廟那邊去。

進了大廳，丫鬟們送茶進來，徐蕙如起身親自去接盤子，送到謝玉嬌和康廣壽兩人面前。

康廣壽原以為是丫鬟奉茶，待他抬起頭接茶時，才發現原來是徐蕙如。距離上次元宵節相見，已經過去了三個多月的時間，當時燈火忽明忽暗，他也不敢盯著徐蕙如瞧，如今兩人距離不過一尺，眼睛猛然對上，頓時讓他的臉紅到了耳根。

徐蕙如沒料到康廣壽會忽然抬起頭來，這一對上眼，她只覺得一顆心跳得厲害，不禁抿著唇瓣低下頭去，拎著盤子往門外去，有種落荒而逃的感覺。

謝玉嬌看著徐蕙如慌張離去的背影，再轉過頭看向康廣壽通紅的臉頰，頓時明瞭幾分。

到了午時，康廣壽推說衙門有事，他要先回縣衙處理。謝玉嬌和徐蕙如禁不住村民的熱情邀約，就在這裡吃了頓便飯，才帶著丫鬟和婆子回謝家宅去。

由於丫鬟和婆子另外坐一輛馬車，因此這部車裡只有謝玉嬌與徐蕙如兩個人。

謝玉嬌見徐蕙如一直低著頭，便伸手在她手背上拍了一下，待徐蕙如抬起頭看著她，她才笑著道：「妳瞧瞧，明明是我要成婚了，倒是累得妳熬出了黑眼圈來。」

因為謝玉嬌和周天昊成親的日子近了，因此謝家但凡空得出手的丫鬟、婆子，都忙著替謝玉嬌準備婚禮要用的東西，像是喜帳、喜被、桌上墊的桌布、椅子上用的墊子等，就連門上掛的簾子，也都換成新的。

徐蕙如也分了不少活過來做，稍稍熬了幾宿，但這對她來說其實算不上什麼，因此這會兒謝玉嬌這麼一說，她反倒有些不好意思起來，便轉移話題道：「表姊，妳成親以後還會住在鄉下嗎？」

針對這個問題，謝玉嬌倒是還沒考慮周全，她原本一心想住在鄉下，即使當著皇上的面，她也這麼說；只是這幾日徐氏和她商量了一下成親當天的流程，不禁讓她有些為難。

就說迎親吧，讓周天昊從金陵一大早到謝家宅迎親不是不行，可是光是從城裡到謝家宅，便是快馬加鞭，也要一個多時辰，要是慢慢走的話，不知道要走到何時……

考慮到這一點，徐氏逼不得已把迎親的地方從謝家宅改到城裡頭的白鷺洲宅子，這幾日正派人在那邊布置，等成婚前幾日，謝家人全都要搬到那裡去。只是人過去城裡還簡單，那一百二十抬的嫁妝，要怎麼運送過去才真是費腦筋。

想到這些瑣事，謝玉嬌就覺得有些頭大，要是他們家在城裡沒個別院，那她豈不是要在花轎上坐一整天，才能進新郎家的門？

「我還沒想好，原本以為這件事挺簡單的，誰知道一眨眼日子近了，才知道想的永遠比做起來容易，想一直住在鄉下，只怕不可能了。」

徐蕙如聽了謝玉嬌這番話，頓時有些懨懨的，只道：「表姊若是不住鄉下，那我也要回自己家住了。」

謝玉嬌聞言，笑著道：「那就回去吧，前陣子舅舅就想讓妳回城裡，正巧姑母有了身孕，如今已經有兩、三個月了，妳回去正好。」

大姑奶奶身子調理得好，進門頭一個月就懷上了，徐禹行喜出望外，原本想接徐蕙如回去，可又想到謝家如今忙著打點謝玉嬌的婚事，正需要人手，便沒急著把她接回城裡。

不過徐蕙如聽了這話，神色還是有些頹喪，低聲道：「一眨眼，表姊也要嫁人了，娘又懷了孩子，只剩下我一個人孤孤單單的。」

謝玉嬌聽徐蕙如這麼說，覺得她有那麼一些委屈，便小聲試探道：「表妹這是怎麼了？我娘這幾個月雖說忙亂，可卻不停為妳張羅親事呢，只怕過不了多久，妳的終身大事也要定下來了。」

徐蕙如聞言，臉頰一下子脹得通紅，她不斷擰著手中的帕子，回想起馬書榮的事，還覺得有些沮喪。「其實我還想在爹跟前多待一些時候……」

自從徐蕙如的母親去世、徐禹行來南方投靠謝老爺之後，徐蕙如與徐禹行相處的日子就少了很多。雖然父女之間並沒有生分，但一想到將來成親之後，見面的日子就越來越少，她到底捨不得。

謝玉嬌瞧徐蕙如臉上的神色果然有些寂寞，便回道：「妹妹今年才及笄，是能在家多待一些時日，總歸會等姑母安然生產，這樣將來妳的婚事就有人幫忙張羅仔細了。」

聽到謝玉嬌這麼說，徐蕙如才有些釋懷地點了點頭。

謝玉嬌與徐蕙如回到謝家時，徐氏正在西跨院兒裡頭跟丫鬟、婆子們清點謝玉嬌的嫁妝。再過兩日，這些東西就要送進城去，趁這個時候登記造冊，貼上封條與大紅喜字，再蓋上紅色的喜帕，到時就不會弄亂了。

徐氏雖然是安國公府三房的小姐，但由於父親是庶出，分家時沒得到多少家財，幸好徐家是京郊的大戶人家，為徐氏足足準備了一百二十抬的嫁妝，在當時的江寧縣，那架勢真不是蓋的。

如今謝玉嬌出閣，謝家頂著江寧縣最大地主的名號，嫁的又是當今的睿王殿下，嫁妝自然不能少，雖然同樣是一百二十抬，但這每一抬的花費，卻比徐氏出嫁時要多出好幾分。

徐氏端著茶盞坐在廳中，看著張嬤嬤指揮著幾個婆子將一抬抬的嫁妝搬進來，清點完畢後，盡數說給坐在一旁的帳房孔先生登記造冊。每一抬嫁妝箱子裡，也都放著一張清單，以便謝玉嬌清點之用。

瞧張嬤嬤累得滿頭大汗，徐氏招呼她歇一會兒，又喚丫鬟送上熱茶。張嬤嬤在徐氏下首坐下，先喝了口茶，隨即用帕子擦了擦額際的汗珠，笑著道：「夫人，這些嫁妝抬出去，小姐可有面子了。」

之前因為要幫謝玉嬌張羅嫁妝，徐氏找徐禹行和兩位管家在謝府待了幾天，加上謝玉嬌，幾個人幾乎不眠不休地將謝家的財產清點了一遍。

不看不知道，一看嚇一跳，看見那些店鋪、田莊跟錢莊的銀票，徐氏才曉得原來謝家竟然這麼富有，怪不得以前謝老爺灑錢做善事時連眼睛也不眨一下，因為那些銀子對謝家來說確實是九牛一毛。

徐氏原本預備去錢莊直接支十萬兩銀子，到時裝在箱子裡一路抬去王府，亮瞎路人的狗眼；可轉念一想，十萬兩銀子該有多重，就算她拿得出來，抬銀子的苦力也太虧了點，還不如直接給銀票。

「本來還想多準備一些，嬌嬌卻說不必太鋪張，免得外人以為昊兒貪圖我們謝家的財富；再說，要是超過宮裡給的聘禮，到底讓皇上臉上無光，我只好隨她了。」

雖然徐氏嘴上這麼說，可是她為謝玉嬌準備的匣子裡，沒少放銀票、地契，只是這件事她並沒告知謝玉嬌，免得被她打回票。

「夫人準備的嫁妝已經夠好了，奴婢看啊，就算是皇上嫁公主，也不過如此。」

正當張嬤嬤笑得開懷時，外頭有丫鬟進來稟報，說是謝玉嬌和徐蕙如回來了。

今日一早謝玉嬌要出門時，徐氏就囑咐過她，再過幾日就要出閣，好歹在家裡乖乖等著當新嫁娘；只是謝玉嬌閒不住，就告訴徐氏康廣壽也會過去，她實在沒辦法推託。徐氏聽了這番話才放她出去，這個時候聽說人回來了，連忙讓丫鬟請她們到西跨院兒，又讓廚房送一些點心、茶果過來。

謝玉嬌與徐蕙如一路走來，只見夾道裡陸陸續續有抬嫁妝的小廝進出，一抬抬漆著紅漆的妝盒擺放得整整齊齊，看起來洋溢著喜氣。

雖然謝玉嬌自己並不覺得這有什麼，可是徐蕙如見了這架勢，反倒紅了臉頰，覺得姑娘家出閣是一件非常神聖的事。

徐氏見謝玉嬌和徐蕙如走進院子，便親自迎了上去，一邊問她們吃過了沒，一邊又問有沒有見到康大人。謝玉嬌出門時並未告訴徐蕙如康廣壽會去，如今徐氏開口一問，只覺得露餡了，她側首看了徐蕙如一眼，就見她臉上早已紅成一片。

謝玉嬌淡淡笑了笑道：「那裡的村民熱情，好飯好菜招待了我們一頓，中午吃了山筍、石雞，還有一些山裡摘來的野菜，爽口得很。」

徐蕙如見謝玉嬌只說吃飯的事，並未提及康廣壽，這才沒那麼緊張，不過她們才剛坐下來，謝玉嬌就道：「康大人公務繁忙，沒用午膳就走了。」

說完這一句，謝玉嬌端起茶盞喝了口茶，又道：「今年是他任上最後一年，也不知道來年要去哪裡，想來他在這最後半年，應該會好好做出一番成績，這麼一來升遷就有望了。」

聽到這裡，徐蕙如端著茶盞的手輕輕晃了一下，又急忙穩住，將茶盞放到一旁，拿出帕子輕輕擦拭方才灑在裙子上的茶水。康廣壽要升遷了，明明是件讓人高興的事，可不知道為什麼，徐蕙如卻一點也高興不起來。

「不知道康大人會去哪裡，他這麼年輕有為，只怕皇上要讓他做大事呢！」徐氏喃喃道，她眼睛掃到徐蕙如時，正好看見她在擦自己的裙子，便問道：「蕙如這是怎麼了？心神不寧的樣子。」

徐氏受徐禹行之託，忙著為徐蕙如物色對象，可她終究看不上那些鄉土氣息太重的富有人家，結果找遍了整個江寧縣，也沒看上幾家；若是往小門小戶去找，最怕的就是婆婆刻薄，徐蕙如從小已經沒了母親，要是長大後還要受婆婆的罪，那就太可憐了。

可即便如此，徐氏也從來沒考慮過康廣壽。首先，他是寡夫；再者，他年紀又比徐蕙如大了十來歲；最後，他膝下還有一個原配留下來的孩子。徐氏其實很愛面子，康廣壽的條件就算稱得上是萬中選一，就憑那三點，她也絕對不會將他納入名單。

「姑母，我沒事，只是沒端穩茶盞。」徐蕙如低著頭，愣愣地想了片刻，又吶吶道：「康大人是少年才俊，想必這次會高遷。」

徐蕙如一個養在閨閣的姑娘，向來對這些事一點都不感興趣，如今忽然冒出這麼一句話，連徐氏都愣了片刻。

徐氏不自覺地看向在一旁坐著的謝玉嬌，只見她端著茶盞，嘴角微微上揚，不禁疑惑起來。

用過晚膳後，徐氏留謝玉嬌在正院裡喝茶。她從房裡拿出一個紫檀木匣子，在謝玉嬌對面坐下，將那匣子推到謝玉嬌面前，說道：「這些東西不好放在嫁妝裡面帶過去，娘先給妳，等丫鬟們替妳收拾尋常常用的東西時，再一併帶過去吧！」

謝玉嬌有些疑惑地看著這個匣子，她看過自己的嫁妝單子，雖然好些物品瞧起來挺多餘，但徐氏總說這是習俗、那是老規矩，所以最後她便什麼都答應了，如今多出來一匣子東西，又是怎麼回事呢？

打開那匣子，謝玉嬌見裡面放著厚厚一疊銀票，單看那面額，謝玉嬌的掌心都有些冒汗了。她不是不知道謝家很有錢，可她卻從來沒想過要拿什麼走。

這廂謝玉嬌正想推辭，那廂徐氏卻搶先道：「娘知道昊兒喜歡妳，並不是貪圖謝家的銀子，可是我們除了這個，還能給他什麼呢？我雖然是個婦道人家，並不知道外頭那些大事，可也明白大雍之後還可能打仗，各方面都需要錢。朝廷現在變著法子想多收一些銀子，若是我們家沒有也就罷了，但是既然有，拿一些出來給他又何妨？他一個王爺，都能為了妳做到這個分上，妳還有什麼不能給他的？」

謝玉嬌聽了這番話，眼眶有些發熱。徐氏說得沒錯，除去自己這個人，她謝玉嬌能給周天昊的，除了謝家的銀子，還有什麼？

嘆了口氣，謝玉嬌還是將那匣子蓋上了，她的手搭在匣子上頭，一雙眸子含著淚看著徐氏，嘴角卻勾起一絲笑意，說道：「娘既然這麼說，那女兒就收下了，只是這些錢給了我，將來朝宗那份可就少了。」

照這些銀票的厚度看來，大約有三、四十萬兩，相當於謝家一半家財，不過剩下的另一半，只怕不是現銀。這些銀子對朝廷來說雖然不多，但如今是一個銅板都恨不得掰成兩半來用的年代，這些銀子無疑是筆鉅款。

「妳不用擔心朝宗，家裡還有田產，年年都有收成，還有城裡那些鋪子，妳舅舅經營得不錯，等朝宗成家立業時，這些銀子也該存回來了。」

徐氏雖然不懂經濟營生之道，但上次與徐禹行商量要拿出這一大筆銀子給謝玉嬌的時候，徐禹行也分析給她聽過。謝家的銀子多半是謝老爺這十幾年賺回來的，若是經營得好，再過個十幾年，等到謝朝宗長成，謝家的家業還會更大，根本沒必要擔心，至於要給謝玉嬌的這份，本就是她應得的。

謝玉嬌聽了這番話，淡淡嘆了口氣，又想著謝朝宗畢竟還小，這個家還不能沒有自己，便開口道：「娘放心，等我在城裡住一陣子，就會再回家住一段時間。」

徐氏回道：「其實住哪裡都無妨，反正搭馬車來回不過就是半天的時間，我只是捨不得妳罷了。」

說著，徐氏頓了一下，又繼續道：「我讓張嬤嬤他們一家跟著妳過去，劉二管家很能幹，以後總能幫襯妳。」

古代有錢人成親通常有陪房，況且大戶人家家奴多，陪個幾房人也不稀奇，只是謝家雖然富貴，卻沒多少家奴，家裡用的下人多半是這一帶窮苦的佃戶，並沒有陪房的習俗，因此徐氏便選中張嬤嬤一家，打算讓他們過去王府幫忙謝玉嬌。

張嬤嬤跟了徐氏幾十年，謝玉嬌如何忍心拆散她們？可若是帶過去的人太少，確實不像話，她低頭想了想，才開口道：「讓張嬤嬤跟劉二管家留下吧，我就帶喜鵲與長順過去。聽殿下說，劉嬤嬤最近一直在王府添置下人，我事先就去那裡挑幾個人送去白鷺洲的宅子，到時候他們再跟我一起進王府，外人不會知道。」

劉嬤嬤是宮裡出來的人，在挑選下人這方面很有一套，而且她那邊所有下人賣的都是死契。如今難民大量湧入南方，從北邊遷徙過來的大戶人家要買下人，從北邊逃難來的貧民百姓又要賣身，這一來一去，現在人牙子在金陵城的生意反倒最好。

徐氏聽了這話，倒是有些不好意思。她不是很懂那些人口買賣的內容，身邊的丫鬟也都是佃戶家的閨女，到了該成親的年紀都會放出去，只有願意留下來服侍的，才會繼續待在謝家。

「只能這樣了，總歸人還是要湊幾個，你們成婚時必定會邀請好些大臣、權貴，到時候可不能讓他們看笑話。」徐氏說道。

謝玉嬌撇了撇嘴道：「他們愛看就看，反正礙不著我，紅蓋頭一蓋上，我就當看不見、聽不見。」

徐氏聽謝玉嬌這麼說，忍不住笑了起來，她拍了拍謝玉嬌的手背，嘆息道：「如今妳的終身大事總算定下了，朝宗還小，我不著急，只是妳表妹眼看著就要及笄了，我倒是擔心她。雖說妳跟昊兒是兩情相悅，但他畢竟是個王爺，若是妳表妹嫁得太差，只怕到時候妳舅舅會臉上無光啊！」

說著，徐氏重重嘆了口氣，沈思了片刻，又問道：「昊兒身為王爺，人脈肯定很廣，妳倒是抓住機會問問他，有沒有什麼合適的人選，可以介紹給妳表妹的？」

以前謝玉嬌不是沒問過周天昊這件事，只是周天昊今年都二十五歲了，跟他年紀相近的人，先不說有沒有可能兒女成群吧，至少都已經娶媳婦了。

「娘怎麼又問起這個來了？殿下這個年紀，跟他差不多大又還沒娶親的，只怕是找不到了，就算有，也大表妹不少……」

謝玉嬌雖然有心將康廣壽介紹給徐蕙如，可也知道按照徐氏的思維，必定不能接受，只是如今她瞧徐蕙如似乎有那麼一點意思，終究忍不住繼續道：「若真的想找一個條件好的，這裡也不是沒有，只是人家死了老婆又有孩子，娘斷然不會同意，我又何必說呢？」

徐氏雖然腦子比較不靈光，可在兒女情事方面悟性卻不低，就拿剛才的事來說，徐蕙如在她提到「康廣壽」的時候竟然傾了茶盞，已經夠奇怪了，如今又聽謝玉嬌說這番話，她忍不住好奇地問道：「妳……妳說的是康大人？」

謝玉嬌見徐氏總算猜到康廣壽身上，便點了點頭道：「實話告訴娘，我瞧康大人似乎對蕙如也有些意思。今年元宵節的時候，他還帶著蕙如去放河燈，只是大概是蕙如年紀小，他又是個寡夫，不好開這個口吧！其實按照康大人的條件，就算他是寡夫又有了子嗣，只怕金陵城想嫁給他的大家閨秀還得排隊呢！」

徐氏如何不明白這個道理？康廣壽年紀輕又是狀元郎，家世也非常好，真要比的話，只有徐蕙如配不上他的分，絕不可能是他配不上徐蕙如；只是誰家會希望自己的閨女這麼年輕就嫁過去當後娘呢？除去這一點，就其他方面而言，徐氏也有些動心了。

「這件事我作不了主，還要等妳舅舅來了之後再跟他商量、商量，若是他答應了，才能給妳一個準話，我也很清楚康大人的人品跟相貌，當真沒得挑剔。」

徐氏說完，見時辰不早了，便道：「妳也早些回房休息吧，從明日開始，嫁妝就要陸續抬去城裡了，等白鷺洲的宅子都安頓好，我們也要住過去了。」

雖然到時候徐氏要跟著一起進城，不過她已經交代了陶大管家，謝玉嬌和周天昊成親當日起，謝家祖宅這邊將連擺三天流水席，宴請族中的親戚以及附近的鄉親。

謝玉嬌回繡樓時是戌時末刻，徐蕙如早已睡下。謝玉嬌在浴池裡泡了片刻，正要起身時，忽然聽見門口咯吱一聲響動。

此時繡樓小院的門早已關上，不會有什麼人出入，方才謝玉嬌讓紫燕先上樓替自己收拾床鋪，難道她這麼快就收拾妥當了？

謝玉嬌在指尖上沾了一些香胰子，輕輕抹在白皙的長腿上，開口說道：「怎麼這麼快就下來了？這個天氣有蚊子了，妳熏香點上了沒有？」

澡堂此刻只點了兩盞壁燈，水氣氤氳、光線模糊，可還是能看清謝玉嬌那雙光潔如玉的美腿。周天昊覺得有那麼一瞬間血液逆行，等到他反應過來的時候，溫熱的液體已經順著他的鼻腔滑落。

周天昊急忙捂住鼻子，正要悄悄溜出澡堂，碰巧聽見門外有腳步聲傳來，他一急，就躍上了屋樑。

房子的結構很結實，寬厚的樑上就算睡個人也不打緊，周天昊屏住了呼吸，一動也不動地看著謝玉嬌那玲瓏有致的背影。

謝玉嬌方才分明聽見有人進來的聲音，可卻沒人回話，便半站起身來察看。她稍稍將胸口探出水面，半邊白嫩的豐盈從水中露出來，那頂上的紅果兒在熱水的薰染下越發嬌豔欲滴，幾縷秀髮貼著面頰，勾勒出她秀美的臉型。

周天昊只覺得鼻腔中的熱血湧動得更厲害了，他連忙揚起腦門不敢再看，可視線卻還是忍不住一遍遍往謝玉嬌那邊偷瞄。

謝玉嬌看了兩眼，見門口並沒有人，便又回過身去，把自己浸泡在溫熱的水中。

此時紫燕手裡托著一盞燈推門進來，她見謝玉嬌還在浴池裡泡著，便開口道：「小姐快起來吧，時辰不早了，奴婢已經收拾好床鋪。」

紫燕執著燈上前，才走了一步，忽然看見地上有兩滴殷紅的液體，她不禁半蹲下來看了看，問道：「小姐可是又來癸水了？大夫說過來癸水時不能泡澡，小姐又不聽勸了。」

謝玉嬌來癸水的規律已經變得正常，只不過這次雖然日子近了，但確實還沒到，她聽紫燕這麼說，覺得有些奇怪，便拿一旁的汗巾裹住身子，抬起腿從浴池裡站起來。

看見謝玉嬌並不是來了癸水，紫燕疑惑地說：「小姐既然沒來癸水，這地上哪來的兩滴血跡？」

見謝玉嬌站起來，紫燕顧不得地上的血跡，趕緊放下燈盞，上前拿其他乾淨的汗巾替謝玉嬌擦手腳。謝玉嬌並不喜歡別人貼身服侍，也就只有她和喜鵲才能在小姐沐浴淨身時在一旁服侍。

謝玉嬌聞言愣了一下，她一手捂著胸前的汗巾，一手拿起紫燕放下的燈盞，往那兩點血跡上照了一下，又忽然想起方才聽見的腳步聲，有些疑惑地抬起頭來。

此時謝玉嬌正好站在周天昊待的屋樑下，這一抬頭，忽然覺得手背上一熱，似乎是有什麼東西掉在上頭。

謝玉嬌原先只當是自己頭髮上的水滴到手背上，可低頭看了一眼，卻發現是觸目驚心的血紅色。她一驚，手中的燈盞應聲落地，卻見一抹銀白色的衣袍自眼前一閃而過。

紫燕原本就膽小，大晚上的從屋樑上「飄」下一個人，真是讓她嚇了一大跳，正要喊出聲來，周天昊就急忙開口道：「紫燕別喊，是我。」

謝玉嬌剛才看見那身衣裳，早已猜出是誰，又看見他鼻子上那紅通通一片的鼻血，頓時又氣又好笑，只攏緊了身上的汗巾，睨了他一眼道：「殿下真是好興致，既然喜歡當樑上君子，那今晚就睡這裡吧！」

此刻謝玉嬌身上只裹著一條汗巾，一雙赤足站在青石板磚上，她腳趾甲染著蔻丹，如貝殼一樣精巧美麗。周天昊只覺得好看極了，情不自禁單膝跪了下來，伸手握住謝玉嬌一隻腳踝細看。

「你做什麼？」謝玉嬌驚訝地看著他，臉色泛紅。

一旁的紫燕倒是識趣得很，她急忙彎腰撿起那熄滅的燈盞，兩步併作一步往門外道：「燈滅了，奴婢……奴婢去外頭找個火摺子點起來。」

謝玉嬌聞言越發窘迫，這丫鬟也真是的，怎麼一點護主的心思都沒有呢？難道忘了是誰給她月銀的不成？

雖然很想一腳踢開周天昊，可謝玉嬌這會兒身上只裹著一條汗巾，要是邁開腿，這腿間的縫隙豈不是讓蹲著的周天昊一覽無遺了？

「你有這閒情逸致，不如先把你這一臉的鼻血擦乾淨，還有你手上沾到的血……」謝玉嬌低下頭去，卻看見自己的腳踝上，早已被周天昊握出了一圈血印子。

周天昊反應過來，急忙站起身，從一旁的水缸裡舀水倒進銀盆中洗了起來，冰冷的水撲在他臉上，那種渾身充血發熱的感覺才稍稍退去。

謝玉嬌見周天昊低下頭洗臉，便悄悄解開身上的汗巾，拿起放在一旁的褻衣、褻褲穿了起來，可惜她的動作不如周天昊快，才繫好了褲腰，正要繫衣帶子的時候，周天昊就抬起頭來了。

由於謝玉嬌背著周天昊穿褻衣，因此一片光潔白皙的後背就這樣展露在他眼前，因為平常都有丫鬟服侍，所以此時她穿衣的動作就顯得笨拙而不靈活。

周天昊看到這裡已經忍不住了，他兩步上前，伸手從背後緊緊抱住謝玉嬌，粗重的呼息一遍遍地吹向她耳邊，剛降下去的熱度又爬滿了全身。謝玉嬌伸向背後穿衣的手頓時僵住，整個身子隨即被扳了過去，落入一個灼熱又堅實的懷抱中。

長舌探入謝玉嬌唇瓣的那一瞬間，她身上的褻衣也散落在地，周天昊的大掌肆意地揉捏著她胸口的軟肉，謝玉嬌覺得渾身酥麻，只能攀附在周天昊身上。

過了半晌，周天昊才鬆開謝玉嬌，抬起手擦了擦又將滑落的鼻血，抱起謝玉嬌走到一旁的屏風處，扯下一件外袍，將她包裹在其中。

當周天昊抱著謝玉嬌推門而出的時候，就看見紫燕手裡執著燈，正在廊下等候。

「妳替我掌燈，我送嬌嬌上去。」周天昊低聲說道。

幸好此時夜深人靜，徐蕙如房裡的丫鬟早就睡了，平常在繡樓服侍的丫鬟們也都歇下，因此沒人注意到他們這裡的動靜。紫燕點點頭，紅著一張臉，在前面掌著燈，引周天昊上樓去。

第六十四章　別院待嫁

房裡熏過了香，散發著淡淡又舒適的氣息。周天昊把謝玉嬌放在床上，看見她腳踝上還沾著他方才弄上去的血漬，便吩咐紫燕道：「妳去打一盆水上來。」

紫燕應聲下樓，一顆心狂跳個不停。她去澡堂打水的時候，特地在裡頭轉了一圈，見除了方才周天昊滴下的那兩點血跡，並未在其他地方看見任何異狀，這才鬆了口氣。

不一會兒，水就送了過來，不過既然周天昊在，紫燕就暫時不在裡面服侍了。

周天昊深知謝玉嬌的脾氣，因此早就做好被她修理的準備，可今日謝玉嬌卻沒發火，只是靜靜看著他握著她的腳踝，輕輕擦去上頭的血跡。

謝玉嬌並沒有裹小腳，一雙天足卻小巧秀氣，腳背上依稀能看見粉色的血管，顯得冰肌玉骨。

「你怎麼來了，娘說這幾天我們不能見面的。」被人握著腳踝擦拭，謝玉嬌再不怕羞，也覺得有些不自在。

周天昊把謝玉嬌的腳踝擦了個乾淨，卻沒鬆開手，只說道：「妳才在這裡生活沒多久，怎麼滿腦子都是這邊的規矩了?按理說，妳遲早是我的人，有什麼關係……」

說到這裡，周天昊又覺得身上像要起火了一樣，便放開謝玉嬌的腳踝，站起身來道：

「我就是想妳了，又怕妳娘知道，所以才偷偷跑進來，妳要是不歡迎，我這就走。」

「欸……」謝玉嬌不過是隨口一說，如今見周天昊要走，急忙從床上坐起身，結果身上半披著的外袍落了下來，突如其來的一片春光，真是要刺瞎了周天昊的雙眼。

周天昊拿起外袍包覆好謝玉嬌，將她摟進懷中，用下巴蹭著她肩頭細嫩的皮膚，聲音粗啞道：「妳再這樣折磨我，我可要劫色了。」

謝玉嬌聞言，臉頰又紅了起來，她任由周天昊抱著，想了想，開口道：「再忍兩天，怎麼劫都隨你。」

「妳說真的？」周天昊高興得像個孩子一樣反問，又道：「反正到時候妳反悔也沒用。」

謝玉嬌聽了，覺得後背有些涼颼颼的，頓時有些後悔。

待謝玉嬌穿好了中衣，喊紫燕沏一壺茶進來，兩人一時之間都沒睡意，圍著燭火閒聊起來。

謝玉嬌從五斗櫃裡將徐氏給她的紫檀木匣子拿出來，推到周天昊跟前道：「這些東西你拿回去吧，看是要自己留著，還是給你那個皇帝哥哥。」

周天昊狐疑地打開匣子，看見是一疊紙，拿起一張往燭光下一擺，隨即嚇得手顫了一下，差點把那銀票給點著。

謝玉嬌見狀，嗔笑道：「悠著點，要是都燒了，你可賠不起。」

「這……這麼多……妳數過沒有？」周天昊往匣子裡看了一眼，臉上的表情看不出是高興還是不高興。

「我數學不好，只怕數不清，你拿回去慢慢清點吧！」謝玉嬌抽走周天昊手中的銀票，放回匣子裡，又去抽屜裡找了把鑰匙，把匣子鎖上。

「我第一次知道自己居然這麼值錢，這種賣身的感覺，好不真實啊……」周天昊喃喃說完，看著謝玉嬌道：「有種被包養的錯覺。」

謝玉嬌噗哧笑了起來，她見周天昊那不正經的樣子，用指尖戳了戳他的腦門道：「這不是錯覺，從今天開始，你就是我的了。」

周天昊眸光一閃，嬉皮笑臉道：「那咱們今晚就洞房？」

謝玉嬌眉梢一挑，狠狠瞪了周天昊一眼，開口道：「樓下澡堂睡去。」

等周天昊下樓時，在外間守著的紫燕早已打過盹又醒來了。因為繡樓後面的下人房並沒有空房，且住著的都是丫鬟，所以周天昊今天還真的只能睡澡堂了，還好現在天熱，謝玉嬌就讓紫燕為他備了薄被鋪蓋，將就一晚上。

第二天天還沒亮，周天昊就趁著眾人尚未起身匆匆趕回城裡。謝玉嬌走到繡樓廳裡的時候，看見窗上開了一道縫，一枝半開的荷花從外頭探入屋子裡，她摘下那荷花走回二樓，讓丫鬟找了個瓷瓶養在裡頭。

從二樓的窗戶看出去，能看見外頭早已聚集了要來抬嫁妝的村民，一夥人浩浩蕩蕩排著長龍。

鞭炮跟嗩吶聲一響，第一抬的嫁妝就被抬上村民們的肩膀，從西跨院兒一路送到大門口。

看著這些村民，謝玉嬌內心忽然感嘆起來，若不是因為打仗，這會兒來的都會是年輕小夥子，哪裡會有那些年紀大的人呢？也不知道謝家那些銀子，能不能在這亂世之中，起那麼一點點作用。

謝玉嬌還愣怔著，紫燕在樓梯上喊道：「小姐，夫人請您去用早膳。」

正院廳裡，徐氏剛見過陶來喜，今日運送嫁妝的事就是他安排的，因為要走上整整一天，所以四更天時村民就來了，往城裡的路上也準備了讓隊伍納涼、喝茶的棚子。掐指算算，就是這會兒出門，等到城裡的時候，大概也要酉時初刻了。

等運送嫁妝的隊伍走上十來里路的時候，謝家的馬車也該啟程了，到時去了城裡，才夠時間準備好迎接新郎的地方。劉福根早已在城裡包下一間客棧，請抬嫁妝的村民們在那裡喝酒消遣。

謝玉嬌今日特地穿了一件玫瑰紅織金纏枝紋褙子，頭上戴著赤金鑲碧璽石簪子，上頭還墜著流蘇，走起路來搖曳生姿。這些都是徐氏這幾個月為她準備的，之前謝家在孝中，謝玉嬌都沒怎麼穿鮮豔的衣服，頭上戴著的也都是玉石為主的東西，沒有赤金的。雖說這麼鮮亮的顏色不好駕馭，但是謝玉嬌長得嬌豔，還得這樣裝扮，才能顯出她的美。

徐氏瞧著謝玉嬌和徐蕙如兩個人一起走過來，謝玉嬌豔得像一朵盛開的芍藥，徐蕙如卻清新得如一朵睡蓮，各有不同的美，難怪徐氏每次帶她們出去，那些夫人們都要圍著她們讚嘆半天。

「妳今天這樣打扮才好看，這個年紀的姑娘家，本來就要穿得鮮豔些才好。」徐氏一邊說，一邊引她們坐下。

這個時候早膳已經擺放好了，張嬤嬤抱著謝朝宗從裡間出來準備用餐，謝朝宗穿了一件大紅色元寶紋的對襟褂子，一雙大眼睛滴溜溜地轉著。如今謝朝宗已經很會走了，他一看見謝玉嬌，就急忙從張嬤嬤懷中跳下來，張著雙手迎過去道：「姊姊，姊夫，哪裡？」

謝玉嬌想起昨晚在澡堂裡窩了一晚的周天昊，忍不住笑了起來，她伸手抱起謝朝宗，笑著道：「管他做什麼呢？他愛上哪就上哪。」

一旁的徐氏聽了，蹙眉道：「朝宗乖，你姊姊就要過門了，按習俗這幾天他們不能相見，所以你姊夫沒來，等過兩天，朝宗就又能見到他了。」

雖然嫁給周天昊是早就定下的事，但如今聽徐氏這麼自然地說出口，謝玉嬌還是覺得不好意思。張嬤嬤看了看謝玉嬌的臉色，笑著從她懷中接謝朝宗過去，一同坐下來用早膳。

今日的早膳是特地準備的，有如意卷、長壽麵、銀耳蓮子羹、花生酥、如意燒賣等，謝玉嬌不喜歡吃甜食，只吃了長壽麵和如意燒賣。

這邊丫鬟們才撤下餐點，外頭就有婆子進來回話道：「夫人，送嫁妝的隊伍走了半個時辰多，馬車都已經預備好了，夫人這邊若是準備妥當，就可以啟程了。」

「我這邊預備好了，妳們各自回房裡，看看有沒有什麼落下的吧！」徐氏吩咐道。

前幾日丫鬟們已經把箱籠整理好了，如今不過就是捲鋪蓋就能走人的事。徐蕙如因為要搬回城裡去住，因此要帶的東西不少，她一想到回去之後不能天天見到徐氏，不禁有些難過，閒聊間眼眶就紅了起來。

徐氏見徐蕙如眼睛紅了，急忙問道：「蕙如這是怎麼啦？如今妳大了，妳爹在城裡有宅院，妳娘跟妹妹們也都在，能過去同他們一起住再好不過；況且妳表姊也要在城裡住好一陣子，你們兩家不算遠，到時還能多走動，互相陪伴。」

徐蕙如聽了，才靜靜地點了點頭，又拉著謝玉嬌的手道：「表姊，我們一起回去繡樓看看還有什麼東西沒帶吧！」

謝玉嬌早上起床的時候，看見周天昊沒帶著那個匣子，不過這也合理，他是一個人騎馬偷溜過來的，揹著這一匣子銀票回去，萬一遇上壞人可怎麼辦？

想了想，謝玉嬌吩咐丫鬟將那匣子一併放進箱籠裡，整個上了鎖，讓婆子們搬上外頭的馬車。

徐氏要去城裡，但是謝家不能沒人張羅，她便讓沈姨娘留下來，好在沈姨娘也願意，雖然謝朝宗要暫時離開幾天，讓沈姨娘有些不捨，但她並未多說什麼。

囑咐完留守在謝家的人大大小小各種事情，徐氏領著大夥兒分別搭上六、七輛馬車，浩浩蕩蕩地往城裡去了。

馬車的速度畢竟快，大約走了兩刻左右的時間，就已經趕上抬嫁妝的隊伍，徐氏吩咐婆子們把廚房一早做好的糕點拿去分給鄉親們吃，稍稍逗留了片刻，就啟程先行離去。

這些村民大多是謝家宅的百姓，平常都受過謝家的恩惠，如今雖然做著苦力，但卻高興得很。按照他們的理解，謝家可是天大的造化，如今居然出了一個王妃，這是積善之家該有的福報啊！不然怎麼謝老爺去了，他的姨娘還能生一個遺腹子；之前謝家小姐被傳個性凶悍嚇人，卻被王爺給看上，所以這世上好人還是有好報的。

徐氏留謝玉嬌和徐蕙如一同坐在馬車裡，讓張嬤嬤帶著謝朝宗跟其他丫鬟坐在後面的馬車中。徐氏瞧著謝玉嬌，內心還是有幾分不捨，道：「進了王府，就安心住一陣子，別老想著要回家，回門就去白鷺洲的宅子，我們還會在那邊住幾天，省得你們一早就得往謝家宅跑，天氣熱，路上又顛簸。」

謝玉嬌一個勁兒地點頭，心想還沒到出嫁那一天呢，徐氏已經這般絮絮叨叨，也不知道到時她要說多少叮嚀的話。

徐蕙如在一旁安安靜靜地聽著，她心裡一直覺得，明明是謝玉嬌要出閣，怎麼就跟自己要嫁人一樣難過呢？

謝玉嬌頓了一會兒，才回道：「娘放心吧，最近並沒什麼大事，稻子才剛剛種下去，收成還要等幾個月呢！至於家裡的生意，舅舅都打點得好好的，我不過就是每個月看看帳本，也不怎麼費心。」

徐氏聽了點點頭，又道：「妳七叔那邊怎麼樣？昨日妳們回來，我正好有事，來不及多問。」

自從確定謝玉嬌要出閣之後，徐氏也開始稍微關心起家裡的事，即便不怎麼明白，還是會多問幾句。

「七叔不愧是爹看上的人，果然有兩下子，如今我已放心把隱龍山那邊的作坊交他處理。年初種下的桑樹目前也長得很好，明年春天就能養蠶，到時候作坊可以做生絲，絲綢的生意肯定更上層樓。」謝玉嬌將目前的狀況一一道來。

「既然這樣，我就放心了。」徐氏欣慰地說道。

不知不覺間，馬車已經到了白鷺洲的宅子外。劉福根早就領著丫鬟和婆子們迎了出來，徐氏站在門口一看——到處張燈結綵，門口貼著大紅色的「喜」字，門楣上還掛了紅色的繡球。進了門之後，只見紅燈籠高掛在抄手遊廊兩側，遠遠望去，整座宅子都成了燈海，就連假山、樹木上也貼了「喜」字，樹枝上則掛上彩箋，迎風飄揚。

徐氏笑得合不攏嘴，讚嘆道：「虧你一個大老粗，還能想到這些。」

劉福根聽了怪不好意思的，低著頭道：「老奴確實想不到，這些都是睿王殿下帶著劉嬤嬤過來打點的，老奴昨日還去王府看過，比我們這邊強十倍呢！聽說皇上賞了殿下一百盞夜明珠燈，放在荷花池邊的石欄上，晚上就算不點燈，也是璀璨耀眼。」

謝玉嬌聽了直咋舌，這就是周天昊所謂的「一切從簡」？

徐氏也很驚訝，原先還覺得她為謝玉嬌準備的那匣子銀票應該鎮得住場子，可是現在她不加些籌碼說得過去嗎？

謝玉嬌見徐氏的表情有些尷尬，笑著道：「娘何必跟皇上比，大雍皇室若真的讓我們比下去，那還像話嗎？」

經過謝玉嬌一番開導，徐氏才算是鬆了口氣。

眾人各自進房間安頓好之後，丫鬟和婆子就開始裡裡外外搬運箱籠，徐蕙如因為要回徐府，因此東西都留在馬車上，只有人進來而已。謝玉嬌見外頭人多嘴雜，便拉著徐蕙如進書房。

「表妹……」謝玉嬌看著徐蕙如，輕輕叫了她一聲。她這表妹稱得上是最典型的古代大家閨秀，文靜內向、賢慧貞靜，實在沒什麼好挑剔的，可說到追求心中所愛，這樣離成功就遠得很了。

徐蕙如緩緩抬起頭來看向謝玉嬌，一副欲言又止的模樣，接著又低下頭去。

謝玉嬌嘆了口氣，想了想，還是把心中的話說了出來。「表妹，若是我為妳介紹一門親事，卻是要妳當繼室，還要養對方原配留下的孩子，妳可會怨我？」

這番話一出口，徐蕙如猛然抬起頭，眼泛淚光地盯著謝玉嬌，她白玉一樣的貝齒咬著唇瓣，手指忍不住絞起帕子來，雙頰微微泛紅。

謝玉嬌見到徐蕙如這個樣子，顯然已經對康廣壽上了心，只是出於女子的矜持，不好開口罷了。

「他雖然大妳十來歲，可是老夫多半疼少妻，看起來應該是樁不錯的姻緣，只是怕舅舅不答應，妳也不願意……」

謝玉嬌的話還沒說完，徐蕙如已經緊緊握住她的手，憋了半天後開口道：「表、表姊……若那個人是康大人，我……我願意。」

徐蕙如說完這些話，一張臉已經脹得通紅。對她來說，要親口說出這件事，實在是莫大的折磨，只是她若不說出口，就這樣錯過大好的姻緣，只怕抱憾終生。

謝玉嬌終於聽徐蕙如坦白自己的心情，不禁笑了起來，說道：「既然知道妳也有這個意思，那我就放心了，這件事我已經跟娘提過，過幾日她就會與舅舅商量，妳靜待佳音即可。」

到了謝玉嬌成親前一晚，徐氏擔心明早出岔子，因此提早用晚膳，還讓張嬤嬤把宅子裡的丫鬟和婆子都喊去正院，上上下下仔細交代了一遍，等到忙完的時候，已是戌時二刻了。

由於明日要早起，謝玉嬌原本打算早些睡，可是她在房裡合眼躺了半天都睡不著，便爬起來在後院涼亭裡頭納涼。此時正是荷花盛開的季節，在四周的紅燈籠照耀下，眼前的景象顯得如夢似幻，讓謝玉嬌一時看得有些呆了。

不久後，紫燕就從涼亭外頭，引著張嬤嬤過來了。

「夫人讓奴婢瞧瞧小姐睡了沒，她這才忙完，正要過來看您一眼呢！」張嬤嬤說道。這次由於謝玉嬌要成親，因此徐氏並未像元宵節那時一樣與謝玉嬌同住在一個院子，儘管徐氏知道謝玉嬌沒有早睡的習慣，還是讓張嬤嬤先過來看一眼。

謝玉嬌聞言站了起來，與丫鬟們一起回了「半日閒」，此時徐氏也正好從正院過來，兩個人在院子門口打了個照面。

「我就知道妳睡不著，只是沒料到妳跑到了外頭。」徐氏邊說邊牽著謝玉嬌的手進門，帶她進了內室。

謝玉嬌見徐氏這番諱莫如深的樣子，忽然間明白徐氏這麼晚特地過來找她的原因了。

徐氏上下打量了謝玉嬌一眼，不肯鬆開自己緊握的手，眸中似乎還含著點點淚光。

謝玉嬌不知道徐氏什麼時候才要說正事，只覺得被她這樣拉著手，怪不自在的，又想到一會兒徐氏要說的那些話，越發不好意思起來，索性自己開口道：「娘有什麼話，就直說吧！」

徐氏看見謝玉嬌臉上的紅暈，忍不住嘆了口氣，打趣道：「我要說什麼，妳難道不知道嗎？」

這話讓謝玉嬌羞得無地自容，不禁低聲道：「娘要說什麼，我怎麼知道呢？」

徐氏見謝玉嬌羞得厲害，不再笑她，只拍了拍她的手背，從袖中拿出一本小冊子，遞到謝玉嬌眼前。

這次可不是什麼裝著銀票的小匣子了，而是一本裝幀精美的春宮畫小冊子。

「這東西，當年我出閣的時候，妳外祖母給了我一本，如今我也同樣給妳。男女之間的事，全在這裡頭，王爺年紀也不小了，雖說沒有娶正室，但我估算著他總有一、兩個通房，妳什麼都不懂，必定會吃虧。趁著時辰還早，一會兒妳好好看一看，免得洞房時鬧出笑話來。」

說著，徐氏又笑道：「夫妻間相敬如賓是好的，只是也要重視房事，人家說『床頭吵，床尾和』，就是這個道理。」

謝玉嬌自然懂這些，但是見徐氏這般鄭重其事地說出來，還是有幾分感動。古代性教育閉塞，若是沒人教即將出閣的女子這方面的事，成親時什麼都不懂，必然會吃虧。

「娘，女兒都懂，您就不要再說了。」謝玉嬌嬌嗔地回了一句。

徐氏以為謝玉嬌害羞，說道：「我過來就是為了這個，時候不早了，妳早些看完，明日放在匣子裡，讓丫鬟幫妳一起帶過去，我先回房了。」

謝玉嬌微微頷首，起身送徐氏出門，進來時眼光不自覺地瞄向案桌上那本春宮小冊子。

照道理來說，像她這種前世被「動作片」洗禮過的人，自然用不著看這些來學閨房之事，只是這小冊子的封面由錦緞織成，製作非常精美，除了價格不菲，內容應該也很「精采」吧？

抱著好奇的心思，謝玉嬌忍不住打開冊子，誰知一看之下，頓覺相當有意思，雖然把姑娘家的身子畫得肥碩了幾分，可那些動作、姿態，真是讓人覺得銷魂。

謝玉嬌看著、看著，竟然入迷起來，外頭的紫燕見徐氏走了，便進房替謝玉嬌整理床鋪，她瞧謝玉嬌看書看得出神，上前瞄了一眼。謝玉嬌發現身後有人影一閃，嚇了一跳，急忙合上書，讓紫燕鎖到匣子裡去。

紫燕原本想一探究竟，又見這書做得這般精美，不禁打開封皮看了一眼，結果嚇得她頓時脹紅臉，悔恨得巴不得找個地洞鑽進去。

或許是看多了春宮圖，謝玉嬌更加睡不著，房間裡雖然放著窖冰，卻還是讓人感覺酷熱難耐。

謝玉嬌在床上翻來覆去的，紫燕在對面的炕上聽見了動靜，小聲問道：「小姐這是怎麼啦？都快三更了，明日五更就要起來了呢！」

「嗯，我就是有些熱，妳睡吧，不用管我。」謝玉嬌也清楚要早些睡才好，不然明日頂著個黑眼圈，只怕到時候來幫她梳妝的妝娘見了，也會鬱悶。

紫燕聞言，起身來到謝玉嬌的床前道：「那奴婢替小姐打扇，小姐快睡吧！」

比起方才，謝玉嬌現在反而覺得沒那麼熱了，便道：「妳倒一杯茶來，我喝了就睡。」

紫燕點點頭，倒了一杯茶給謝玉嬌，一口涼茶入喉，內心的躁熱果然減退了許多。謝玉嬌再度合上眸子，沒過多久就睡著了。

第六十五章　大喜之日

第二天一早，謝玉嬌正睡得香甜時，隱約聽見了喧譁聲，紫燕在外面道：「這位娘子稍等一會兒，我家小姐昨晚沒睡好，此刻時辰還早，讓她再睡一會兒成嗎？」

謝玉嬌聽了，知道是城裡專門為大家閨秀梳妝打扮的如意坊妝娘來了，便起身道：「紫燕，我醒了，請妝娘在廳裡先喝口茶，妳進來服侍我洗漱。」

紫燕聞言，讓一個丫鬟領著妝娘在廳中喝茶，自己則帶其他丫鬟進房替謝玉嬌洗漱。

謝玉嬌的嫁衣是內務府按照王妃的品級訂做的，上頭用金線繡了龍鳳呈祥的圖案，鳳冠上的珍珠足足有一顆龍眼大，光是黃金，就用去了兩斤多。之前謝玉嬌試穿過嫁衣，可是那頂鳳冠昨日才送來，不過看了一眼，謝玉嬌就覺得脖子隱隱作痛起來。

待謝玉嬌洗漱完畢之後，紫燕領了妝娘進來，妝娘約莫三十出頭，生了一張圓臉，看起來很是喜氣，她臉上一直帶著笑，一見到謝玉嬌，就讚嘆道：「小姐好生俊俏，我做了這麼多年的妝娘，頭一次看見這麼好看的新娘呢！」

幾個丫鬟聽了這番話，不知道有多高興，其中一個丫鬟笑著道：「那還用說，妝娘可要把咱們小姐打扮得美美的，不然睿王殿下可饒不了妳。」

今天是大喜之日，謝玉嬌隨丫鬟亂說，並未多加制止，只聽那妝娘笑著道：「小姐不打扮都這麼美，要是再打扮一下，保證是仙女下凡。」

那丫鬟喜上眉梢地說道：「我家小姐就是仙女，不然怎麼能嫁給睿王殿下呢？」

謝玉嬌聞言，忍不住搖了搖頭。這丫鬟是喜鵲出嫁後才進房服侍的，徐氏因為見她長得喜氣，便取名為鴛鴦，之後會跟著謝玉嬌過府。

鴛鴦瞧起來一副機靈的模樣，年紀又比較小，謝玉嬌便較為縱容她，如今見她有些誇大，才笑著道：「好了、好了，再吹下去，牛皮可要吹破了。」

一時之間，眾人都笑了起來，妝娘見時候不早了，便開始為謝玉嬌梳妝打扮。為新娘上妝，最重要的一個步驟是開臉，也就是用紅繩子將臉上的汗毛都絞乾淨。謝玉嬌的肌膚細嫩，竟連一根汗毛都看不見，妝娘只好拿紅繩子意思意思一下，接著就幫謝玉嬌搽粉上妝。

自從謝玉嬌來到古代，很少用這裡的化妝品，一來是她天生麗質用不著，二來是她總覺得這些東西用起來跟麵粉區別不大，黏在臉上怪難受的；不過今日既然是一生一次的出閣，她就放寬了心，讓妝娘為自己梳妝。

沒多久，謝玉嬌的臉上已經打了四、五層底，想做個表情都有些困難。妝娘瞧出謝玉嬌不太自在，笑著道：「小姐忍著點，一輩子就這一次，過了今日，隨便您想怎樣都行。」

謝玉嬌有點鬱悶地回道：「其實挺沒意思的，一會兒弄好了，蓋頭一遮，就是畫得再好看，誰又能看見呢？」

「這就是給新郎看的啊，別人哪裡有這個福分？」妝娘回道。

謝玉嬌聞言不禁想笑，也不知道晚上周天昊進門，見了她這模樣，會不會迸出一句。

「哇！有鬼啊！」

妝容整理妥當後，妝娘把擱在案桌上的鳳冠拿過來，她一邊為謝玉嬌戴上，一邊道：「這鳳冠也是我拿過最重的，超過兩斤了吧？」

待鳳冠一壓到頭頂上，謝玉嬌就完全笑不出來了，這樣一天下來，頸椎不扭傷才怪呢！

謝玉嬌剛頂了一會兒，就覺得有些支撐不住了，到時候她一定要把這鳳冠丟給周天昊戴，讓他也嘗嘗這種直不起頭來的滋味。

這邊剛打點好一切，就聽到不遠處傳來了嗩吶聲，只見張嬤嬤快步從門外進來，急道：「小姐準備好了嗎？王府的花轎已經來了。」

「就好了。」妝娘笑著回道。

張嬤嬤看見穿著一身大紅嫁衣的謝玉嬌坐在梳妝檯前，上了妝的容顏顯得端莊秀麗，不禁微微哽咽起來，道：「小姐，夫人已經在正廳等著您，該上花轎了。」

謝玉嬌看見張嬤嬤發紅的眼圈以及眼角的皺紋，不知怎地鼻子一酸，眼眶頓時紅了起來。妝娘見了，急忙開口道：「小姐別傷心，哭花了妝可就不好看了。」

即使妝娘不說，謝玉嬌也知道這時候落淚是個什麼後果，她便強忍著將險些奪眶而出的眼淚憋了回去。

張嬤嬤吸了吸鼻子，擠出笑來替謝玉嬌蓋上了紅蓋頭，接著她身後兩個年紀大的喜娘迎了上來，一左一右攙扶著謝玉嬌出門。

除了謝朝宗，謝玉嬌沒有其他兄弟姊妹，因此壓根兒沒人堵門，周天昊就這樣長驅直入到了正廳，見徐氏已經在廳裡候著了，急忙上前行禮敬茶。

周天昊今日穿了大紅色的交領喜袍，頭上戴著凰羽翟鳳紫金珠冠，顯得龍章鳳姿、玉樹臨風。徐氏看在眼裡、喜在心裡，雖然她有好些話要說，一時卻開不了口。

周天昊見到徐氏糾結的模樣，便自己開口道：「岳母放心，以後小婿必定好好對待嬌嬌，絕不讓她受半點委屈，若是讓她受了委屈，岳母只管教訓小婿就是。」

徐氏聽周天昊這麼說，忍不住笑道：「嬌嬌從小就被她爹和我慣壞了，脾氣不小，我倒是不怕她委屈，只怕你難受，若她敢欺負你，你只管告訴我，我幫你說她。」

周天昊平常就喜歡謝玉嬌耍一些小性子，便笑著回道：「我一個大男人，自然該讓著嬌嬌，岳母您放心，沒什麼好難受的。」

徐氏聽了這番話，才算放下心來，此時丫鬟來傳話道：「小姐來了。」

周天昊聞言，急忙朝著丫鬟說話的方向看過去，只見不遠處的抄手遊廊上，兩個喜娘正一左一右攙扶謝玉嬌過來。她穿著正紅色繡並蒂蓮花紋樣的繡鞋，鞋尖上縫著一顆龍眼大的珍珠，行進間那小心翼翼、不勝嬌弱的模樣，讓周天昊一時看得有些失神，謝玉嬌都走到他面前了，他還在發呆。

「殿下愣著幹麼，還不快過去牽起繡球，引小姐上花轎去。」張嬤嬤在一旁提點了一聲，周天昊才猛然回過神來，惹得旁邊看熱鬧的丫鬟們都忍不住笑了起來。

周天昊走到謝玉嬌身邊，只見她難得安靜得一點聲音也沒有，他不禁有些忐忑，頓時胡思亂想起來——萬一新娘被人掉包了，該如何是好？

接過喜娘送上來的繡球，周天昊悄悄湊到謝玉嬌跟前小聲問道：「妳是嬌嬌嗎？」

謝玉嬌聽了，頓時哭笑不得，她憋著笑道：「我不是。」

周天昊一聽是謝玉嬌的聲音，就像吃了顆定心丸，穩穩拉著繡球，在前頭引謝玉嬌往廳裡去。

徐氏見他們進來了，臉上雖然帶著笑，可眸中早就蓄滿了淚，她咬著唇瓣，忍著想哭的情緒，說道：「好了，你們走吧，別耽誤了吉時。」

謝玉嬌很了解徐氏，即便沒親眼看見，但一聽到這帶著哭腔的聲音，也知道她這會兒必定很難過。

其實謝玉嬌如何不傷心，她撲通一聲跪在徐氏跟前，想要磕一個響頭，偏偏頭上那頂鳳冠重得好似要把她的頭髮給扯掉一樣，疼得她只能稍稍福一福身子。

周天昊見狀連忙跪下來，乾淨俐落地朝徐氏磕了三個響頭。

徐氏立刻上前扶他們兩人起來，又拉著謝玉嬌的手道：「家裡一切都好，妳只管放心嫁過去。」

謝玉嬌哽咽地點了點頭，還是沒能忍住，眼淚就這樣滴在徐氏的手背上。

徐氏趕緊安慰她道：「傻孩子，妳哭什麼，大喜的日子可不能這樣。」

謝玉嬌連連點頭，想辦法收起感傷，方才那兩滴淚下來，只怕臉上的妝都花了一半。

見到謝玉嬌的模樣，徐氏不禁催促起周天昊，希望他們不要錯過了吉時。

周天昊見到謝玉嬌小小的身子不斷顫抖著，顯然是傷心得緊，忍不住跟著難過起來。他牽著紅繡球在前頭引路，謝玉嬌卻一步三回頭的，看著都讓人揪心。

想了想，周天昊乾脆停下腳步，轉身一把將謝玉嬌攔腰抱了起來，開口道：「娘子這般不捨，還是讓為夫的送妳一程吧！」

謝玉嬌方才正感到難受，這會兒猛然被周天昊抱了起來，頓時嚇了一跳，雙手反射性地勾住他的頸子。雖然隔著一層紅蓋頭，但謝玉嬌似乎能感受到周天昊那灼熱的目光，她又是好氣、又是好笑，恨不得把自己一臉哭花的妝全蹭到周天昊的喜服上。

眾人見了這光景，起先都嚇得張大了嘴，接下來便是開懷大笑，幾個來謝家做客的夫人們見了都驚奇不已，還有人笑著道：「原來殿下竟是如此性情中人。」

謝玉嬌聽了這話就覺得好笑，因為周天昊是個王爺，做出粗野的舉動反而被稱作「性情中人」，若是換了那些鄉野村夫，只怕就是「下流無恥」了；不過這些跟她也沒什麼關係，只要抱著她的人是周天昊就好了。

大雍南遷之後，朝廷的氣氛一直很低迷，連一點新鮮事也沒有，百姓們知道的，也就是皇上之前納了幾個金陵當地官紳的千金進宮為妃，所以睿王爺迎娶江寧最大地主謝家的小姐，就成了最新鮮又最熱門的話題。

周天昊原本真的想「一切從簡」，無奈文帝死活不准，還語重心長地勸道：「大雍再窮，還不缺為你娶個媳婦的銀子，要是一個堂堂的王爺娶親，民間的百姓連喜氣都沒沾到，他們才會害怕大雍是真的不行了。」

周天昊聽了這番話，才勉強答應下來，同意文帝按照內務府的舊制操辦婚禮，結果等他從謝家宅回金陵的時候，睿王府已經被打點得比行宮還華麗幾分了。

不過周天昊算是想得很開，畢竟銀子花在自己娶媳婦上，也算正事了。

從白鷺洲的宅子到莫愁湖那邊的睿王府，坐馬車雖然只要小半個時辰，但抬轎子可就不止這個時間了。上回送嫁妝來的村民早已回謝家宅吃流水席，因此這次來抬嫁妝的，都是睿王府新選出來的府兵，個個身強力壯，不怕吃苦。

徐氏瞧著一抬抬嫁妝從正門抬出去，等最後一抬嫁妝也離開後，張嬤嬤這才笑著對徐氏道：「夫人，沒想到小姐最後還是嫁了。」

這個時候徐氏已經不傷心了，周天昊對謝玉嬌那麼好，她過了門也只會享福，王府又不像別的人家，上有公婆、下有兄弟，她可是正經的王妃，日子要有多舒心，就有多舒心，再過一陣子，沒準兒自己就要抱外孫了。

徐氏想到這裡，又興奮了起來，眼看時辰不早了，便吩咐道：「張嬤嬤去安排一下吧，時辰差不多就開席，別讓客人們等太久。」

謝玉嬌坐在花轎裡搖了很久，沿路一直聽到外頭百姓們的吵雜聲，看樣子應天府尹出動了不少捕快，每到一處拐彎的地方，謝玉嬌都能聽見有男子指揮沿途看熱鬧的百姓下跪。

說真的，謝玉嬌其實很想瞧瞧外頭的光景，可是她又不敢亂動，只能聽陪嫁的丫鬟描述現場的景象。

「小姐，好些百姓都來看熱鬧了，殿下在前頭可威風著呢！」鴛鴦第一次看見這等陣仗，興奮得不得了。

紫燕在一旁笑著說道：「殿下當然威風了，穿上鎧甲更英武呢！當年我跟小姐在縣衙替殿下送過行，那時候他可瀟灑了。」

謝玉嬌聽紫燕說起這些，忍不住回想起周天昊穿著銀甲的樣子，即便不是英雄，但是那樣的打扮，也讓他渾身上下充滿氣概，簡直英氣逼人、俊逸非凡。

花轎進了睿王府，隨即三拜天地，不過自然還拜不到周天昊的高堂，須等明日進宮面聖之後，才能去念祖堂裡向歷代先祖敬香請安。

謝玉嬌這個時候只覺得脖子快支撐不住了，恨不得早點行過禮數，去新房休息一會兒。

周天昊見謝玉嬌拜天地的時候動作有些僵硬，加上他見過那頂鳳冠的誇張程度，心知謝玉嬌是在硬撐，因此夫妻對拜之後，便親手將她扶起來。

當謝玉嬌的手接觸到周天昊溫熱的掌心，便覺得心中一暖，又咬著牙把脖子挺直了一些，好在此時司儀終於說道：「禮成，送新人入洞房。」

喜娘聞言上前扶謝玉嬌入洞房，周天昊看著謝玉嬌那纖細的手指從他掌中一寸寸抽離，不免有些失落。

好像不管在哪個時代，成親都是一件很辛苦的事，周天昊看著謝玉嬌被喜娘攙扶著遠去，想起外院還有眾多賓客，頓時覺得有些頭大。不過……王府裡不就是他最大嗎？進去看看謝玉嬌，應該不成問題。

這麼一想，周天昊便往謝玉嬌離去的方向邁開了一步，他正打算往新房去，另一個喜娘就攔在前頭道：「殿下可不能過去，天還沒黑呢，這會兒進去不合規矩。」

周天昊不禁有些尷尬，他無奈地嘆了口氣，又問喜娘道：「那她就要在房裡餓上一整天嗎？」

「當然不是，房裡有吃的，只是新娘頭、臉上還帶著妝呢，要是吃了東西，妝也會花，因此許多新娘什麼都不吃。」喜娘答道。

「照妳的意思，她還是得餓上一天？」周天昊看了喜娘一眼，心想舊社會的規矩簡直是吃人……

一旁的劉嬤嬤見了，忍不住上來勸慰道：「殿下就放心吧，廚房已經熬了燕窩羹，一會兒老奴就讓丫鬟送進去給王妃娘娘墊肚子，這會兒您還是去外院待客吧！」

想了想，周天昊也沒別的辦法，只好讓劉嬤嬤在這邊照看著，自己則往外院去。大雍當今睿王成親，娶的又是江寧第一大地主謝家的閨女，因此金陵城半數達官貴人都來了。文帝雖然沒能親自過來，但禮部的官員也把一應瑣事處理得妥妥當當，周天昊要做的，不過就是陪客人喝酒聊天罷了。

不過老實說，那些來參加婚禮的人，有幾個敢讓周天昊親自作陪？只能說是自便，至於女眷，那就更不用說了，好在宮裡派了些嬤嬤過來殷勤招待，也算不上怠慢了。

謝玉嬌被喜娘攙扶著到新房，紫燕與鴛鴦兩個丫鬟早就候著了，她們一見到謝玉嬌過來，連忙接過手扶她進去。此時房間四周角落都放置著裝冰塊的大水缸，一進到裡面，謝玉嬌便覺得渾身都輕鬆了些。

「小姐總算來了，奴婢們在這裡等了好一陣子了呢！」紫燕一邊說，一邊倒了杯茶送到謝玉嬌面前，又道：「小姐先喝一口茶潤潤嗓子，若是餓了，奴婢再去廚房看看有什麼吃的。」

謝玉嬌早膳吃得少，梳妝之前她只用了一碗銀耳蓮子羹，不過這會兒她倒不餓，就是有些渴而已，現在喝點茶剛好。

「我不餓，妳也不用去廚房，我喝杯茶就行。」其實就算謝玉嬌餓了，也不會讓紫燕跑這一趟的，今日王府辦喜事，廚房必定忙得不得了，何必過去添亂呢？

喝過了茶，謝玉嬌覺得整個人舒服不少，只是頭還是重得吃不消。她穿越來以後，頭上最多就是戴幾支玉簪子，就連朱釵、頭面都很少用，如今一下子頂上超過兩斤的鳳冠，簡直苦不堪言。

紫燕知道謝玉嬌辛苦，便走到門口向外左右看了看，只見不遠處廊下有兩個婆子守著，但並不像是會過來新房的樣子。

這麼一想，紫燕便回房小聲對謝玉嬌道：「小姐，也不知道殿下什麼時候回來，奴婢瞧外面沒人，不如先把鳳冠拿下來，等殿下回來之前再戴上就是了，不然您這麼辛苦，明日說不定連脖子都動不了了。」

謝玉嬌覺得有道理，忙點了點頭，脖子還沒低下去呢，就急著用手托住鳳冠道：「哎喲哎喲，真的不行了。」

紫燕笑著幫謝玉嬌掀開蓋頭，摘了鳳冠下來，偷偷放在一旁的五斗櫃中。

謝玉嬌總算鬆了口氣，正想活動一下脖子，在外頭把風的鴛鴦就在門口喊道：「小姐，劉嬤嬤帶著兩個丫鬟過來了。」

謝玉嬌聞言，連忙把紅蓋頭又蓋回去，端端正正地坐在床沿，好像什麼事都沒發生一樣。

劉嬤嬤進入新房後，就看見紫燕與鴛鴦正守著謝玉嬌。她們兩個是謝玉嬌的陪嫁丫鬟，自然服侍得周到，只是如今謝玉嬌既然過了門，王府這邊也要派人服侍。

在外面侍命的三等丫鬟及做粗活的灑掃丫鬟，都是劉嬤嬤這幾個月精挑細選買來的，唯獨幾個在周天昊跟前服侍的一等丫鬟與二等丫鬟，都是從宮裡挑的。

按照大雍皇室的祖制，宮女到了二十五歲能離宮婚配，但到了這個年紀，已經是不折不扣的「剩女」，因此也有宮女請旨不出宮，繼續留在主子跟前服侍；不過要是有機會能提前出宮，那就是天大的好事，因此一聽說睿王府要招人，那些宮女還真是搶破了頭。

當然，她們想到睿王府服侍，最大的目的還是睿王本身，要是運氣好被睿王相中，那可是飛上枝頭做鳳凰了。大家都知道，王爺能有一個正妃、三個側妃，雖說側妃是妾室，卻能上皇族的玉牒，將來若生下一男半女，可謂前途無量。

劉嬤嬤當然知道那些宮女的心思，因此睜大眼睛狠狠挑了幾遍，把長得太好看的、身材太奪人眼光的，或是在宮裡風評不好的全數剔除，只留下兩個人，她們除了容貌中等、膚色稱得上白皙，便再也沒有半點出挑之處。

因為謝玉嬌蓋著紅蓋頭，因此劉嬤嬤朝著她福了福身子便自己起身道：「啟稟王妃娘娘，這兩個丫鬟是老奴從宮裡千挑萬選出來的，皇后娘娘賞她們過來服侍睿王殿下與王妃娘娘。」

謝玉嬌瞧不清那兩個丫鬟的長相，不能發表什麼意見，倒是紫燕跟鴛鴦見了，忍不住睜大了眼。聽說能當宮女的，都是些美人，怎麼劉嬤嬤從美人堆中千挑萬選出來的，長相竟如此平凡？

「既然是劉嬤嬤親自挑選，又是皇后娘娘賞的，那就留下吧，叫什麼名字？」

謝玉嬌隔著紅蓋頭問話，聲音中帶了幾分當家主母的威嚴。原本這兩個宮女聽說睿王妃不過是個地主家的千金，想必好糊弄得很，如今聽她這聲音，倒是透出了幾分精明。

兩人便規規矩矩、一前一後地回道——

「奴婢叫紅鳶。」

「奴婢叫綠漪。」

紫燕和鴛鴦聽了她們的名字，頓時羨慕得緊，從宮裡出來的人，連名字都好聽幾分呢！

謝玉嬌應了一聲，便沒再說話，一旁的劉嬤嬤朝她們兩人使了個眼色，紅鳶便端著手裡的盤子道：「廚房剛熬好了燕窩羹，王妃娘娘若是餓了，請先用一些，殿下正在外頭招待客人，只怕要遲一些進來。」

紅鳶一說完，謝玉嬌便道：「我這會兒不餓，先放著吧！」

紫燕聞言，連忙上前接過盤子，放在東腰紅木圓桌上。

東西既然送到了，劉嬤嬤便道：「王妃娘娘，外頭還有好些客人在，老奴就先出去招呼客人了。」

鴛鴦上前送了劉嬤嬤一程，回來時見新房裡安安靜靜的，兩個新來的丫鬟也站得筆直，一時之間只覺得拘謹得很，便小聲開口道：「小姐，我們以後也要喊您王妃娘娘嗎？」

謝玉嬌想了想，回道：「喊我夫人就成了，妳們要是覺得不順口，喊小姐也行。」

紫燕忙道：「這可使不得，還是喊夫人好。」

她看了那兩個站在一旁的丫鬟一眼，總覺得要是自己不規矩一些，會讓人笑話。

謝玉嬌心想劉嬤嬤是好意帶這兩個丫鬟過來，不過她們站在這邊，終究讓人有些不自在，便道：「今日外頭到處都是客人，妳們兩個也出去招待客人吧，我這裡沒什麼事，等殿下回房的時候再過來就成。」

紅鳶和綠漪聞言，恭敬地行了個禮道：「是，王妃娘娘。」

謝玉嬌皺了皺眉，回道：「妳們也喊我夫人吧！」

兩個人又異口同聲道：「是，夫人。」

待她們離開後，鴛鴦跟紫燕都鬆了口氣，紫燕說道：「夫人，您沒看見她們兩個站得有多筆直，瞧著就跟木頭人一樣，臉上也沒什麼表情。」

謝玉嬌也知道宮裡嚴格，只怕是習慣使然，而非她們不隨和，便笑著回道：「人家是宮裡出來的，哪能像妳們一樣，沒規沒矩的。」

鴛鴦聽了這話，撇撇嘴道：「小姐這才做了半天的王妃，就嫌棄我們沒規矩了。」

此話一出，一旁的紫燕就說道：「說什麼渾話，不是要喊夫人嗎？」

鴛鴦聞言，急忙道：「奴婢錯了，請夫人責罰。」

看見鴛鴦驚慌的模樣，紫燕笑了起來。「妳這丫頭片子，學得還挺快的。」

紫燕這句話逗得謝玉嬌發笑，鴛鴦不服地皺了皺鼻子，用手摸了摸方才端來的一盅燕窩，覺得已經不是很燙了，便問道：「夫人，燕窩不燙了，您好歹吃一些，也不知道殿下什麼時候才能回來，白白挨餓可不好。」

謝玉嬌點了點頭，將紅蓋頭稍微撩起來一些，掛在自己的髮髻上，又換了個舒適些的姿勢，靠在床架上喝起燕窩羹。

第六十六章　新婚之夜

不知道過了多久，外頭的紅燈籠都點起來了，遠處似乎能聽見喧譁的人聲，丫鬟們站在廊下看著一道道絢爛的煙花，高興地拍手叫好。謝玉嬌有些懶懶地倚在雕著魚戲蓮葉花紋的窗格子前頭，看著漫天燦爛，照亮了夜空。

就在這個時候，一個婆子的聲音忽然傳了進來。「殿下來了。」

話音剛落，紫燕跟鴛鴦兩個丫鬟便嘰嘰喳喳地從廊下往屋裡來。進了新房以後，紫燕忙從五斗櫃中拿出鳳冠來，重新為謝玉嬌戴好，一旁的鴛鴦則攤開紅蓋頭，等紫燕那邊處理好，小心翼翼地替謝玉嬌蓋上紅蓋頭。

這一番動作才做完，廳外已經響起了丫鬟的聲音。「殿下小心。」

謝玉嬌抿了抿嘴，心道周天昊準是喝多了，不過這樣的日子，也不能怪他。

平常周天昊在謝家的時候一向不用丫鬟服侍，因此紫燕看見方才那兩個丫鬟扶著周天昊進來，心裡頓時有些不舒服，可是她並沒有進一步的動作，仍舊站在旁邊，只是抬眸瞄了一眼。鴛鴦還小，不懂其中的微妙，她見紫燕沒動，便也老老實實站著。

沒多久，謝玉嬌便看見一雙銀色繡金線雙龍戲珠圖案的長靴出現在自己眼前，她不禁微微合上眼，覺得有幾分壓迫感。

只聽見喜娘笑呵呵地說道：「請新郎官用秤桿挑開喜帕，從此『稱』心如意。」

周天昊的酒量不怎麼樣，今天也喝多了些，可他破天荒沒醉，看著眼前端端正正坐在床沿的謝玉嬌，他推開兩個丫鬟的攙扶，從喜娘端著的紅漆盤中拿起了秤桿。此刻周天昊一顆心狂跳個不停，整個人口乾舌燥，他嚥了嚥口水，對掀開紅蓋頭這件事充滿了期待。

「嬌嬌，我要挑蓋頭了，妳別怕。」周天昊忽然開口說了這麼一句話，引得身後觀禮的幾位嬤嬤都笑了起來。

劉嬤嬤笑著道：「殿下就別耽擱了，王妃娘娘穿著這身行頭一整天，只怕累了。」

周天昊這才想起那超過兩斤重的鳳冠，急忙伸出了秤桿，將紅蓋頭挑開。

謝玉嬌只覺得眼前頓時一亮，她反射性地抬起頭來，一雙烏黑晶瑩的大眼睛對上了周天昊的視線，心跳忽然間漏了半拍。

看見謝玉嬌的模樣，有嬤嬤滿臉笑意地說道：「王妃娘娘果然生得好模樣，不枉我們幾個等到這會兒，總算看見真人了。」

劉嬤嬤低聲笑道：「如今看見真人了，妳們還捨不得走嗎？我可是要趕客人了，春宵苦短啊……」

話還沒說完，眾嬤嬤們全哈哈大笑起來，很識趣地往外頭走了。

劉嬤嬤親自送她們出門，周天昊則掃了房中的丫鬟們一眼，吩咐道：「妳們都出去吧！」

眾丫鬟聞言，屈膝福了福身子，馬上從新房裡退出去。

一時之間新房整個靜了下來，謝玉嬌瞬間心跳加速，靜靜地垂著頭，不斷絞著手中的帕子。

周天昊在謝玉嬌身邊坐了下來，大掌覆在她的手背上，輕輕地揉捏了片刻，有些感嘆地說道：「咱們這算是辦完手續了嗎？」

謝玉嬌噗哧一聲笑了出來，抬起頭用眼角瞄著他，笑道：「你先幫我把鳳冠取下來，不然明日我的頭就要跟脖子分家了。」

周天昊聞言，急忙站起來想幫謝玉嬌取下鳳冠，偏偏他不懂怎麼做，笨手笨腳的，弄得謝玉嬌這邊疼、那邊痛，扯掉好幾根頭髮才把鳳冠拿了下來。

看著掌中多出幾根謝玉嬌的頭髮，周天昊想了想，也伸手想把自己的紫金冠扯下來，謝玉嬌見他那亂拽的樣子，就知道他從沒自己梳過頭，便按住他道：「坐下，我幫你弄。」

周天昊聽了便乖乖坐下來，謝玉嬌則起身去妝奩裡取了一把梳子，她先拆下周天昊的髮簪，之後取走紫金冠，又鬆開裡面的髮繩，這才用梳子替他梳起頭髮。

說起來，周天昊的頭髮不僅又黑又濃密，髮根也非常強韌，這麼折騰下來，竟然連一根也沒扯斷。梳完以後，謝玉嬌將梳子放在一旁，在周天昊的對面坐了下來，卻見他忽然抓住自己一綹頭髮，用力一拽，拔下兩、三根來。

謝玉嬌忙問：「你這是做什麼呢？」

周天昊也不答腔，只將拽下來的頭髮與他手中謝玉嬌的那幾根頭髮揉成一團，放在隨身帶著的荷包裡。

這個舉動讓謝玉嬌面紅耳赤起來，周天昊見狀，便拉著她往自己懷裡去，低下頭含著她的唇瓣，用力地吮吻起來。

謝玉嬌雙手抵在周天昊的胸口，全身癱軟沒了力氣，周天昊見謝玉嬌有些喘不過氣了，這才罷手，正要抱著她上床，謝玉嬌卻扯住他胸口的衣襟道：「交杯酒還沒喝，就等不及了嗎？」

周天昊這才反應過來，他身子一頓，就以半抱著謝玉嬌的姿態，讓她坐在自己的大腿上，端起酒杯送到她面前。

謝玉嬌羞赧地低著頭接過酒杯，小心翼翼的，不敢有太大的動作。隔著喜服，她都能感覺那炙熱的地方正頂著自己，只能緩緩伸手繞過周天昊的臂膀，將酒杯湊到唇邊，抬起頭一飲而盡。

緊接著，謝玉嬌覺得身下一空，整個人被抱了起來，嚇得她手中的酒杯滑落到地毯上。她摟著周天昊的脖子，在他耳邊小聲道：「你……你急什麼……」

身子接觸到床榻的那一刻，謝玉嬌忽然有一種「人為刀俎，我為魚肉」的感覺。她身上的喜服被解開，露出裡面的真絲中衣，接著中衣的帶子鬆開，往下便是大紅色繡著並蒂蓮花紋的褻衣，她就這樣無處可躲，一層層暴露在周天昊面前。

謝玉嬌輕輕嚶嚀了一聲，完全落入周天昊的掌控之中。周天昊呼吸也紊亂了起來，他一邊胡亂扯去身上的衣服，一邊親吻著謝玉嬌身上每一寸肌膚。那柔嫩的肌膚就像上好的綢緞，被他親吻過的地方，都會留下一朵朵鮮豔的紅花。

周天昊的大掌在謝玉嬌身上來回游移，他輕輕解開謝玉嬌身下的羅裙，露出白色的褻褲來。周天昊稍稍穩住了呼吸，扯去謝玉嬌身上多餘的衣物，一雙修長又勻稱的玉腿瞬間落入他的眸中。

謝玉嬌雙手抱胸，羞澀地側身屈起身子，噘著嘴道：「看什麼看，怪羞人的……」

「我就是要看，怎麼看都看不夠。」說著，周天昊就扯開謝玉嬌的手臂，放出她胸前的春光，他不禁低下頭去，對著那櫻桃吮吸了起來……

激烈的狂潮退去之後，謝玉嬌微微合著眸子，胸口不斷起伏。周天昊拿起帕子擦了擦額際的汗珠，待他視線往下滑的時候，才看見謝玉嬌大腿根部那白膩的精液以及黏連的血絲。

周天昊披了袍子起身，命丫鬟們去淨房備水，接著拿起一方乾淨的帕子，替她擦去身下的穢物。謝玉嬌感覺到下身的異樣，皺了皺眉頭，睜開眸子，當她看見周天昊的動作時，原本想擺個臉色給他看，卻沒料到這個時候她竟然累得連給他臉色看的力氣都沒了。

過了一會兒，便有丫鬟在外頭回話道：「殿下，淨房的水備好了。」

此時周天昊的聲音還帶著幾分沙啞，他回道：「這裡用不著妳們服侍了，出去候著吧！」

謝玉嬌聽到周天昊的聲音，總覺得他透出些許慾求不滿的氣息，她有些不安地想支起身子，無奈實在痠痛得厲害，連微微移動一下都沒辦法。周天昊見狀，便俯身將謝玉嬌抱了起來，也不披上一件衣服，兩個人就這樣光著身子去了淨房。

儘管泡了熱水，謝玉嬌的身體仍舊疲累不已，可周天昊卻恢復了過來，不依不饒地拉著她往自己懷中靠，一邊洗一邊又忍不住要了她一回。

浴桶本就大，水位又高，被兩個人一攪弄，水就灑了一地。謝玉嬌被周天昊抱著面對他的身體，只能無力地靠在他懷中，蜷縮著腳趾，咬住唇瓣輕哼。

周天昊見謝玉嬌體力不支，又想到明日還要進宮面聖，便只盡了一回興，就替她擦乾了身子，抱她回房中。此時丫鬟們已替他們換上了乾淨的床單，謝玉嬌累得渾身痠痛，一沾到枕頭就蜷起身子要睡，周天昊卻一把將她摟了過來，讓她靠在自己的胸口上。

謝玉嬌睜開眸子，看見周天昊胸口那處傷疤。如今雖然好了，可疤痕卻猙獰得很，一想起這箭差點要了他的命，謝玉嬌又心疼起來，她輕輕用指尖在那地方畫著圈，問道：「還疼嗎？」

周天昊本以為謝玉嬌已經睡著了，這時候聽見她問自己話，低下頭，在她額頭上親了一口道：「不疼了，妳呢？」

說著，周天昊忍不住伸手往下觸碰謝玉嬌方才那容納過自己的地方，謝玉嬌嚇得急忙併攏了雙腿，睜大眸子道：「好疼，疼死了，以後我們再也不要做了好不好？」

周天昊聞言，忽然翻身將謝玉嬌壓在身下，灼熱的氣息在她耳邊來回噴著，壞心地笑道：「多做幾次就不疼了，不如我們再來一回？」

謝玉嬌睨了周天昊一眼，急忙掙脫他的箝制，拉過被子蓋住自己的身體，翻過身不理他了。

第二天謝玉嬌醒來的時候，天已經大亮了，床前碧紗櫥的簾子是放下來的，看不見外面的情形，但能聽見有人正在說話。

「殿下也太孟浪了些，明知道今日要進宮，怎生這般折騰王妃娘娘？」劉嬤嬤碎唸道。

「劉嬤嬤別說了，皇兄要下了朝才有空接見我們，就讓她再睡一會兒，耽誤不了時辰的。」周天昊的聲音聽起來倒是很有精神，完全不像「勞累過度」。

謝玉嬌掀開被子的時候，才發現自己身上不著片縷，只好又躺了回去，開口向外頭喚人。不開口不要緊，一開口卻嚇了一跳，原本謝玉嬌的聲音清脆悅耳，此時卻很是沙啞，必定是昨晚太過激烈，一時喊破了嗓。

周天昊聽見裡頭的聲音，急忙站了起來，他見丫鬟們端了水要進去，攔住她們，親自接過水道：「在這邊候著，我進去就好。」

丫鬟們應了一聲，撩開簾子放周天昊進去。謝玉嬌上下打量周天昊，見他早已穿戴整齊，不禁有些臉紅，指著衣架上的褻衣低聲道：「替我拿那個來。」

周天昊點點頭，上前取下褻衣，走到床前時，忍不住將衣服放在鼻子下聞了聞。謝玉嬌見到周天昊那模樣，忍不住一臉嫌棄，伸手將衣服奪過來道：「瞧你這猥瑣勁……」

被這樣一罵，周天昊也不氣，他見謝玉嬌背過身子穿衣，就在後面幫她繫好帶子。看見謝玉嬌頸子上那一串串吻痕，周天昊有些心疼，說話都軟了幾分。「我就只對妳猥瑣而已。」

謝玉嬌輕哼了一聲，翻身想要下地，可身子還是沒力氣，軟綿綿的，周天昊便伸出手，替她按摩了幾把。

「我以後一定節制，一晚上一回成吧？」周天昊低聲道。

原該是體貼的話，卻讓謝玉嬌聽得後背發冷，一晚上一回還叫節制？

周天昊看著謝玉嬌的小臉變了顏色，不禁笑了起來，他絞了帕子讓謝玉嬌擦臉，又替她取來褻褲穿上，這才到了外頭，喊丫鬟們進來服侍。

謝玉嬌漱過口、穿戴整齊之後，劉嬤嬤才引了一個年輕媳婦進來，向謝玉嬌介紹道：「王妃娘娘，這是特地為您請的梳頭娘子，每日卯時二刻就會在您這邊候著。」

以前都是喜鵲替謝玉嬌梳頭，只是喜鵲過門之後沒多久就有了身子，加上害喜得厲害，因此謝玉嬌索性讓她在家裡養著，等生下孩子後坐了月子再過來也不遲。

謝玉嬌瞧那梳頭娘子雖然容貌一般，但皮膚白淨，整個人看起來挺有精神的，便點頭道：「我不喜歡太繁複的髮式，妳就挑簡單又方便的幫我梳一個。」

劉嬤嬤聽了就說：「王妃娘娘平日在家可以隨便一些，只是今日要進宮，還是稍微正式一點好。」

謝玉嬌見劉嬤嬤說得有道理，便回道：「那就聽劉嬤嬤的，梳得正式一些吧！」

梳頭娘子點了點頭，紫燕打開桌上的妝奩，讓她挑選一套今日要戴的頭面。這些頭面都是由謝家的首飾坊打造，上頭的寶石是徐禹行去海外時精挑細選的，留著讓謝玉嬌與徐蕙如做嫁妝，因此每樣都是精品。梳頭娘子看得眼花撩亂，選了半天，最後挑中一套赤金鑲紅寶石五鳳銜珠頭面。

謝玉嬌本就生得嬌豔，只是平常都穿得素淨，如今一精心打扮，頓時豔光四射、光彩照人，除了她眼圈微微的烏青有些礙眼之外，整個人如同一朵散發迷人香氣的豔麗紅玫瑰。

劉嬤嬤看得很是滿意。「王妃娘娘真是好看，人人都說宮裡的何貴人是金陵第一美女，奴婢瞧王妃娘娘更勝她幾分呢！」

謝玉嬌聽劉嬤嬤提起何貴人，知道是何家那位被保護得極好的女兒，沒想到進宮不過幾個月，她已經被封為貴人了。

按理說她們是親戚，原主這個身子小時候恐怕還見過她，只是如今倒是相見不相識了。

梳頭娘子梳好了頭，拿著小鏡子在謝玉嬌身後照了幾下，謝玉嬌滿意地點了點頭，就見鴛鴦進來傳話道：「夫人，早膳準備好了，請您用膳。」

鴛鴦這丫鬟倒是學得挺快的，昨天還一副沒進入狀況的樣子，今日卻已經有模有樣，連說話都變得文謅謅了呢！謝玉嬌笑著起身，等到了廳裡的時候，看見周天昊已經坐在那邊等著她了。

瞧謝玉嬌行進間還有些不便的樣子，周天昊忍不住自責起來。明明之前百般告誡自己來日方長，千萬不能太過急切，可一看見她那惹人憐愛的模樣，理智就全都拋到腦後去，一心想把她揉進自己懷中，狠狠地疼愛。

「早膳是宮裡專門做點心的御廚做的，我還不是很清楚妳的口味，便讓他隨便準備了幾樣。」說著，周天昊便拿了筷子要挾東西給謝玉嬌吃，只是看見滿桌餐點，不禁有些茫然，停下了動作。

謝玉嬌也一樣，她捏著筷子，不知道從何下手，皺眉道：「不知道我的口味就問一聲，那御廚也太老實了，這麼多東西，豈不是三更開始就要準備？」

周天昊聽見謝玉嬌這番話，小雞啄米似地點頭，謝玉嬌看到他那樣子，不禁淡淡笑了起來。她沈思片刻，喊紫燕到跟前，讓她為自己挾了一個水晶燒賣、一個豆沙包，還有小半截的春捲，然後添了一碗紫米粥。

看見謝玉嬌只吃這麼幾樣點心，周天昊開口道：「妳多吃一些，一會兒進了宮，還不知道什麼時候能吃到東西，小心餓著了。」

謝玉嬌低著頭不說話，只是一口一口慢慢吃，接著挾了個蝦餃放到周天昊盤中，又想起他吃魚會過敏，只怕吃蝦也不行，便把蝦餃放到自己的盤子裡，將豆沙包送到他那邊。

「你也多吃一點。」說完這句話，謝玉嬌忽然覺得牙根有些酸軟，這會兒丫鬟和婆子都在旁邊站著呢，他們兩個這樣可不酸死人了？

丫鬟心裡面想什麼沒人知道，可是劉嬤嬤卻樂得合不攏嘴，喜悅全寫在臉上。

一桌子的東西全靠他們兩個人吃，實在很是吃力，才動了幾樣而已，謝玉嬌起身請劉嬤嬤坐下來吃，又笑著道：「劉嬤嬤吃飽了就賞給丫鬟們吧！」

劉嬤嬤很是不好意思，周天昊見狀說道：「劉嬤嬤，王府沒有別的長輩，妳是這裡年紀最大的，就坐下吃吧！」

有了周天昊這番話，劉嬤嬤才勉強答應下來，又命丫鬟去外頭備車，以免周天昊跟謝玉嬌錯過進宮的時辰。

謝玉嬌和周天昊用過早膳，回房坐了一會兒，待丫鬟送了茶進來漱過口，兩人對坐著凝視對方。

沈默了一會兒，周天昊伸出手握住謝玉嬌的柔荑，湊到她耳邊道：「嬌嬌，妳終於是我的了。」

說完，周天昊就定定地看著謝玉嬌，彷彿要看穿她的靈魂一樣。

謝玉嬌紅著臉不說話，抿著唇瓣挑眉看周天昊，片刻過後才瞪著他道：「發什麼神經，一直盯著我看，還沒看夠嗎？」

「一輩子都看不夠。」周天昊忍不住摩挲起謝玉嬌細嫩的手背，一雙眸子都瞪到發直了。

劉嬤嬤用過早膳後，喊四個丫鬟一起坐下來吃，她則去為周天昊跟謝玉嬌夫妻倆仔細張羅進宮的事。

鴛鴦自顧自地吃了兩口，紫燕就拉了拉她的袖子，她不禁疑惑地抬起頭，往紫燕那邊看。紫燕悄悄使了個眼色，鴛鴦往紅鳶和綠漪的方向看過去，只見她們兩個人吃起東西來竟然一點聲響也沒有，動作如行雲流水般，更誇張的是，她們只吃自己眼前的東西，其他地方的一概不碰。

這麼一瞧，鴛鴦想起方才自己那伸長著胳膊挾東西的樣子，頓時如遭雷擊，什麼胃口都沒了。

新房裡，周天昊和謝玉嬌正在你儂我儂，沒多久有丫鬟進來回話，說馬車已經備好了。此時謝玉嬌早已被周天昊摟著狠狠親了一回，聽見丫鬟的話，羞得推開周天昊，坐到梳妝檯前補起妝來。

周天昊站在謝玉嬌身後等她，謝玉嬌往鏡子裡頭看了一眼，只見周天昊嘴上還沾著自己唇上的胭脂，便淡笑著起身，拿帕子輕輕替他擦了個乾淨。

眼看謝玉嬌自動送上門，周天昊便順手摟著她晃來晃去，在她臉頰、鬢邊一個勁兒地蹭著，弄得謝玉嬌只能偏著身子躲來躲去，最後沒辦法了，只好仰著頭道：「你再這樣，今晚就睡書房去。」

周天昊正是食髓知味的時候，恨不得能夜夜春宵，聽了這話，立刻鬆開謝玉嬌，讓她坐回去補妝。

丫鬟催了兩、三回，謝玉嬌才整理妥當，被周天昊拉著往外頭去。

鴛鴦跟在周天昊和謝玉嬌後面，她年紀小又不懂事，便問道：「紫燕姊姊，殿下幹麼拉著夫人的手走路呢？難不成怕夫人摔了？」

紫燕懶得跟她解釋，便隨口道：「愛拉就拉著了，哪來那麼多理由。」

這不是謝玉嬌第一次進宮，可她卻比上一回更緊張，有一種新婚隔天要見公婆的感覺。一路上周天昊都牽著謝玉嬌的手，很快就發現她的手心微微冒汗，為了安撫她，反而握緊了幾分。

上了馬車之後，由於車內的溫度不低，他們兩個人又都穿著正裝，兩三下就熱得受不了，好在周天昊隨身帶著一把摺扇，就替謝玉嬌搧起風來。

謝玉嬌這才稍微冷靜了一些，乘機問道：「上回我進宮的時候頂撞了皇上，他會不會還記得？」

周天昊見謝玉嬌蹙起眉頭的樣子，低聲笑道：「皇兄日理萬機，哪裡記得這些，只怕連妳的長相都忘了。」

這些話才說完，周天昊就看見謝玉嬌正瞪著他，他頓時發覺說錯話，急忙改口道：「娘子這麼好看，皇兄自然記得，可是記得又怎麼樣，現在妳已是我的妻子了。」

聽周天昊油嘴滑舌，說出像抹了蜂蜜的話，謝玉嬌不禁嬌羞地往他身上靠了靠，結果頭上的金簪觸碰到周天昊的臉頰，讓他下意識地躲了躲。

謝玉嬌正想抬頭看看有沒有刮傷周天昊，卻被他扶著背往後一仰，她只看見周天昊那幽深的眸子快速朝自己靠近，下一秒就被他占了便宜。

王府的馬車規格頗高，四平八穩不說，就算在裡頭睡覺都行，也難怪周天昊敢這麼做。

謝玉嬌嚶嚀了一聲，雙手握著拳使勁搥，卻沒辦法讓周天昊退開。周天昊吻得有些興起，拉著她的手胡亂動了一番，摩得那個地方又燙又硬。謝玉嬌紅著臉別過頭去，使勁把手抽了回來，獨自縮到角落去。

雖然周天昊很想在馬車上來一回，卻也知道這裡不方便，索性閉上眼調節氣息。

過了半晌，謝玉嬌見周天昊沒有動靜，這才回過頭來，只見他正閉著眼睛，好似在養神。謝玉嬌稍稍放下心來，視線不自覺地往他下面移過去，見那帳篷已經攤平，才鬆了口氣，靠在馬車壁上跟著閉起眼。

昨夜被折騰了大半宿，謝玉嬌原本就沒睡飽，加上馬車行走得非常平穩，這一合眸，不過片刻就睡了過去。

其實周天昊在謝玉嬌閉眼休息後沒多久就睜開了眼睛，此時見她靠著車廂像是睡著了一樣，便靠了過去，讓她倚在自己懷中。謝玉嬌只覺得落入了一個堅實可靠的懷抱，睡得越發沈了。

第六十七章　正面交鋒

馬車大約走了小半個時辰，已經到了行宮門口，由於這次是正式覲見，因此不走角門。周天昊見謝玉嬌睡得正沈，便吩咐在門口稍等片刻，接駕的眾人只能在外頭曬著熱辣辣的太陽苦苦等待。

過了一會兒，謝玉嬌打了個哈欠，發現馬車不動了，她睜著惺忪的睡眼道：「怎麼車不動了？」

此時外面的人已經站了一盞茶的時間，周天昊微微一笑道：「已經到了，正打算喊妳起來。」

謝玉嬌拿起帕子稍稍揉了揉眼角，才與周天昊一同下了馬車。

眾人看見簾子一閃，不約而同鬆了口氣，領頭的太監急忙迎上前道：「啟稟殿下、王妃娘娘，陛下和皇后娘娘已經在念祖堂等著兩位了。」

周天昊點了點頭，揮手免了他們的禮數，待進了宮門之後，兩人又搭上輦車，往念祖堂的方向前進。

方才周天昊一到宮門口，就有太監去回話了，因此文帝跟徐皇后都提起了精神等他們進來，誰知道過了好一會兒都不見人影，文帝有些耐不住了，就又派了一個太監去問話。

那太監走到半路，就遇上進來傳話的人，他便立刻回去稟報。「睿王殿下疼愛王妃娘娘得緊，王妃娘娘在路上打了個盹兒，一時沒醒過來，殿下捨不得叫醒王妃娘娘，所以才耽誤了一會兒。」

文帝知道周天昊素來放蕩不羈，從沒聽說過他會憐香惜玉，不管是異國公主、豪門閨秀、京城名妓，周天昊向來都是萬花叢中過，片葉不沾身。這次雖然一心想要娶謝玉嬌，看得出來頗為珍惜她，可文帝沒料想到這個弟弟竟然寵妻子寵到這個地步。

徐皇后見文帝一臉苦笑，還以為他不高興，便勸慰道：「皇上忘了，昨晚是他們的洞房花燭夜，皇弟年輕力壯，只怕折騰得弟妹不輕呢！」

文帝聞言笑了起來，點頭道：「說得是，等他們拜過祖先後，也該早點回王府歇著去。」

談話間，太監已經在門口報唱，說是睿王爺與睿王妃在殿外等候。獲得文帝宣見、進了大殿之後，周天昊拉著謝玉嬌一起向文帝與徐皇后請安，之後正式展開祭祀大典。

因為朝廷南遷，大典的儀式也精簡許多，並不像過去那樣需要整整一天的時間。謝玉嬌和周天昊在禮部官員帶領下，跪拜大雍開國以來多位帝王，最後由文帝親揮御筆將謝玉嬌的名字寫入皇室玉牒，便算禮成。

然而即使是這樣，也足足折騰了一個多時辰，謝玉嬌原本就腰痠腿疼，幾次跪拜都差點站不起來，幸好一旁有宮女細心攙扶，謝玉嬌才免去出糗的命運，但是這樣卻讓她覺得一張臉熱辣辣的。

祭拜過祖先之後，文帝喊了周天昊一同往御書房去，謝玉嬌則隨著徐皇后去了鳳儀宮。

鳳儀宮裡，幾位貴妃與徐皇后的母親安國公夫人正在那邊候著，看見謝玉嬌進來，安國公夫人堆著笑迎上前道：「這位就是睿王妃娘娘吧？果真生得好模樣，怪不得睿王殿下非卿莫娶，我也是看一眼就喜歡上了。」

謝玉嬌恭恭敬敬地向安國公夫人行了禮，她連忙虛扶住謝玉嬌，待兩人落坐後，安國公夫人命身旁的丫鬟送上一串金色的東珠。這串珍珠顆顆都閃耀著金光，更難得的是粒粒飽滿，有龍眼般大小。

安國公夫人這般多禮，謝玉嬌自然急忙謝過，讓跟著一起進宮的丫鬟收下，緊接著，在場的各位娘娘也開始送禮。

謝玉嬌此時自是不用回禮，只是回去以後這些禮品都要登記造冊，將來得一一回贈。

何貴人送給謝玉嬌一對鑲金翡翠玉鐲，玉色雖然是上乘的，但是謝玉嬌一看就知道，只要是鑲金的地方，必定是因為有瑕疵，才需要遮蓋；既然何貴人送了這等禮品，謝玉嬌也不難猜出她對自己抱持何種態度。

徐皇后瞧了何貴人給的禮物一眼，臉上雖然帶著笑，眉宇間卻透出幾分冷然。「聽說謝家與何家是親戚，不知道何貴人和睿王妃可是舊識？」

謝玉嬌自從穿越過來之後，從沒見過何家大小姐，自然算不上認識，何貴人也只淡淡道：「小時候興許見過，如今也記不得了。」

聽到何貴人的回答，謝玉嬌跟著笑了笑，道：「這可真是巧，我也記不得了呢！」

徐皇后似乎很滿意謝玉嬌對何貴人的態度，開口道：「不認得也不打緊，以後認識就成了。」

有徐皇后在，眾人都拘謹得很，乾坐了片刻，換了一盞茶之後，便有人起身告辭。徐皇后也樂得她們離開，沒多久鳳儀宮就只剩下安國公夫人、徐皇后與謝玉嬌三人。

安國公夫人這才對謝玉嬌熱絡起來，她坐到謝玉嬌身旁，說道：「聽皇后娘娘提起過，咱們安國公府，還是妳的外祖家呢！」

徐氏的父親是安國公府庶出的三房，安國公夫人這麼說確實沒錯，只是當年謝玉嬌的外祖父死得太慘，徐禹行也就此斷了與安國公府的聯繫。

「外公去得早，舅舅又一直待在南方，這些年在北方走動得少，也不知道府上的人還記不得原來的三房了。」謝玉嬌淺笑道。

其實謝玉嬌這話沒有半點責怪的意思，可安國公夫人聽了卻有些臉紅。當年若不是安國公府對三房不聞不問，興許徐氏的父親不會去得那麼早。

「十幾年前，我不過是個年輕媳婦，好些事情都不清楚，長輩們怎麼說，我們也就怎麼應，說起來倒是可惜啊……」安國公夫人吶吶地說道。

謝玉嬌一聽這話，就知道安國公夫人是來套關係的，只是她實在缺乏誠意，把自己的過錯推得一乾二淨，到底讓謝玉嬌有幾分不痛快。

「過去的事不提也罷，夫人不必太過自責了。」謝玉嬌淺笑道。

安國公夫人見謝玉嬌似乎有些軟硬不吃，就沒再說什麼。不一會兒，外頭有宮女來傳話，說是請謝玉嬌去御書房用午膳。

徐皇后聞言，雖然臉上還帶著笑，心中卻有幾分難過，連她都沒在御書房用過膳，反倒讓謝玉嬌過去？這麼一想，徐皇后便笑著道：「想必是傳錯話了吧，睿王妃在鳳儀宮用午膳就好。」

那宮女恭敬地回道：「是睿王殿下讓王妃娘娘過去的，殿下說從鳳儀宮到御書房的路途遠，一會兒王妃娘娘用完午膳，正好是最熱的時候，所以先請王妃娘娘過去，一會兒就不來向皇后娘娘辭行了。」

謝玉嬌聽了這番話，微微勾起了嘴角，她起身向徐皇后與安國公夫人福了福身子，便告辭了。

謝玉嬌坐著輦車到御書房的時候，御書房隔壁的膳廳早已備好了午膳。謝玉嬌盯著可說是一眼看不到邊際的菜碟子瞧，才知道自家的早膳真是小巫見大巫。

可是吃頓飯擺這麼大的陣仗有什麼意思？遇上視力差的，只怕連放在稍微遠一點的菜是個什麼東西都看不清楚，還會逼死三心二意、不知道該怎麼選擇的人啊！

周天昊見謝玉嬌來了，指著身旁的位置要她坐下，謝玉嬌有些不好意思地走過去，看見文帝已經在首位就座，這才低下頭，靠著周天昊坐好。

看見謝玉嬌的神情有些局促，周天昊便伸手在她手背上揉了一把，抬起頭用眼神安撫她。

文帝看人到齊了，便開口道：「朕這裡從沒留過女眷用膳，也不知道妳喜歡吃什麼，所以就讓御膳房多準備幾道菜，還有一些是皇弟喜歡吃的。」

周天昊笑著回道：「皇兄太客氣了。」

謝玉嬌心想他們可真是兄弟，連說的話都差不多，只是看到滿桌的菜，她實在無所適從，便稍稍抬起頭來，問文帝道：「皇上平常一頓都要吃那麼多菜嗎？」

文帝聞言愣了一下，似乎不是很清楚這個問題的答案，便轉身問在身旁服侍的太監道：「朕午膳一般是幾道菜？」

那太監回道：「陛下的膳食是有規制的，以前在京城的時候是六十八道菜，有冷盤、熱菜、麵點、果盤、羹湯等，後來陛下下旨精簡，如今每頓只有四十八道，節省了二十道。」

謝玉嬌聽了這話眼皮直抖，一頓飯四十八道菜還叫省，怪不得大雍打不過韃靼，她忽然有些後悔把那匣子的銀票給周天昊了，也不知道那些錢夠皇上吃幾頓。

想到這裡，謝玉嬌看了周天昊一眼，見他也是頗為無奈的模樣，猜想他大概已經見怪不怪了。

謝玉嬌略微沈思，開口道：「過去菜市的豬肉是二十文錢一斤、珍珠米是五文錢一斤，各色蔬菜則是差不多三、四文錢一斤，朝廷南遷之後，這些東西都漲了一文銀子。皇上這一桌菜，少說也要三十兩銀子，足夠一個普通人家一年的花銷了。」

雖然每年戶部固定會統計糧、棉、絲、肉等價格，但從來沒有人替文帝算得這麼精細，因此他聽到這些話之後，不禁有些訝異。

謝玉嬌一邊說，一邊盯著文帝的臉色看，見他似乎並未動怒，便繼續道：「皇上一頓飯若是能省二十兩銀子，一年就省下兩萬多兩銀子，足足能換一萬件棉襖、上千疋高檔的棉布。」

「真……真的可以換這麼多？」文帝好奇起來，忍不住開口問道。

「騙皇上做什麼？去年北邊的難民來了之後，謝家花費在賑災上的銀子有五、六千兩，養活一千多個難民整整半年的時間。皇上想想，倘若您剩一口吃的，至少可以養活五百個難民半年呢！」

「皇弟，你怎麼以前從來沒跟朕提起這些呢？」文帝看著周天昊，用近乎質問的口吻說道。他沒什麼機會了解民情，可是他這個皇弟可是天天都在民間亂晃，也不跟他說一聲，害他做了這麼長一段時間的奢靡之君。

周天昊怎麼可能沒說？只是他哪有謝玉嬌說得這般詳細，帳又算得清清楚楚？光是講些空泛的道理，文帝當然聽不進去了，如今聽謝玉嬌這麼說，周天昊索性道：「臣弟自然也不懂這些，遇上了嬌嬌之後才知道，原來百姓們日子過得這般艱難。」

文帝聽到這番話，哪裡還能吃得下飯？他站起來負手來回踱了幾步，忽然吩咐道：「傳朕的旨意，從今以後，每餐預備八道菜即可，反正朕本來就吃不了多少。」

謝玉嬌忍不住輕咳了一下，從原先的四十八道一下子縮減成八道菜，這……這也變動得太大了一些。

一旁的太監聽了這話，額頭上直冒冷汗，他想了想，才回道：「陛下，您若是只吃八道菜，那娘娘們怎麼辦？皇后娘娘跟您一樣是八道菜也就罷了，可照品階這麼排下去，末等的選侍豈不是只能吃一道菜了？」

周天昊急得直皺眉，他這皇兄要是真的這麼搞，謝玉嬌可就得罪人了，只怕整個後宮的女眷都會扎小人詛咒她。

「皇兄想要節儉，用意良好，不過這些都是祖宗留下的規制，皇兄要改也得慢慢來，不如……改成十八道菜如何？這樣皇兄好有個選擇，娘娘們也不必只吃幾樣菜，皇兄以為如何？」周天昊建議道。

文帝聽了，微微點了點頭，又問謝玉嬌道：「弟妹幫朕算算，若是十八道菜，大約要幾兩銀子？」

謝玉嬌在心裡算了算，回道：「大約要十兩銀子。」

文帝聞言，臉上依舊帶著愁容，吶吶道：「十兩銀子，似乎也挺多的。」

周天昊實在看不下去了，他拉了拉謝玉嬌的袖子，朝她使了個眼色道：「皇兄請妳來用午膳，妳倒是算起帳來了，這樣不累嗎？我們趕緊吃完，好早些回王府去。」

其實謝玉嬌當然又餓又累，要不是為大雍著想，她也不會「展現本色」，不過看文帝開始鑽起牛角尖，她便點頭道：「說得是，我們還是快些用午膳吧！」

用過了午膳，文帝就下了旨意，以後他每餐只准上十八道菜，其餘的人按自己的品階遞減。

此時周天昊和謝玉嬌坐在回王府的馬車裡，謝玉嬌的腰痠疼得厲害，周天昊便讓她倚在自己的懷中，伸手替她緩緩揉捏。

周天昊淡淡開口道：「皇兄作為帝王，雖然資質平庸了些，可他卻有一顆愛民如子的心，這樣就夠了。」

謝玉嬌聽周天昊提起過一些以前的事，便笑著道：「你讓他代替你上陣，自然要說他好話，不然被困在宮裡頭的人可是你呢！」

「就是啊，若是我被困在裡頭，咱們嬌嬌可要嫁不出去嘍！」周天昊順著謝玉嬌的話往下說。

謝玉嬌嬌嗔地哼了一聲，瞪著周天昊說：「誰嫁不出去啦？明明是某人要娶不到老婆了。」

自從穿越以來，謝玉嬌就習慣了一家之主這個角色，總是擺出一副嚴肅的模樣，現在偶爾撒個嬌，能讓周天昊渾身的骨頭都酥了，忍不住又狠狠將她抱在懷中親了好一陣子，捨不得鬆開。

被這麼一撩撥，謝玉嬌的身子頓時軟得像灘水，她不希望自己最後下不了馬車，便一把往周天昊試圖作怪的手打過去，背過身不理他了。

兩人才回到王府，周天昊便叫人備水，脫下身上厚實的朝服，留著一件中衣在房中走動。

謝玉嬌坐在梳妝檯前，由紫燕替自己拆下頭上的朱釵環翠，她看見周天昊穿著中衣從外頭進來，小聲道：「已經備好水了，你先去洗洗，別在這邊走來走去。」

周天昊拿起一本書在窗邊坐了下來，隨口道：「一個人也是洗，兩個人也是洗，不如一起洗，省得她們打幾回水，怪累的。」

謝玉嬌聽了這話，臉頰脹得通紅，這種無恥的話，也敢當著丫鬟的面說出來？

紫燕有些花容失色，卻還是只能裝作沒聽見，她趕緊幫謝玉嬌將東西收到妝奩裡，退了出去。

周天昊見一切都收拾妥當，丟開書站起來，一個彎腰抱起謝玉嬌，往淨房裡頭去了。

又是一番曲徑通幽的鴛鴦戲水，謝玉嬌被周天昊折騰得沒了力氣，只能抱著他的脖子，雙腿抵在浴桶上，承受著他一次比一次更猛烈的進攻。待謝玉嬌用細如蚊蚋般的聲音求饒時，周天昊才把人鬆開，裹著汗巾抱她回床榻。

沾染了情慾的臉頰泛著酡紅，瑩潤的胸口像搽了胭脂一樣，泛著粉嫩的光澤，謝玉嬌像隻小白兔一樣縮在周天昊的懷中，靠在他胸口上睡了起來。

這一覺睡得極為安穩，等謝玉嬌醒來的時候，外頭的天色都已經暗了。由於中午那頓飯吃得很趕，就算謝玉嬌有個小鳥胃，此刻也餓了，她原本想喊丫鬟進來服侍她更衣，又看見身上一處處紅痕，便忍著痠痛自己爬起來。

就在此時，門外傳來了腳步聲，謝玉嬌一聽，就覺得是周天昊來了，平常丫鬟們走路都輕緩得很，沒有人像他這樣跟一陣風似的。謝玉嬌嘴角揚起笑，故意躺下來等周天昊，只聽他一進門便問道：「夫人醒了沒有？」

「夫人還沒醒呢，或許是累著了吧！」聽這說話的聲音，應該是那個叫紅鳶的丫鬟。

周天昊應了一聲，倒是有些心疼，不過他真的忍了太久，一看見謝玉嬌就忍不住想動她，實在控制不住。他想了想，開口道：「夫人若是醒了，妳們就去傳一些宵夜來，也不用她起身，讓她在房裡吃就成，本王去書房一趟，妳們好生伺候著。」

紅鳶聞言福身應了，接著卻開口道：「夫人年紀輕，身子自然禁不起，殿下也該知道憐香惜玉。」

謝玉嬌聽到這番話，不禁皺了皺眉頭。這兩日紅鳶和綠漪兩個丫鬟在自己跟前連一句完整的話都沒說過，如今見了周天昊，卻說了有一籮筐這麼多，聽著讓人有些刺耳。

想到這裡，謝玉嬌掀動大紅底丹鳳朝陽刻絲薄被，哼了一聲。外頭的周天昊還沒走遠，他聽見這一聲輕哼，立刻止住腳步，轉身又往裡頭來。

紅鳶跟在周天昊身後，一路為他挽起簾子，引他矮身進去。一進房間，周天昊就看見謝玉嬌身上蓋著薄被，在幽暗的燭光下，鮮紅的被子襯著她嬌美的容顏，散發出慵懶的氣息。

「這回可睡飽了？」周天昊笑著說道。

謝玉嬌微微頷首，接著伸出一雙白嫩的胳膊，周天昊連忙示意紅鳶出去，自己則親手替謝玉嬌送褻衣過去。

「現在是什麼時辰？怎麼天都黑了。」謝玉嬌問道。

「已經戌時二刻了，妳肚子餓不餓？」

謝玉嬌已是饑腸轆轆，便用力地點了點頭，周天昊對著門外道：「去傳幾樣宵夜過來，本王陪王妃用一些。」

謝玉嬌見周天昊挺有精神的樣子，不禁伸手捏了捏他手臂上的肌肉。穿上衣服後，她起身趿著鞋子坐到梳妝檯前，拿著梳子梳了幾下頭。

此時紫燕與鴛鴦從下人處吃過了晚飯回來，她見謝玉嬌已經醒了，自責道：「早知道夫人這會兒要醒了，奴婢就不該走的。」

謝玉嬌見方才候著的紅鳶並不在旁邊，低聲問紫燕。「平常妳跟鴛鴦從不一塊兒離開，今天是怎麼了？」

紫燕皺眉道：「奴婢原是要在這邊候著的，只是紅鳶姊姊先吃完了，推著奴婢去吃，說她會在房裡候著，奴婢見夫人沒醒，才帶著鴛鴦一起去吃飯。」

雖然剛才有這麼一段插曲，但是紫燕並不覺得有什麼問題，只急著幫謝玉嬌把頭梳好。沒多久，鴛鴦就來傳話，說是廚房的宵夜已經送了過來。

周天昊醒得早，早就吃過一頓了，這時不過是陪謝玉嬌而已。宵夜做得很清淡，玉田香米粥、幾樣涼拌小菜，還有冰鎮藕粉圓子。

天氣原本就熱，謝玉嬌吃不下什麼太燙的，她吃了好幾個藕粉圓子，剩下的就一口一個餵給周天昊。

睿王府沒長輩，哪裡有人管得著他們，但是方才紅鳶說的那幾句話，讓謝玉嬌心頭微微有些酸意，越發在周天昊跟前獻殷勤。

周天昊一向由著謝玉嬌，就算她把所有的東西都餵給自己，只要他吃得下，斷然不會說半個「不」字。

用過了宵夜，差不多也要亥時了，周天昊原本打算去書房，最後也沒過去，只在新房的書架上隨便找了本書來看，夫妻兩個一時之間沒什麼話說。

謝玉嬌想了想，從五斗櫃中拿出徐氏給的那個匣子。這幾天事情太多，她還沒好好算一算徐氏到底給了自己多少銀子，只知道看起來有三、四十萬兩，確切數字還不清楚。

反正這個時候難得閒下來，謝玉嬌索性翻出來一張張數。果然跟她猜測的差不多，一張一萬兩的銀票，總共有四十張，其餘還有江寧縣淳化鎮六百畝上好水田、隱龍山一帶幾個種著瓜果與開墾為桑田的山頭。雖然這些地契對謝家來說並不值什麼，但加上那些銀子，可是不得了的嫁妝。

另外，那一百二十抬的嫁妝，有各種古董、字畫、金銀首飾、頭面，加起來也有好幾萬兩。謝玉嬌在心裡估算這些東西的價值，到底覺得有些過意不去。

雖然這兩年她確實為謝家賺了不少銀子，可是她很明白花出去的錢也不少。縣衙那邊一有什麼事，謝家總是頭一個被點名的，便是這半年賑災的糧食，也要吃空謝家這幾年的存糧了，如今謝家除了鋪子跟田地，恐怕沒多少現銀。

謝玉嬌見周天昊還在燈下閱讀，伸手奪過他的書，雙手抱著匣子，看著周天昊，有些誇大地說道：「這匣子裡的銀子，足夠我的子孫活到重建新社會了。」

周天昊那天只是瞄了一眼，知道看起來似乎很多，這會兒聽謝玉嬌說起，不禁好奇地問道：「到底有多少？」

謝玉嬌揚起四個手指頭比了比，俏皮地問道：「賺大錢了吧？」

周天昊笑著點點頭，又道：「這件事我還沒跟皇兄說起，打算等過一陣子再提。」

「為什麼要過一陣子？」謝玉嬌有些不明白。

周天昊回道：「如今朝廷確實缺銀子，北邊的國土被韃靼占領，少了原先那些府縣的稅收；到了南方，雖然是個魚米之鄉，可朝廷不敢獅子大開口，生怕惹惱了這邊的官紳，皇兄為了這件事，已經納了好幾個妃子了，這妳也清楚。」

謝玉嬌聞言噗哧笑了起來，道：「怎麼，不能為你皇兄分擔，很過意不去？」

其實謝玉嬌也明白，古代維繫關係最有效的辦法，就是聯姻，尤其是權貴之間，往往有著剪不斷，理還亂的「情誼」。謝玉嬌這般打亂進入上流社會的布局，占走了周天昊這個名額，別人就進不來了，所以皇上只能勉為其難多納幾個妃子。

「沒有，那些送了姑娘進宮的人家，大多是本地的富豪，誰家沒幾個銀子？皇兄這麼做，自然是想讓他們對大雍有些『貢獻』，不過那些人沒占了實質上的便宜，如何肯掏出銀子？」

謝玉嬌聽周天昊說得有些道理，便問道：「你打算怎麼做呢？」

周天昊摸摸下巴，皺眉想了想以後道：「天下興亡，匹夫有責，我打算讓皇兄在臣子與貴族官紳之間來一次募捐。」

謝玉嬌立刻猜出周天昊的意圖，她眯起眼睛道：「原來你這麼壞，想要用我娘給我的嫁妝去詐別人家的銀子？」

「我這怎麼就是壞了？丈母娘家的銀子，難道就不是錢嗎？讓皇兄白白得了這麼多銀子，頂多換來一句稱讚，又不能生出其他錢來，不如拿著這些銀子去釣大魚。」

謝玉嬌瞧周天昊一臉得意的模樣，覺得頗為安慰，算他有些良心，並不是白拿錢就算了。

第六十八章　三朝回門

一晃眼又過去了一日，第三天，便是謝玉嬌三朝回門的日子。

劉嬤嬤早就準備好了一應的禮品，謝玉嬌起身稍稍有些晚，不過好在是回娘家，不需要太過正式，謝玉嬌便讓自己有喘息的空間，也不急著出門，還特地挑了件穿起來較為舒適的衣服。

周天昊身穿明黃色的四爪金龍紋直裰，眉飛入鬢，越發顯得英氣逼人。他平常在謝家穿習慣了便服，如今自己立了府邸，便照王爺規制打扮。

原本周天昊打算自己騎馬，讓謝玉嬌坐馬車，只是外頭太陽曬得實在厲害，謝玉嬌便喊他進馬車一起坐著，不過她學聰明了，早早就跟他約法三章，不准在裡面「動手動腳」。

當他們到達謝家的白鷺洲宅子門口時，張嬤嬤已在門口候著，她看見馬車來了，讓人進去向徐氏通報。徐禹行知道謝玉嬌今日要回門，早就提前帶著大姑奶奶、徐蕙如等人過來這邊，等著他們回家。

謝玉嬌和周天昊進入正門，才繞過影壁，就看見徐氏在廊下等著了，謝朝宗更是張著一雙小膀子，一邊跑一邊撲到周天昊懷中。

周天昊伸手將謝朝宗托了起來，在空中轉了一圈又一圈，引得他格格笑了起來，謝玉嬌見他玩夠了，這才開口道：「這麼熱的天還鬧，快放他下來吧！」

謝玉嬌跟著徐氏進了廳裡，大姑奶奶站起身來要迎接她，謝玉嬌見大姑奶奶臉色紅潤，肚子微微有些凸起，便知道她這胎保養得不錯。

徐氏高興地對謝玉嬌道：「方才讓朝宗看過，他說妳姑母懷的是弟弟呢！」

江寧這地方有個迷信，說是未滿三歲的孩子，能隔著肚皮看出來孕婦懷的是男孩還是女孩，因此徐氏就讓謝朝宗看了看大姑奶奶的肚子。

謝玉嬌自然知道這不靈，小娃娃的眼睛，還能贏過超音波？不過即便如此，謝玉嬌還是笑著說道：「姑母以後有了兒子，可不能不疼咱寶珠和寶珍呢！」

兩個女娃梳著雙垂髻，乖乖地站在一旁，聽了謝玉嬌的話，寶珍開口道：「表姊放心，我們一定好好照顧弟弟，絕對不讓別人欺負他。」

謝玉嬌故意逗她們道：「以後他就是這個家裡最小的了，除了妳們，還有誰會欺負他呢？」

寶珠聽了，一個勁兒地搖頭道：「才不是，蕙如姊姊說，等表姊生了小弟弟，他才會是最小的，到時候我們都要當姨母呢！」

謝玉嬌聞言，頓時面紅耳赤。說起來她跟周天昊這兩日算是縱慾過度，而且也沒做避孕措施……想到這裡，謝玉嬌不禁嚇出了一身冷汗。

徐氏知道謝玉嬌的身子骨兒算不上好，也擔心她初經房事會吃不消，因此特地細細上下打量了她幾眼，見謝玉嬌行動間腳步有些虛浮，便知道這兩日周天昊在床上只怕沒少欺負她。

只不過，從姑娘家變成人婦，難免會經歷這一步，徐氏雖然心疼，到底不能說什麼，只笑著招呼他們喝茶。

女眷們閒聊起來，男眷們插不上話，徐禹行便拉著周天昊去書房，看要下棋或是聊天。

徐氏見周天昊暫時離開，才讓奶娘帶著謝朝宗和寶珍、寶珠去外頭玩，問起謝玉嬌成婚後的事。

「妳這兩天覺得怎麼樣？若是身子吃不消，就讓廚房熬一些枸杞紅棗烏雞湯來喝，多少補一些。」

謝玉嬌聽了這話，臉紅得不得了，她絞著帕子道：「也沒怎麼樣，就是有些腰痠而已，沒什麼大礙。」

大姑奶奶聞言便道：「腰痠就是因為腎氣不足，日子才剛開始呢，這會兒不知道保養，以後可有得累了。」說完，大姑奶奶頓了頓，又開口問道：「方才跟著妳進來的那兩個人，是王府的丫鬟嗎？」

因今日是三朝回門，所以謝玉嬌特別帶紅鳶和綠漪回來，好認識一下謝家的人。

「可不是，她們是劉嬤嬤從宮裡選出來的，服侍得倒也不錯。」謝玉嬌淡笑道。

徐氏之前聽說王府好些丫鬟是宮裡出來的，便想到宮女個個貌美如花，謝玉嬌與周天昊又新婚燕爾，要是出了什麼岔子可就不好了；如今她看見那兩個人長相普通，心中那根弦也就稍稍放鬆，不再繃得那麼緊。徐氏是因為沒能幫謝老爺生個兒子，才主動替他納妾，否則哪個女人願意讓別人跟自己分享丈夫呢？說到底，她也不希望自己的女兒得面對這種難題。

「劉嬤嬤果然很實在，只要服侍得好就成，別的倒無所謂。」徐氏微微頷首道。

謝玉嬌聽徐氏這麼說，也放下心來。照她的觀點來看，徐氏的「賢慧」程度非比尋常，說不定還會因為覺得她身子不好，要她選兩個通房給周天昊用呢！

一旁的大姑奶奶看見謝玉嬌的臉頰微微泛紅，笑著道：「雖然嬌嬌年紀還小，可殿下也不年輕了，嬌嬌還是得努力些才是。」

徐氏點了點頭，又道：「江老太醫的藥不能斷，別覺得自己好些了就不在意，要是底子不好，將來生的孩子身體也會比較弱。」

徐氏和大姑奶奶這兩個母親一起向謝玉嬌說起育兒經來，就算再無奈，她也只能硬著頭皮聽下去。

其實謝玉嬌雖然不急，但也知道這件事只怕耽擱不了多久，所以才沒刻意避孕。誰讓周天昊已經要二十五歲了，跟他同齡的男子，孩子都到處亂跑了，他才剛開葷而已。

「娘、姑母，知道了，我一直都保養著呢！」

謝玉嬌這話才說完，徐氏便道：「妳別騙我，這兩日可是累了？我瞧妳說話時沒什麼精神，妳的身子妳自己清楚，可別縱著他了。」

這話一出口，不光是謝玉嬌臉紅，就連一直在一旁安安靜靜待著的徐蕙如也羞得不得了。

看見徐蕙如那模樣，謝玉嬌一臉尷尬地說道：「娘快別說了，表妹還在呢！」

大姑奶奶一轉過頭，就見徐蕙如頭都不敢抬起來，耳根也全發紅了，笑著道：「蕙如大了，聽一聽這些也沒什麼。」

這番話教謝玉嬌回也不是，不回也不是，只能默默點頭，繼續聽她們「上課」。

徐禹行請周天昊去書房，其實是有些問題想請教他，而且不是別的，正是徐蕙如與康廣壽兩個人的事。

原來昨日徐禹行到白鷺洲宅子的時候，徐氏悄悄將上回謝玉嬌說給自己聽的事告訴了徐禹行。徐禹行向來愛女心切，不然也不會冒著與岳母家鬧翻了的風險，拒絕徐蕙如和馬書榮的婚事。

說起來，徐蕙如的品性跟相貌都相當出眾，徐禹行在金陵當地的商賈中也極有威望，因此一直有不少人表達求娶徐蕙如的意願；只是徐禹行雖是商人，卻考過科舉，自然不希望徐蕙如嫁給一身銅臭的男人。然而他讓徐氏四處打聽了一陣子，終究沒替她找到合適的對象。

當徐氏跟徐禹行提起康廣壽的時候，他的臉色雖然一開始並不好看，但細細考慮了一下，又覺得康廣壽的確是個不錯的選擇，因此今日徐禹行見到周天昊回來，便急著想盤問一番。

只是一開口就談自己女兒的婚事，實在有些失禮，因此徐禹行就先和周天昊下了盤圍棋。周天昊並不喜歡下棋，只是年少時被先帝訓練得多，所以棋藝還可以。一局下來，周天昊勉強與徐禹行打成平手，但若繼續下下去，就要露出敗相了。

收回了手，周天昊淡淡一笑道：「舅舅的棋藝高明，我自知不敵，倒是康大人，興許能跟您一較高低。」

徐禹行正愁不知道怎麼起頭，見周天昊先提起康廣壽，頓時眉梢一挑，回道：「雖然我與康大人之間還算有些交情，不過他日理萬機，如何有空陪我下棋呢？」

周天昊是個聰明人，見徐禹行話中帶著幾分自嘲的意味，想起謝玉嬌之前想撮合徐蕙如和康廣壽這件事，笑著道：「康大人很孝順，以前在京城的時候，不管學業有多重，總是會抽空陪康太傅下棋、品茶，這一點我自愧弗如。」

言下之意，就是如果徐禹行能成為康廣壽的丈人，下幾盤棋又算得了什麼呢？

這一段話下來，兩個人都說得很隱晦，你來我往的，跟打太極一樣。徐禹行在商場打滾那麼多年，自然很穩得住，因此只回道：「也不知道將來誰有這個福分，能有康大人當半子。」

周天昊此刻已經忍不住了，全然明白徐禹行是在試探他，索性端起茶盞道：「舅舅難道沒這個想法嗎？」

徐禹行一下就被問中要害，一張臉有些掛不住，可是他的面子實在比不上閨女的終身大事重要，便嚥下這口氣道：「怎麼沒這個想法？只是……不知道康大人意願如何？」

周天昊最近一直忙著婚事，成親之後又整天跟謝玉嬌黏在一起，也有些時候沒見到康廣壽了，因此康廣壽有些什麼想法，他也不清楚；不過從元宵節當晚觀察到的細節來看，康廣壽對徐蕙如必定有幾分意思。

「那好辦，改日我約康大人出來喝點酒，順便探聽、探聽他的意思。」周天昊很乾脆地說道。

徐禹行聞言回道：「這樣最好，我作東，在醉仙樓訂一個雅間，你只管請他去。」

周天昊聽徐禹行這麼說，笑道：「舅舅不如訂兩個雅間吧，由我口傳，總比不上舅舅親耳所聽。」

徐禹行頓時覺得周天昊這外甥女婿簡直太貼心了，一個勁兒地點頭道：「好好好，這些就交由我來安排吧！」

按規矩，新娘回門要在日落前回夫家，所以周天昊與謝玉嬌用過午膳，又跟眾人喝了一會兒茶，便起身告辭了。

周天昊見謝玉嬌心情不錯，把她拉過來靠在自己的胸口上，問道：「岳母有沒有囑咐我們早生貴子之類的？」

謝玉嬌知道周天昊向來厚臉皮，嬌嗔道：「倒是沒囑咐這個，不過卻要求一樁別的事，我正在考慮要不要應了她呢！」

周天昊的好奇心被勾起，迫不及待地問道：「什麼事，妳說給我聽聽。」

謝玉嬌假裝害羞，什麼都不肯說，結果被周天昊摟著撓了好幾處癢，才求饒道：「我告訴你就是了，是一件大大的好事。」

看著周天昊一副認真傾聽的模樣，謝玉嬌緩緩說道：「我娘說，我身子弱，要是服侍不了你，就幫你納幾個嬌滴滴的妾室，這樣我就能歇歇了。」

周天昊聽了這話，眼睛都瞪直了。天底下哪裡有這麼「貼心」的丈母娘啊？他一臉難以置信地看著謝玉嬌道：「岳母當真這麼說？妳該不會答應了吧？」

謝玉嬌撇了撇嘴道：「我有什麼好不答應的？橫豎她們是伺候你的，你高興就好。」

周天昊聞言猶如五雷轟頂，他激動地說道：「這不是開玩笑嗎？妳把我當什麼了？我娶妳難道只是為了這個？妳也……太……」

說著、說著，周天昊氣得額頭上的青筋都凸了起來，可他才一低下頭去，就看見謝玉嬌捂住嘴巴笑了起來。

周天頓時明白謝玉嬌在逗他玩，一股衝動讓他扣住她的手腕，緊接著低頭吻了上去。

王府的馬車又寬又大，裡頭鋪著軟墊跟芙蓉簟，竟然一點也不讓人覺得悶熱，謝玉嬌任由周天昊在她耳邊舔咬，舌尖掃過她精緻的鎖骨……

謝玉嬌一遍遍承受著周天昊的進攻，緊抓著他的肩頭接納他，忽然間，一記深頂讓她幾乎尖叫出聲，她立刻咬住嘴，唇瓣都被咬出了血。

此時正是午後最炎熱的時辰，外頭沒有多少路人，一路靜謐的街道多少讓謝玉嬌減少了幾分羞恥感；可相對來說，方才她那幾乎抑制不住的呻吟就少了人聲來遮蓋，若是離馬車近一點，就會被聽見。

雲雨之後，謝玉嬌憤憤地推開周天昊，一臉委屈地蜷縮在角落。看到謝玉嬌那顰眉蹙額的樣子，周天昊這個時候想自請跪鍵盤都晚了。

「嬌嬌……我……」

做都做了，現在說些請罪的話有什麼用？周天昊想開口，又覺得有些無力，只嘆了口氣，拿著帕子想替謝玉嬌擦去穢物，帕子卻反而被她奪走，她胡亂地擦了一下，就丟在一旁。

其實謝玉嬌並不是真的生氣，只是覺得周天昊這麼做很可惡，要是不給他一點點教訓，以後他隨時隨地都想要，那還得了？所以她才故意側過身子不理他，打算晾他一個下午就算了。

可是周天昊這個時候卻非常認真，他知道謝玉嬌身子骨兒嬌弱，這般折騰到底讓她受累，他想伸手抱過她來安慰，結果手都還沒摸到人呢，就被她一掌給打開，惹得他一時之間不知道該如何是好。

「今日我見了舅舅，他向我提起妳表妹和康大人的事，說不定過不了多久，我們就能喝喜酒了。」周天昊知道謝玉嬌素來心疼表妹，便拿這件事分散她的注意力。

謝玉嬌一聽這話，倒是真的有些興致了，只是想著自己若這樣饒過周天昊，也太便宜他了，於是繼續裝作不理他，兀自轉過頭想心事。

徐蕙如對康廣壽早就有了意思，雖然他看起來沒有周天昊這般玉樹臨風，可人家是正經的狀元郎，徐蕙如最愛有學問的人，哪有不喜歡的道理？

再說康廣壽吧，瞧著很恪守禮教，卻能買下一池的河燈討徐蕙如歡心，把妹懂得花銀子，就是好男人的指標之一。

想到這裡，謝玉嬌忍不住笑了起來，誰知一轉過身，就看見周天昊正半跪在角落，她不禁輕輕踹了他一腳道：「你要是能把這件事辦好，我就准你不納妾，不然我就聽我娘的話，幫你多選幾個妾，保證你夜夜春宵。」

周天昊見謝玉嬌終於肯說話了，鬆了口氣笑道：「我只想跟嬌嬌夜夜春宵。」

謝玉嬌已經習慣周天昊那賴皮的個性，又覺得反正自己也狠不下心，便嘆了口氣道：「罷了，饒了你這回。」

兩人當下就和好了，周天昊幫謝玉嬌把衣服穿好，又將她頭上的髮簪扶正，除了她唇瓣上的胭脂沒了，其他倒沒有什麼太不一樣的。

看見周天昊一副「天下太平」的模樣，謝玉嬌指了指方才用過的帕子，斜著眼珠往他那邊看了一眼。那帕子早已髒得不能看了，要是一會兒讓整理馬車的下人看見，不知道要傳出什麼不堪入耳的話，還是得趕緊收起來，才能免去閒言閒語。

周天昊皺著眉頭，伸手將那帕子捏了起來，揉成一團之後，往自己的袖子裡塞了進去。

回到了王府，周天昊派人提水讓謝玉嬌洗漱，因為怕自己受不了誘惑又做錯事，乖乖地躲進書房寫一封書信，命雲松派人送去江寧縣衙給康廣壽。

謝玉嬌沐浴完畢，瞧著已是申時初刻，索性不睡了。她這兩日一直沒閒下來，偶爾有空時就被抓去床上，好些事一直沒處理，按道理，她也確實該伸出手來，好好整一整王府的內務了。

他們兩人成婚時，除了這處王府，文帝還賞賜了好些東西，不過謝玉嬌沒特地去看，都交由劉嬤嬤保管。昨日劉嬤嬤把這些東西原封不動地還給謝玉嬌，大有要由她持家的意思。

劉嬤嬤在宮裡待了將近一輩子，雖然在挑選丫鬟方面很有經驗，但是當家管帳之類的倒是不怎麼精通，好在謝玉嬌在這方面很強，因此不用她操心什麼。如今東西交還給謝玉嬌之後，劉嬤嬤只需要管理王府內院的丫鬟和婆子，不過目前整個王府也才兩個主子，下人實在不多，她也就輕鬆起來。

謝玉嬌要紫燕將昨日劉嬤嬤送來的匣子拿過來，接著打開匣子翻了翻，大略是些地契，其中最大的禮物，就是兩個皇莊。謝玉嬌對那兩個皇莊有些粗淺的認識，那裡離金陵有些路程，大約快到江都一帶。那邊是魚米之鄉，大雍祖上就是由此起家，因此那裡留了好些皇莊，耕種專供宮裡的御田米。

雖然謝家有的是地，但是百姓們種出來的米跟御田米到底有區別，她這是有口福了；只不過這麼大兩個莊子，只怕收成不少，光自己吃，肯定吃不完。

除了兩個皇莊，還有一處乳牛場。謝家有處莊子也養了幾頭乳牛，每天都有婆子送新鮮的牛奶過來讓她或吃或用，不過其他大部分的牛，都是耕地用的老黃牛。謝玉嬌看著帳冊上登記的，足足有上百頭乳牛，已經達到做牛奶生意的規模。

古時候沒什麼殺菌技術，擠下新鮮的奶之後煮開就能喝，若是有多餘的，就做成乾酪，保存的時間長一些。謝玉嬌聽說自從朝廷南遷後，行宮用的新鮮牛奶每天都是從這個地方產出來的，如今卻給了周天昊，可見皇上對這個弟弟實在不小氣。

不過謝玉嬌也不是小氣的人，昨天她就吩咐劉嬤嬤，要乳牛場的管事跟以前一樣，每日送新鮮的牛奶進宮。

除了這幾樣大禮，其他倒是沒什麼特別值得一提的了，可見朝廷現在是真的沒什麼錢；不過這不要緊，即便周天昊身無分文，她也養得起他。

人事方面，謝玉嬌得見見幾個皇莊的管事，還要熟悉一下王府的下人，其他事倒是不急於一時，連謝玉嬌陪嫁過來的那幾間鋪子，她目前也不想管，橫豎等年底時分利潤就行，反正徐禹行都打理得好好的，她不必費這些心思。

待所有東西都理清楚後，謝玉嬌喊了紫燕進來，讓她去傳晚膳。前兩日她懶得張羅這些，因此都隨便吃，今日才想到是該親自吩咐才對，不過她不知道周天昊喜歡吃些什麼，便又讓紫燕先別去廚房，而是去請劉嬤嬤過來。

第六十九章　見縫插針

周天昊住在謝家的時候，凡事都不挑，給什麼吃什麼，實在太好養了，以至於謝玉嬌覺得自己這剛剛晉升為老婆的女朋友，顯得不那麼稱職。

劉嬤嬤聽謝玉嬌問起周天昊的喜好，笑著道：「殿下不挑嘴，除了吃魚會過敏，其他都還好；不過殿下特別喜歡吃羊肉串，就是那種串在竹籤上，放在爐子上烤的，只是平常他覺得費事，也不要求廚房做。我們殿下真的很沒架子，養尊處優了這麼多年，還是這麼樸實。」

謝玉嬌聽了就高興，因為她也喜歡吃羊肉串，只是以前在謝家的時候，徐氏嫌棄羊肉有羶味，說大家閨秀不吃這些，不然一開口就一股羊羶味，會把人給熏壞，因此她穿越來以後都沒吃過。如今她已經出閣，徐氏可就管不著她了。

一得到周天昊喜歡羊肉串的訊息，謝玉嬌立刻讓廚房烤了二十串，又讓人準備了涼麵，現在天氣熱，吃一些涼麵正好，謝玉嬌還另外點了烤雞翅、烤牛舌、烤包子等菜餚，準備大快朵頤。

劉嬤嬤聽了就發愁，他們王爺喜歡吃這些是不假，可他體質本來就熱，吃這些東西容易上火，不過看見自家夫人這般興致勃勃，她到底不敢多說；只是劉嬤嬤轉念想了想，聽說羊肉補腎，這個時候多吃一點也好。

所幸王府的廚房由御廚當領班，準備這麼多東西，也不過就半個多時辰。謝玉嬌盯著撒上孜然、烤得泛出油光的羊肉串，忍不住嚥了嚥口水，連忙讓鴛鴦去書房喊周天昊回房用晚膳。

誰知道鴛鴦不過出去片刻就又折了回來，謝玉嬌便問道：「怎麼回事？」

鴛鴦畢竟是小孩子，不懂男女之間的事，她回道：「才走到門口，就看見紅鳶姊姊來了，她問奴婢要做什麼，奴婢說要請殿下用晚膳，她說要幫忙跑腿。」

謝玉嬌聽了，冷冷地笑了笑。劉嬤嬤萬中選一的人，只怕是知人知面不知心呢……不過這也不是劉嬤嬤的錯，要怪就怪周天昊給人的誘惑太大了。

紫燕也是個老實的丫鬟，聽了這話，數落起鴛鴦道：「太陽都要下山了，天也不熱，妳怎麼這麼懶呢？滿屋子的丫鬟妳不使喚，人家是宮裡出來的人，倒好意思讓她去？」

鴛鴦有些鬱悶，抿著嘴道：「本來也想讓其他丫鬟去，但是又擔心她們話說不清楚，所以才親自去的，結果遇上紅鳶姊姊，她說要去，奴婢就……」

謝玉嬌見鴛鴦有些委屈，也知道她年紀小，自然參不透某些事，便道：「她要去就讓她去吧，既然樂意幹跑腿的事，以後咱們就都讓她做罷了。」

紫燕聽了，不禁吐了吐舌頭。沒多久，廚房又送了兩碗冰鎮綠豆湯來，說是怕吃了羊肉串上火，特地準備的。謝玉嬌讓紫燕先把綠豆湯放在茶房裡頭用冰塊涼著，接著一轉頭就看見周天昊已經到了垂花門，可是身旁卻沒丫鬟跟著。

謝玉嬌站在門口等周天昊進來，他看了晚膳一眼，頓時食指大動，興奮道：「妳怎麼知道我愛吃這個？其實我也很久沒吃了。」

因為周天昊之前身上有傷，對這些上火的食物都要忌口，因此已經有好些日子沒吃過羊肉串了。

這時候羊肉串正熱著，下面的小火爐裡還燃著炭火，謝玉嬌拿了一根冒油的羊肉串遞給周天昊道：「我才不知道你喜歡吃這些呢，是我自己想吃。」

周天昊見謝玉嬌嘴硬，也不戳破，拿著羊肉串吃了起來。謝玉嬌吩咐紫燕取出冰鎮綠豆湯，讓周天昊一邊吃羊肉串，一邊喝綠豆湯消火。

畢竟是自己喜歡的東西，謝玉嬌也吃了好幾根羊肉串，雖然味道跟前世路邊攤的羊肉串有些不同，但已經是這個時代難得的美味了。

涼麵是用各種調料拌出來的，上頭撒了蔥花、黃瓜絲、金針菇絲、筍絲等配料，清涼爽口，用過了羊肉串，再吃兩口涼麵，膩味都解了。

周天昊平常吃飯習慣八分飽，今日竟然吃得打起了飽嗝，站在一旁服侍的紫燕和鴛鴦都笑了。

等兩個人都吃得差不多了，謝玉嬌才開口問道：「方才紅鳶不是去書房請你了嗎？怎麼這時候還不見人影呢？」

周天昊回道：「我讓她送個信給雲松，不過今日雲松可能不在王府，大約要等上一會兒了。」

昨日劉嬤嬤跟謝玉嬌提起一件事，就是目前周天昊書房裡沒有隨侍的丫鬟。原先在京城睿王府的時候，確實有幾個用得順手的丫鬟，只可惜當時周天昊受了重傷，王府的管家帶著她們躲避戰亂，沒一起跟過來，最後就此失了音訊，因此得另外找丫鬟到書房服侍。

既然要在書房服侍，必定得通一些文墨，而且人還要老實，不然周天昊在書房待的時間很長，若是丫鬟稍微有些歪心思就不好了。因此劉嬤嬤想來想去，覺得這個丫鬟得讓謝玉嬌挑選才行。

謝玉嬌不過從謝家帶了紫燕和鴛鴦兩個貼身丫鬟過來，其他都是院裡的洗掃丫鬟，有年紀大的，也有年紀小一些的。她們都是當地佃戶賣出來的閨女，雖然當時賣的是死契，但謝玉嬌早就跟她們說過，等年紀到了，想回去家鄉的，她不會強留。

在那些丫鬟當中，有一個會一些文墨，名叫青雀，她爹是個秀才，但是因為家裡實在窮得揭不開鍋，便賣她進謝家當丫鬟。青雀長相中等、皮膚白淨，平日相當沈默。

謝玉嬌雖然看起來有些不容易親近，但是對丫鬟很和氣，也喜歡跟人談天說地，對著青雀這麼一根木頭，謝玉嬌自然有些不習慣，因此便讓她負責照料院子裡的花草、餵餵籠裡的鳥雀，或是盯著茶爐的火，其他事一概不用她，青雀也樂得如此，並不認為自己遭到冷落。

如今看起來，倒不如讓青雀去周天昊的書房待著，反正那地方不過是要一個丫鬟，青雀又喜歡安靜，平常周天昊若是不去書房，也就是收拾、收拾環境而已，沒有什麼重活。

謝玉嬌見周天昊把紅鳶打發去跑腿，笑著道：「你的書房缺一個人服侍，昨日劉嬤嬤找我商量過了，我這兩天幫你選個丫鬟如何？」

這時候綠漪正端著銀盆讓周天昊淨手，她聽見謝玉嬌這麼說，立刻抬起頭，略帶嬌羞地看了周天昊一眼，恨不得他馬上把自己點過去。

謝玉嬌把綠漪這個小動作看進眼底，但她臉上依舊淡淡的，沒什麼表情。

只聽周天昊開口道：「書房要丫鬟做什麼，有雲松就行了，我用不著別人服侍。」說完，他又朝謝玉嬌促狹地笑了笑道：「妳要是願意，就過去服侍我吧，紅袖添香、舉案齊眉什麼的，不是正好嗎？」

謝玉嬌見周天昊又沒個正經，輕哼了一聲道：「想得美，我才不服侍你呢！」

周天昊怕謝玉嬌生氣，便做出一副「伏低做小」的樣子，陪笑道：「那我服侍妳總成了吧？」

謝玉嬌聽周天昊越說越不像話，狠狠瞪了他一眼，不再理會。

其實周天昊這兩日確實有些忙，他在謝家散漫了這麼久，如今好不容易抱得美人歸，文帝哪裡肯放過他，只怕他是做不成閒散的王爺了。這不，才吃完飯，周天昊便又往書房去了。

謝玉嬌也知道周天昊不得閒，都說「嫁雞隨雞，嫁狗隨狗」，能幫的她就儘量幫吧！丫鬟們收拾過桌子後，謝玉嬌命鴛鴦把青雀喊進來。

青雀穿著蔥黃色滾藍邊軟綢比甲，人顯得很清瘦。在這個時代，念過一些書的姑娘都有些傲氣，雖然青雀表現得不明顯，但是謝玉嬌還是能看出幾分。

謝玉嬌端起茶盞，略略看了青雀一眼，隨即開門見山道：「殿下的書房缺一個丫鬟，我知道妳喜歡清靜，又愛看書，明日妳就過去那邊服侍。妳是念過書的，有些事我不想多說，只提點妳一句，我不喜歡狐媚猿攀的，若是有這個想頭，將來自有妳的好去處。」

當謝玉嬌說這些話的時候，紅鳶和綠漪就在旁邊，原本她們還鬱悶著自己不能進書房服侍，聽了這話，只覺得後背有些涼意。沒想到謝玉嬌看起來很是柔弱，可一說起嚇唬人的話，竟然有模有樣。

青雀哪裡知道謝玉嬌這番話不只是說給她聽的，只當是為了敲打她，便馬上跪下來道：「夫人明鑑，奴婢雖然是個下人，但好歹念過一些書，知道什麼是禮義廉恥，除非是主子的恩典，否則斷然不會做那些事。」

謝玉嬌聽青雀的話中帶了幾分急切，想來是怕自己誤會她，便放下心道：「只管做妳應當做的，將來我賞妳一個良籍。」

青雀聞言，越發感激起謝玉嬌，又向她磕了三個頭。謝玉嬌揮了揮手要青雀起來，接著讓人帶她出去。

這時候時辰也不早了，謝玉嬌起身往房間去，見紅鳶和綠漪跟了上來，轉身道：「紅鳶，妳去廚房替我催水，記得要親自去，那些小丫鬟做事沒那麼牢靠。」

催水的事情，向來都是外面的小丫鬟做的，哪裡輪得到她們？紅鳶先是愣愣地應下，等到了門外，才回過神來，一旁的綠漪看著她道：「夫人這是怎麼了，竟叫妳催水？這不是小丫鬟該做的嗎？」

此時紫燕正巧從外頭進來，聽見綠漪的話，便回道：「夫人說妳喜歡做跑腿的事，以後就多跑幾趟嘍！」

說完這些，紫燕急忙縮著脖子往房裡去，謝玉嬌正巧聽見紫燕的話，又見她匆匆忙忙溜了進來，便打趣道：「妳既有本事說，還躲什麼呢？」

紫燕嘆道：「奴婢不是想躲，只是看見她們就覺得有些心虛，也不知道是為什麼……」

謝玉嬌很明白紫燕的心理，人家是從宮裡千挑萬選出來的，她不過就是個鄉下姑娘，覺得自卑也很正常。

「妳不用心虛，只怕她們過不了幾日就要走了。我和妳一樣，看見她們就有幾分心虛，人家習慣服侍宮裡的貴人，我不過就是一個鄉下丫頭罷了。」謝玉嬌淡笑道。

「夫人不喜歡她們兩個嗎？」紫燕有些不解地問道。

謝玉嬌嘆了口氣，就憑紅鳶和綠漪這兩個人的品性，她想喜歡還真喜歡不起來，只是人家是劉嬤嬤選出來的，到底要怎樣才能不動聲色地讓她們消失呢？

紅鳶被紫燕嗆了一句，一時之間氣得滿臉通紅，可一想到謝玉嬌還在裡頭，哪裡有她撒野的分，便含著淚往外跑了幾步，身後的綠漪見狀，趕緊追了上去。

「我們出宮之前，妳也聽見皇后娘娘的話了，娘娘要我們好好服侍殿下，可如今夫人根本不讓我們靠近殿下，還談什麼服侍？」紅鳶滿腹委屈地說道。

原來紅鳶和綠漪雖然是劉嬤嬤選中的人，但是出宮之前卻被徐皇后訓示過，要她們兩人好好服侍周天昊，若是能服侍上床，自然大大有賞。

宮女本就可憐，能有這樣的機會，眾人可是爭破了頭，只是誰能料到這差事居然會輪到她們兩個長相平平的人身上？

徐皇后一看這人選，也知道劉嬤嬤擔心發生那種事，不過自己貴為皇后，被謝玉嬌觸犯鳳威不說，她還得到自己沒有的特殊待遇，心中終究有些不爽快；加上如今皇上專寵何貴人，更讓徐皇后心中增添幾分苦悶，越發見不得人家甜甜蜜蜜。

綠漪聽紅鳶這麼說，連忙四處看了一眼，見周圍無人，才開口道：「夫人才過門幾日，妳怎麼就想著這些了？今日夫人讓妳去催水，分明就是注意到妳了，這種事得再等幾日，待夫人月信來的時候，再尋機會就成了。」

紅鳶覺得綠漪這番話有道理，怪不得她看起來對這件事並不上心，原來是這個緣故，到底是自己太心急了，如今王爺夫妻正是蜜裡調油的時候，她想見縫插針，只怕有困難。

這麼一想，紅鳶只好收起情緒，親自去催水了。

謝玉嬌原本過幾日才會來癸水，可是不知道為什麼，今晚泡過澡之後，只覺得腰部痠疼難耐，下腹脹得厲害，溫熱的血液就這樣流了下來。

雖然癸水提前來了，弄髒了剛換上的衣裳，但謝玉嬌並不覺得有什麼，重新洗過一遍澡，換上乾淨的月經帶，斜倚在床上看起書來。直到外頭的月亮移到了西南角，謝玉嬌才聽見外頭傳來了腳步聲——是周天昊從書房回來了。謝玉嬌想捉弄他一下，便讓紫燕收起書本，先躺了下去。

周天昊一進門，就看見謝玉嬌躺在床上閉著眼睛，他輕聲問道：「夫人已經睡了嗎？」

紫燕收好了書，正要過來服侍，她見謝玉嬌已經合上了眸子，便道：「夫人剛睡了，殿下也睡吧！」

雖然紫燕在周天昊受傷時服侍過他幾天，可是還是不習慣貼身照顧男人，見他正站在自己眼前，不禁有些羞澀地後退了一步，就在這個時候，紅鳶掌著燈從外面進來了。

紅鳶今日被綠漪提點了一番，本已按下了心思，結果她方才見到鴛鴦拿了染血的褲子出去洗，就知道謝玉嬌來了癸水，心頭意動，便進來了。

「奴婢服侍殿下更衣吧！」紅鳶開口說道。

紫燕原本就覺得不好意思，這下子便有了不插手的理由，轉過身去放下簾子。

誰知周天昊並不願意讓人服侍，揮手道：「都出去吧，不用妳們服侍了。」

紅鳶聞言，臉頰微微一紅，忍不住脫口道：「夫人今日來了癸水，殿下是要繼續睡在這邊呢，還是去西廂房那邊睡？」

周天昊哪裡知道紅鳶的陰暗心思，他想到謝玉嬌這幾天著實辛苦，不然不會這會兒就睡著了，又覺得她的身子往自己這裡一靠，他就會渾身熱得恨不得再揉她一回，到底擾了她休息。

如今謝玉嬌來了癸水，又睡得這般安穩，周天昊打從心底捨不得，便開口道：「既然這樣，本王今晚就去西廂房睡吧！」

紅鳶聽到這句話，頓時喜上眉梢，嘴角都要咧到耳邊了。躺在床上的謝玉嬌不禁有些不開心，心想周天昊是真的聽不明白還是裝糊塗呢？不過也好，先讓他過去，再看看這個紅鳶下一步想做什麼。

想到這裡，謝玉嬌稍稍翻了個身，故意背對他們。周天昊見了，走過去伸手輕撫她的臉頰，見謝玉嬌睡得沈，便輕聲道：「我今天去西廂房睡，妳就能舒舒服服睡一晚了。」

謝玉嬌方才還有些生氣，可聽了周天昊這飽含寵溺的聲音之後，忽然一點火氣也沒有了，想了想，她實在憋不住，便裝作迷糊地睜開眼，看著周天昊道：「那你也早些睡，知道嗎？」

周天昊聽了謝玉嬌這慵懶的嗓音，只覺得心口發癢，一時之間又不想走了，低下頭道：

「罷了，我還是不走，陪妳睡吧！」

謝玉嬌推了他兩下道：「別鬧，我全身疼，你在這邊，我睡不安穩。」

聞言，周天昊又心疼了謝玉嬌幾分，他嘆了口氣，吩咐丫鬟去催水，往淨房洗漱去了。

周天昊平常沐浴的時候不要人貼身服侍，因此丫鬟們都候在外間。謝玉嬌聽著隔壁淅瀝的水聲，也不知道周天昊什麼時候才會離開淨房，等到她哈欠連天的時候，才看見周天昊披著一件中衣，就這樣袒胸露背地從裡面出來了。

謝玉嬌忍不住在心裡暗罵，明知道自己是塊肥肉，還這麼大方，遲早被人占便宜。

周天昊走到謝玉嬌的床邊時，見她眼珠又滴溜溜動了一下，便知道她還沒睡著，揉著她的髮絲道：「妳要是睡不著，我還是睡這邊吧！」

說著，周天昊掀開被子要進去，謝玉嬌往床裡頭縮了一下，拉緊被子道：「不要，你快去睡，不然明日可起不來。」

周天昊也不逗謝玉嬌，他淺笑著替她掖了掖被子，往西廂房那邊去了。

紫燕見周天昊出去了，有些不解地問謝玉嬌道：「夫人怎麼非要讓殿下出去睡？」

謝玉嬌知道紫燕是個單純的姑娘，這裡頭的彎彎繞繞，若是告訴她，也只有受到驚嚇的分，於是便隨口道：「一人睡一張床才舒服，我身子不適，兩個人擠在一起會很難受。好了，妳把燭火熄了，今日就在對面炕上睡吧！」

前幾日周天昊都在新房睡，因此丫鬟只在次間值夜，可謝玉嬌擔心她們聽見了聲音會害羞，便讓她們都回自己房裡休息，只留兩個婆子在門口，方便晚上叫水，所以今晚還是紫燕頭一次睡在新房裡。

燈火熄滅，房間裡也靜悄悄的，謝玉嬌倒是整個人清醒過來，睡不著了。不知道周天昊在西廂房怎麼樣了？那兩個丫鬟怎麼看都是有備而來的，綠漪還收斂著點，紅鳶卻是表現得有些過了。

謝玉嬌稍稍翻了個身，很想聽到西廂房有什麼動靜，可一時卻安靜得沒有半點聲響。

周天昊回到了西廂房，如今他新婚燕爾，才不過開葷幾日又要茹素一週，日子真是過得跟下油鍋一樣啊！

一想起這些，周天昊忍不住唉聲嘆氣起來，看在有心人的眼中，不就是饑渴難耐、無處釋放的樣子嗎？紅鳶一邊幫周天昊整理床鋪，一邊暗想下一步該怎麼做才好。

周天昊不過嘆息了片刻，又想起日後和謝玉嬌兩個人的日子還長著，便馬上釋懷，他翻過身在床上躺好，合上眸子開口道：「把燈熄了，妳出去吧！」

紅鳶見周天昊竟然隻字不提侍寢的事，頓時紅了臉頰。方才她提及讓他們夫妻分開睡，不就是這個意思嗎？難道王爺沒弄懂言下之意？這……這怎麼可能呢？

這麼一想，紅鳶不禁納悶起來，她猜測大概是周天昊不好意思，希望她主動一些吧？思及此，紅鳶便大著膽子，上前吹熄了蠟燭。

房間瞬間暗了下來，紫燕撩開簾子往那邊看了一眼，向謝玉嬌回話道：「夫人，西廂房的燈滅了，可是紅鳶沒出來呢！」

謝玉嬌聽了，一雙手握成了拳頭，她拽著薄被道：「別看了，我們睡我們的。」

周天昊其實很累了，當他安安穩穩地躺著，稍稍有些睡意的時候，忽然間覺得身旁有個人靠了過來。

此刻周天昊的意識已經有點朦朧，他當是謝玉嬌一個人睡不著，過來找他。正打算伸出手將她攬入懷中的時候，只聽見那個人細聲細氣地喊了一聲。「殿下。」

周天昊頓時被嚇醒，從床上一躍而起，只是房中黑燈瞎火，他一時也看不清床上的人是誰，只知道這不是謝玉嬌的聲音，便衝著門外喊道：「來人。」

此時紫燕和謝玉嬌都還沒睡著，聽見這聲大喊，連謝玉嬌都嚇了一跳，急忙催紫燕點燈，兩個人快步往西廂房那邊過去。

紫燕上前推開了門，她手上的燈盞雖然不特別亮，卻照得房間一片昏黃，周天昊這才看清跪在地上、只穿著一件肚兜和褻褲的紅鳶。紅鳶顯然也被嚇了一跳，低著頭一個勁兒地顫抖。

謝玉嬌面色陰冷地站在門口，周天昊一看她那神色，連忙道：「嬌嬌，我……我可沒動她，是她自己睡到我床上來的。」

周天昊平常接觸的丫鬟，都是劉嬤嬤一手調教出來的，最是老實懂事，哪裡有這般大膽的？

見周天昊臉都綠了，謝玉嬌不禁覺得好笑，她自己都還沒氣成這樣，倒是把他給氣得七竅生煙。

謝玉嬌轉過頭來，故作冷然地看著周天昊，見他額頭滲出了冷汗，再也忍不住笑出聲來，她伸手替他擦了擦汗道：「又不是什麼大事，也值得你嚇成這樣？大概你的床特別涼快，所以有人等不及要爬上去吧！」

這個時候周天昊回過神來，他看著跪在地上的紅鳶，正要發作，卻被謝玉嬌攔下來道：「她是劉嬤嬤選來的人，你要懲處、要發賣，總得先問過劉嬤嬤一聲，不然就這樣把人攆出去，到時候不好交代。」

周天昊知道謝玉嬌的脾氣不小，今日竟然破天荒沒發火，忍不住鬆了口氣，剛才看見謝玉嬌的臉色，他還以為他又要被甩巴掌了呢！

紅鳶聽謝玉嬌說到「發賣」兩個字，不禁顫抖起來，她心一橫，顧不得其他的事，趴在地上抖著身子道：「饒命，奴婢以後再也不敢了，奴婢以為殿下今夜和夫人分床睡，就是想讓奴婢侍寢的，是奴婢錯了……」

周天昊聽到這裡，真是恨不得上去撕爛了紅鳶的嘴。此時幾個值夜的婆子已經在外頭候著了，謝玉嬌不再讓紅鳶說些什麼，吩咐婆子把人給拉出去。

紅鳶被人拖住往外頭去，口口聲聲喊著「冤枉」，婆子們聽了心煩，隨便找了一塊帕子，將她的嘴堵得嚴嚴實實。

紫燕放下燈盞去外頭關門，看見綠漪、鴛鴦跟幾個丫鬟都在門口等著，沒人敢進去。一回想起方才謝玉嬌的臉色，紫燕也有幾分害怕，索性把門帶上，自己也站在外面候著。

第七十章　清理門戶

謝玉嬌找了張凳子坐好，燭光下，她的臉色帶著淡淡的光暈，雖然抿著唇瓣，但不像是氣極了的模樣。

「坐吧！」謝玉嬌抬起頭看了周天昊一眼，小聲道。

周天昊這時候還有些驚魂未定，他想說些什麼，卻又不知道該說什麼才好，只能默默地坐下來。

謝玉嬌瞪了他一眼，狠狠地罵道：「不知道你是真傻，還是裝傻，那個丫鬟是什麼心思，你當真一點也沒瞧出來？」

這番質問，倒是真的冤枉了周天昊，他眼裡跟心裡只有謝玉嬌一個，對別的女人完全沒意思，意圖明顯的人都被他忽略了，又怎麼會注意這種小心思？

「我……」周天昊想了想，覺得詞窮，這次確實是他自己不好，沒看出那個丫鬟的野心。

「還你啊、我啊的做什麼？這麼晚了，不睏嗎？我可是要睏死了。」謝玉嬌不禁打了個哈欠。想了想，這件事還是別跟周天昊明說比較好，她喜歡他，就是欣賞他那光明磊落的個性，何必讓他變得世故圓滑？至於那些鶯鶯燕燕們，就由她看著點也無妨。

周天昊見謝玉嬌絕口不提方才的事，心裡憋得難受，又不好自己說出口，便耍賴道：「我一個人睡不著，還是跟妳一起睡得好。」

謝玉嬌見周天昊又露出原本的個性，便笑著道：「正好，我那裡缺一個暖床的人呢！」

周天昊聞言大喜，他伸手將謝玉嬌攔腰抱起，兩個人又打情罵俏地上床睡去了。

謝玉嬌倚在周天昊的胸口，一抬起頭，便看見他那俊朗英氣的臉，她摟著他的腰，小聲道：「你也真夠後知後覺的，竟看不出那丫鬟心術不正。」

周天昊仔細地回想了一下，他壓根兒沒跟紅鳶說過幾句話，哪裡看得出這些？

只聽謝玉嬌又道：「不知道你在想什麼，頭一天，她故意支開房裡其他丫鬟，等著你回來要服侍你；今日我本來讓鴛鴦去喊你，結果又被她搶下工作，要親自去書房請你；今日晚上，知道我來癸水了，她便興沖沖地推薦你去別的地方睡，你竟然瞧不出來？」

周天昊聽謝玉嬌說得頭頭是道，真是連聲「冤枉」都喊不出來了，他要是能洞察那些手段，那才有鬼。

謝玉嬌見周天昊僵著一張臉，知道他必定想不到這些，便笑著道：「行了，快睡吧，別再想這些事，反正明日打發了她就是。」

周天昊想了想，還覺得不放心，道：「把另外一個也打發了吧，其實用不著別人服侍，我有妳就夠了。」

謝玉嬌見周天昊這時候倒是挺有自覺的，笑著點了點頭，又往他的下巴親了兩下，周天昊便翻身壓住謝玉嬌，狠狠地親了她幾口。

第二天，謝玉嬌醒得比較早，而丫鬟們昨天鬧騰了一晚上，這個時候也才剛起身而已。

謝玉嬌見周天昊還在睡，便沒吵他，只支著手肘盯著他的睡顏瞧。周天昊的睫毛很長，眼窩稍微有些凹陷，睜開眸子的時候，就是最標準的雙眼皮，加上眉毛又濃，長得一副招桃花的模樣，被人惦記也不奇怪。

看了片刻，謝玉嬌越發覺得看不夠，正想偷偷親上一口，就聽見外頭傳來了吵雜聲。謝玉嬌繞到床尾趿著鞋子起身，才挽起一道簾子，紫燕就急忙進來道：「夫人醒了？劉嬤嬤來了，正在外頭跪著，任憑奴婢怎麼拉，她都不起來。」

謝玉嬌聞言，微微蹙了蹙眉，又想起紅鳶不過是劉嬤嬤選來的，並非她親自調教出來的，只怕根本不知道紅鳶秉性如何，便開口道：「妳先讓劉嬤嬤起來，就說我在梳洗了，讓她在廳裡頭等我一會兒；若是她不肯起來，就告訴她殿下還沒醒呢，別鬧出大動靜來。」

紫燕按照謝玉嬌的意思出去勸劉嬤嬤，她果然爬了起來，但只是站在廳裡候著，並不敢坐。

謝玉嬌讓丫鬟們進來服侍她洗漱時，周天昊也醒了過來，謝玉嬌轉過頭看他，見他因縱慾過度導致的黑眼圈都不見了，笑著道：「這回可睡飽了？劉嬤嬤已經在廳裡等著，你若是想知道原委，就一起去聽聽吧！」

周天昊點點頭，伸了個懶腰，從床上起身，披著外袍走到謝玉嬌身邊。梳妝檯上的妝奩裡放著各色髮簪跟玉釵，周天昊挑挑揀揀了半日，將自己當時拿過的那支和闐玉釵取了出來，插在謝玉嬌的髮髻上。

謝玉嬌從鏡子裡看見周天昊的舉動，臉上頓時嫣紅成一片，站起來推著他道：「快去淨房洗漱，滿臉眼屎，難看死了。」

周天昊眉尾一挑，嘴角帶著笑，慢慢湊了過去，在謝玉嬌的耳邊輕聲道：「滿臉眼屎？那妳剛才還看那麼久？」

謝玉嬌一聽，臉就更紅了，這傢伙居然還學會裝睡，真是越來越不得了了。

周天昊洗漱完畢來到正廳時，紅鳶已經被押了進來。她昨夜出去的時候差不多就是光著半個身子，有婆子不忍心，隨便找了件粗布衣服讓她穿在身上。紅鳶本來就沒幾分姿色，如今又這樣披頭散髮，著實讓人有些糟心。

劉嬤嬤這時候坐在丫鬟送來的繡墩上，她一邊看著紅鳶，一邊擦了擦眼角的淚。她一輩子為周天昊操碎了心，現在總算看著他成家立業，原本想著自己年紀大了，可以鬆一口氣，誰知道竟會遇上這種事。

「王妃娘娘想怎麼處置都成，老奴實在無地自容，竟然帶了這樣的丫鬟進來。」劉嬤嬤這會兒後悔得不得了，她本以為容貌一般的丫鬟會老實些，沒想到居然會落得這個結局。

紅鳶昨晚在柴房關了一宿，連一個能說話的人都沒有，這時候被拉出來，整個人顯得精神頹靡，聽見劉嬤嬤說要讓謝玉嬌處置自己，她忍不住抬起頭來，看著劉嬤嬤道：「劉嬤嬤救我，是皇后娘娘要奴婢好好服侍殿下的。皇后娘娘說王妃年紀小，未必能服侍得好……要我和綠漪都盡點心啊！」

一旁的綠漪本就唇亡齒寒，嚇得昨晚都沒睡好，這會兒見紅鳶把話都說了出來，急忙跪到地上，一個勁兒地對謝玉嬌磕頭道：「夫人明鑑，奴婢不敢……奴婢從來沒有這種心思……」

謝玉嬌這時候倒是愣住了。對於徐皇后，謝玉嬌除了覺得她對自己的和藹可親得有些虛假之外，其實沒什麼別的意見。她們雖然是妯娌，可畢竟身分有別，見面的機會也少，謝玉嬌實在想不明白她為什麼要這麼做，難道真的只是站在大嫂的角度，「關心」小叔的新婚生活？

周天昊聽了，頓時感到震驚不已，平常相當寵愛自己的皇嫂，怎麼可能做出這種事呢？他不敢相信自己的耳朵，睜大了眼睛，對紅鳶喊道：「胡說什麼？皇嫂怎麼會下這樣的旨意？」

紅鳶被周天昊那怒氣沖天的聲音嚇了一跳，低著頭，一邊哭一邊道：「奴婢……奴婢沒說謊，真的是皇后娘娘……」

聽到這裡，謝玉嬌已經信了幾分，只不過從宮裡出來的宮女，有幾個人沒打這種主意呢？即便徐皇后沒下這種命令，難道她們就沒這心思了？謝玉嬌這會兒雖然生氣，可一想到這事鬧出去，就是給皇上難看，她可以不給徐皇后面子，卻不能不顧念皇上與周天昊之間的手足之情。

咬了咬牙，謝玉嬌開口道：「胡說，皇后娘娘若是真的關心殿下，隨便賞幾個侍妾給殿下就成了，難道我能不准嗎？分明是妳自己起了這樣的心思，還推到皇后娘娘身上，真當王府沒人把這些話往皇后娘娘跟前遞嗎？」

紅鳶見謝玉嬌一開口就把徐皇后撇清，頓時愣住了，她還想再說些什麼，謝玉嬌就立刻命人將她拖出去，還塞緊她的嘴巴，不讓她再開口。

一收到命令，幾個做粗活的婆子就拉著紅鳶出門，見她賴在地上不肯走，有人便狠狠地踹了她一腳，誰知紅鳶竟嚇出了尿，眼睛一翻暈了過去。

在一旁跪著的綠漪，這時早已嚇得冷汗直冒，身子抖得跟篩糠一樣，謝玉嬌還沒開口呢，她就嚇暈了，其他婆子看到了，很自動地將綠漪也拉了出去。

劉嬤嬤方才聽到紅鳶和綠漪說的話，心中頓時明白了幾分。想起當日領著她們兩個出宮的時候，她要去內務府提領賣身契，可是徐皇后卻留她們下來……雖然謝玉嬌有心幫徐皇后撇清，可是要說這裡頭完全不關徐皇后的事，只怕沒人相信。

謝玉嬌見周天昊臉色陰沉，坐到膳桌前，勸慰道：「事情都解決了，我們用早膳吧！」

周天昊皺眉不語，忽然想起自己受傷的時候，徐皇后送來的那兩個宮女，頓時反應過來，撩起袍子道：「我不吃了，妳們服侍夫人用早膳，我要出門一趟。」

謝玉嬌不知道周天昊忽然發什麼火，連忙起身拉著他道：「就算再趕，也不急於一時，用過早膳再走不成嗎？」

周天昊卻甩開謝玉嬌的手，轉過身子，雙手按著她的肩頭道：「嬌嬌，妳的心思我明白，只是……妳可以忍，我卻不能忍。」

不等謝玉嬌反應過來，周天昊已走到門外，對著方才將紅鳶和綠漪拉走的那幾個婆子道：「去把方才那兩個宮女給本王帶到門口，捆上馬車。」

謝玉嬌一聽，頓時著急起來，她跑出門外拉住周天昊道：「你犯什麼病，這不是什麼大事，好歹給你皇兄留點面子。」

周天昊哪裡肯聽，氣憤道：「這件事妳就別管了，妳身子不舒服，在家裡待著。」

謝玉嬌見周天昊這時候的表情嚴肅到連自己都被嚇住了，一下子忘了去拉他，任由他甩開袖子離去。

劉嬤嬤趕緊到門口扶住謝玉嬌，見她一臉著急，寬慰道：「王妃娘娘別擔心，殿下懂分寸，只怕這回是氣極了。」

周天昊空著肚子進宮去了，劉嬤嬤扶著謝玉嬌回到膳桌前，可此刻她卻一口菜也吃不下。劉嬤嬤還在為那兩個丫鬟的事愧疚，便繼續在一旁開導謝玉嬌。

「上回殿下受了重傷，一直不見好，陛下急得令太醫研究藥方，皇后娘娘倒好，送了兩個貌美如花的宮女，說是給殿下消火用的，結果殿下氣得當夜又發了一回熱，第二天一大早就跑了。」劉嬤嬤現在也知道周天昊當時是跑去了謝家，因此就直言不諱地告訴謝玉嬌。

謝玉嬌聽了，頓時覺得又好氣、又好笑，怪不得周天昊今天要發飆，原來還有這樣的內情。

「原來皇后娘娘這麼『疼』殿下，我還真是沒看出來呢！」謝玉嬌嘴角帶著不屑的笑說道。

劉嬤嬤只是一個勁兒地搖頭，嘆道：「老奴以前沒瞧明白，可經過這件事，心頭再雪亮不過。這哪裡是疼呢？分明就是不希望殿下好。王妃娘娘您和殿下新婚燕爾，皇后娘娘卻想弄得你們夫妻不和，老奴真是看走眼了。」

其實謝玉嬌心裡很清楚，她跟周天昊能走到這一步並不容易，況且又是「老鄉」，對彼此的信任哪是隨便一個丫鬟就瓦解的？她雖然有些小脾氣，但是在大事上頭，卻清醒得很。

「劉嬤嬤放心吧，這件事就當過去了，只是往後宮裡來的人我是不敢用了，還要請劉嬤嬤勞累一陣子，再從外頭買幾個小丫鬟進來，好好調教一番。」謝玉嬌說道。

劉嬤嬤聽謝玉嬌這樣說，越發感到汗顏，再次埋怨起自己真是老眼昏花，不中用了。

說起來，徐皇后不過是按慣例對那兩個宮女訓示了幾句。皇上本來就經常會賞宮女給大臣，每次徐皇后都是這麼交代她們的，而那些被賞去大臣家中的宮女，少數人最後還能當上貴妾。

雖然說這次劉嬤嬤特地挑選了兩個長相很一般的宮女，但是她身為皇后，該做的還是要做，就算這樣是存著不讓謝玉嬌好過的心理，她也不覺得有什麼不妥。

其實徐皇后真心羡慕謝玉嬌，她雖然貴為皇后，與皇上之間的感情卻越來越淡，還得拍小叔的馬屁，心裡到底有些不是滋味。

看著銅鏡中，自己那不再年輕的容顏，徐皇后深深嘆了口氣，她正想離開梳妝檯，就看見宮女匆匆忙忙進來稟報。「皇后娘娘，睿王殿下進宮了，還帶著前幾日劉嬤嬤選出去的那兩個宮女，說要見皇后娘娘您呢！」

徐皇后聞言，不禁微微一愣，平常她這小叔連請都請不到，怎麼今日倒是自己來了？徐皇后看了那回話的宮女一眼，只見她低著頭，像是很害怕的樣子，便起身道：「本宮出去瞧瞧。」

此刻正是眾嬪妃向徐皇后請安的時辰，可是周天昊如一尊石像般站在鳳儀宮外，那些嬪妃們也不好靠過去，只能在不遠處迴避。

徐皇后走到宮門口，就看見周天昊在那裡杵著，又見他身後那兩個宮女縮成一團，嚇得魂不附體的樣子，一時之間完全摸不著頭緒。

周天昊見徐皇后迎了出來，沒等她開口，就撩起長袍，撲通一聲跪在她跟前，開口道：「臣弟多謝皇嫂厚愛，只是這兩個宮女，臣弟實在消受不起，還請皇嫂收回吧！」

徐皇后一聽，視線不由自主地從周天昊轉到兩個宮女身上。綠漪原本還算安分守己，如今卻被連累，她忍不住哭著朝徐皇后道：「皇后娘娘，奴婢什麼都沒做，是紅鳶……紅鳶她……」

眾嬪妃對眼前這狀況好奇得不得了，有平日較受文帝寵愛的，大膽地派了下人過去打探。在知道確切發生什麼事之前，人人都知道睿王前幾日才成婚，身邊服侍的丫鬟也是宮裡選出去的，這才沒多久就送了回來，裡頭分明有鬼。

徐皇后此時已經變了臉色，周圍那麼多嬪妃瞧著，這件事要是鬧了出去，她就要顏面掃地了。

紅鳶一路上都渾渾噩噩的，如今總算見到徐皇后，以為有人能替自己撐腰，又聽見綠漪喊出她的名字，頓時清醒過來，抬起頭看著徐皇后喊道：「皇后娘娘……皇后娘娘救奴婢，奴婢……奴婢也是照著您的意思……」

她的話還沒說完，徐皇后就一腳往她身上踹，怒道：「這丫鬟莫不是瘋了，在這邊胡說些什麼？還不趕緊拉下去。」

幾個嬤嬤聞言，急忙上前將紅鳶和綠漪帶了下去。徐皇后陪著笑，向一旁的宮女使了個眼色，開口道：「皇弟快起來，這是做什麼呢？」

宮女會過意，正要上前扶起周天昊，卻被周天昊一把甩開，他兀自起身，伸手撣去膝頭上的灰塵，頭也不回地走了。

在一旁看熱鬧的人聽了紅鳶的話，瞬間明白發生了什麼事，有人偷偷笑道：「皇后娘娘如今可真是不得閒了，連睿王殿下房裡的事都要插手呢！」

徐皇后看著周天昊那決絕的背影，氣得下令把紅鳶和綠漪都杖斃了。

周天昊從宮裡回來的時候，謝玉嬌並沒問他這件事，直到幾天之後，她才喊雲松過來問話，卻得知紅鳶和綠漪都已經被徐皇后派人杖斃了。

聽到這個消息，謝玉嬌多少覺得有些惋惜，當初若是留下來由她處置，最多發賣她們，至於將來過得好不好，就是各憑運氣，結果被周天昊這樣一鬧，反倒丟了性命，說起來也是可憐。

謝玉嬌來了癸水，周天昊沒辦法碰她，只能勉強讓自己離她遠一些。剛開始他們兩個人還睡在一起，只是摟摟抱抱的就又擦出火來，後面兩日謝玉嬌便不讓周天昊過來了，省得他憋得難受。正好周天昊需要研究前線的軍報，確實有些忙碌，便在書房睡下，但每日辰時都會固定過來陪謝玉嬌一起用早膳。

這段時間謝玉嬌也見過兩個皇莊的莊頭與乳牛場的管事了，她留下這幾年的帳本，打算閒暇的時候稍微看一看。皇莊的莊頭帳務做得很清楚，比謝玉嬌研究自己家裡那些佃戶的田租輕鬆許多。

這日謝玉嬌身上剛舒服，又見快要到中午了，便吩咐丫鬟把今日的午膳送去書房，自己則回房梳妝打扮一番，才去找周天昊。

謝玉嬌其實早就想去周天昊的書房瞧瞧了，看他不像是愛念書的樣子，可是這幾天都不見人影，也不知道到底在忙些什麼。不過聽雲松說，這幾日王府來了不少客人，謝玉嬌雖然不清楚這些事，卻也一一記在心裡，又向雲松打聽那些客人的來歷，也算把如今朝中的形勢摸了個小透澈。

聽雲松說今日沒有訪客，謝玉嬌便想親自去書房一趟，一來看看周天昊，二來瞧瞧自己選中的青雀服侍得如何。

周天昊雖然還沒回朝，但是他從過軍，又射殺過韃靼的名將，在朝中威望猶存；況且眾人都知道文帝一心想重用周天昊，因此這幾日上門溜鬚拍馬的人比比皆是。

這日難得稍有閒暇，周天昊便打算把堆積的軍報都看完，好了解一下大雍目前的兵力；只有讓自己這麼忙，他才能多少克制對那個小嬌妻的念想，不然的話當真是度日如年啊！

這間王府原是前朝一位王爺的別院，因此修建得尤其講究，前頭是獨立的三進院落，後面各是兩進的小院子。謝玉嬌順著抄手遊廊一直往前走，過了穿堂門，穿過假山旁邊的夾道，接著又是一串抄手遊廊，走到盡頭，才是周天昊的書房。

書房是一幢兩層小樓，下面有待客的地方，左右各有樓梯。周天昊在二樓的房間裡看書，一往窗邊站，就能看見院子中盛開的芙蓉花。

謝玉嬌到了書房的時候，就看見青雀坐在廊下的小竹椅上，手裡拿著繡繃，一邊看茶爐、一邊繡花。目前她主要的工作就是沏茶待客，因此得了閒暇，還能抽空做些針線。

青雀看見謝玉嬌來了，連忙放下手中的活計，起身迎了過去。

「夫人怎麼過來了？」青雀迎上來後福了福身子，就要上樓稟報。

謝玉嬌見狀攔住她道：「妳繼續坐著吧，我自己上去瞧瞧。」

就在這個時候，茶爐上的水正好滾了，謝玉嬌便問青雀道：「平常殿下都喝什麼茶？」

青雀回道：「待客用的都是貢茶，殿下一個人的時候，喜歡喝大紅袍，方才泡了一盞新的，因此奴婢又煮了水，打算煮開了以後送上去。」

謝玉嬌點了點頭，便要青雀用厚實的麻布墊好茶銚子，自己提著往上頭去了。

周天昊正在看軍報奏摺，對於他這個理科生來說，讀這些文謅謅的東西，確實煞費精神。他特別不懂的一點，就是明明能好好說話，為什麼非要「之乎者也」？難道是害怕浪費墨水嗎？

這時候周天昊正仔細鑽研那些文章，聽見樓梯上傳來腳步聲，他隨口道：「水放在旁邊，妳在樓下候著就是。」

對紅鳶鬧出來的事，周天昊仍然心有餘悸，完全不敢跟任何丫鬟靠近，哪怕是距離一丈，也有所顧忌，因此雖然青雀是謝玉嬌親自選的人，周天昊也從沒讓她在自己跟前服侍過，連磨墨這種事，他都是親力親為。

謝玉嬌見周天昊頭也不抬一下，一點也不生氣，反而還往前走了幾步，等周天昊驚覺腳步聲靠近了，正打算再說一聲的時候，謝玉嬌才開口道：「殿下公務好生繁忙，竟都不抬頭看人一眼？」

這番話帶著幾分嬌憨，不禁讓周天昊渾身一軟，他連忙抬起頭來，只見謝玉嬌手中提著一個茶銚子，起身迎上前去，要把茶銚子接過來。

謝玉嬌微微避開，小聲道：「水才剛滾，離遠一點，小心燙著了。」說完，謝玉嬌就將茶銚子放在茶几下頭的青銅墊上，誰知她人還沒站直呢，就被周天昊從身後給抱住了。

這時謝玉嬌只覺得耳畔被周天昊咬得發熱，接著就聽到他啞著聲音問道：「妳身上方便了嗎？」

一開口就只知道問這些……謝玉嬌不禁替周天昊臊得慌，可是她一想到他忍了好幾天了，就覺得沒什麼好生氣的，便紅著臉點了點頭。周天昊見狀，馬上低下頭尋找謝玉嬌那柔嫩的紅唇，而謝玉嬌則是一遍遍回應著周天昊，渾身無力地靠在他懷裡。

書房左側放著一張軟榻，但是只夠單人躺，周天昊索性將謝玉嬌打橫抱起來，放在書房中間那有兩丈寬的紅木書桌上。

桌上原本堆放著好些雜物，這時候經周天昊這麼一掃，有好幾樣東西掉了下去，驚得謝玉嬌連忙求饒，拉著他的衣襟道：「我們回房去不成嗎？」

周天昊這會兒卻忍不住了，他一邊解開謝玉嬌身上的衣衫，一邊道：「反正妳都過來了，外頭怪熱的，書房放著窖冰很涼快，又沒什麼人。」

話還沒說完，周天昊見眼前粉色的肚兜中，跳出了一對白兔子。謝玉嬌雖然生得瘦弱，可胸口這兩團肉最近卻豐盈了幾分，周天昊忍不住低下頭去，細細品嚐了起來。

謝玉嬌只能一隻手撐著案桌，另一隻手揪著周天昊一側的衣襟，嚶嚀著承受他的進攻……

第七十一章 順水推舟

書房外的芙蓉花樹上，知了一聲聲叫喚個不停。青雀淡然地坐在小竹椅上，繡著手中的花樣，果然過沒多久，她就聽見周天昊在二樓吩咐她去打些熱水過去。

青雀放下東西，去廚房打了盆熱水，送到二樓的樓梯口後，往上頭回了一聲，便悄悄地下樓去。

這個時候謝玉嬌被周天昊折騰得一絲力氣都沒有了，只能斜靠在軟榻上猛喘氣。她頭上的釵簪凌亂，胸口春光微露，一雙眸子半睜著，任由周天昊為她擦拭洗漱。

因為癸水剛去，方才周天昊又抽動得厲害，此時那地方不僅腫了起來，流出來的精液還帶著幾縷血絲。周天昊有些心疼，後悔起自己的粗魯，只能加倍小心地拭去那些穢物。

待手中的工作告一段落，周天昊想了想，開口道：「皇兄在湯山那邊新建了一個京畿防衛營，我打算過幾日去看看。」

謝玉嬌聽周天昊忽然說起正事，忍不住睜開了眼睛，回道：「聽說康大人已經應了你的約，也不知道是哪一日，你去之前，總要先幫舅舅把這件大事辦妥。」

周天昊點頭稱是，又想起謝玉嬌竟沒半分挽留他的意思，不禁有些鬱悶，便道：「我說要走，妳竟然不留我，我們成婚也沒幾日，怎麼就這樣了？」

謝玉嬌見周天昊那副有點委屈的樣子，忍不住拉著他的手，往他胸口挨過去，笑著道：「我不讓你去，你就不去了？要是你真放得開這些雜事，又何必看那些東西？」說著，謝玉嬌往地上那堆雜亂的軍報跟奏摺上掃了一眼。

周天昊忽然覺得自己的老婆太聰明了，什麼都騙不了她，只好陪笑道：「雖然不能不去，但至少可以晚幾天去，皇兄不是那麼不通情理的人。」

謝玉嬌聽周天昊這麼說，反倒耍起賴來，抱著他的脖子道：「我不讓你去，就不讓你去，當初說好了，你要當我家的上門女婿，這會兒卻又替你皇兄賣命，我可不依。」

周天昊最受不了謝玉嬌撒嬌，他整個人被她這番話弄得骨頭都酥了，一把將她抱入懷中，又伸出手在她下身摸了一把，嚇得謝玉嬌連連求饒，拉著裙子不讓他再隨便亂碰。

看見謝玉嬌的模樣，周天昊玩興大起，一個勁兒地問她。「那妳到底依不依？妳若不依，我就問妳妹妹嘍？」

謝玉嬌不解地問道：「我哪來什麼妹妹？」就算周天昊說的是她的表妹徐蕙如好了，這又有何關聯？

周天昊的大掌滑過謝玉嬌的大腿內側，指尖又在那處逗弄了兩下，驚得謝玉嬌連連抽氣，這才知道他說的是什麼「妹妹」。

謝玉嬌一時之間羞得面紅耳赤，周天昊笑著去咬她的耳朵，兩人你親我躲的，最後謝玉嬌又被他壓著要了一回。

兩人剛喘了一會兒氣，就聽見外頭傳來一陣吵雜聲，原來是紫燕領了廚房的婆子送午膳來了。謝玉嬌這時候才想起她吩咐人往這裡送午膳，便一邊穿衣服，一邊支著身子要起來。

周天昊已經先穿好了衣服，正要下樓，卻見樓下的聲音頓時小了幾分。他走去樓梯邊看了一眼，只見青雀已經迎了過去，正拉著紫燕說話，婆子們也不敢進來，都在樹下乖乖站著。

「紫燕姊姊來啦！」青雀拉著紫燕到了廊下，輕聲道：「妳讓婆子們在門口候著，我上去問一聲。」

紫燕會過意，抬起頭悄悄往樓上看了一眼，她沒聽見什麼響動，但還是點頭道：「去吧，我在這邊等著。」

青雀點點頭，提著衣裙進了門，走到樓梯中間時，低聲問道：「殿下、夫人，紫燕姊姊送午膳來了。」

謝玉嬌此時已經穿好了衣服，雖然書房裡沒有梳妝鏡，但幸好周天昊的書桌抽屜裡放著那面菱花鏡，於是她一邊整著妝容，一邊吩咐下去。「午膳放在樓下吧，我們一會兒就過去。」

周天昊用抹布一遍遍擦過案桌之後，才彎著腰把滿地的軍報、奏摺都撿起來放回去。

謝玉嬌理好了頭髮，見周天昊還在一旁忙碌，便笑著從身後抱住他道：「誰教你這樣猴急？真是……」

說著，謝玉嬌伸手點了點周天昊的腦門，鬆開手道：「放著吧，一會兒讓青雀來整理，方才動靜那麼大，還怕她沒聽見嗎？」

周天昊想想也是，索性放下那些東西，跟謝玉嬌一起下樓用午膳去了。

兩日後便是朝廷的休沐，過去朝廷沒南遷時，每逢休沐之日，康廣壽便四處體察民情，這兩年多來，他也跑遍了江寧各地。如今康家隨朝廷南遷，遇到休沐日，康廣壽自然選擇回家，一來可以看看他的兒子，二來也能在父母跟前盡孝。這回休沐，康廣壽和周天昊晚上有約，因此稍稍用過晚膳後便出門了。

醉仙樓位於秦淮河畔，是一般的酒樓，而非喝花酒的青樓，從二樓的雅間推開窗戶，就能看見一片燈紅酒綠。秦淮河的河水在燈光照耀下，夜晚也顯得波光瀲灩，河道上還有各色華麗的畫舫，入耳皆是絲竹之聲，對眼睛與耳朵都是一種享受。

店小二為周天昊和康廣壽斟滿了酒，這才恭恭敬敬退了出去。

康廣壽端起酒杯抿了一口，雖這美酒有些嗆人，卻是快意得很。

「殿下最近新婚燕爾，怎麼有空約下官出來喝酒呢？」康廣壽故意從稱呼上將兩個人的距離拉遠，又朝周天昊那邊遞了個眼神過去。

康廣壽這般開門見山，倒是讓周天昊一時之間不知道該如何回答，而此刻在隔壁雅間裡候著的徐禹行，不禁緊張地把耳朵貼到牆壁上，就怕聽漏了什麼。

「就算是新婚燕爾，還是有請老朋友喝一杯酒的時間。」周天昊跟著抿了一口酒。

一想起徐禹行還在隔壁，周天昊先擱下想和康廣壽商量的一些事，沒想到康廣壽卻先開口道：「我聽我爹說，陛下在湯山建了京畿防衛營，如今恭王還留在北邊，而金陵城中卻沒幾個武將，朝臣的意思是想讓你過去擔任主帥，你怎麼看？」

周天昊一聽康廣壽提起這件事，不禁有些著急。雖然他已經對謝玉嬌提起，但是現在謝家人還不知道，如今徐禹行就在隔壁聽著，豈不是全洩漏光了？這下可好，他真要揹上丟下新婚妻子去防衛營的罪名了。

可是周天昊也沒理由要康廣壽不能說這個話題，他略略蹙著眉頭，低聲道：「這件事，我還沒想好，以後……以後再說吧！」

雖然周天昊的作風一向俐落，不像現在這樣吞吞吐吐，但是從康廣壽的角度看來，倒像是捨不得嬌妻，便打趣道：「聽說弟妹在宮裡用了一頓午膳，陛下的三餐分例就從四十八道菜改成了十八道菜，她可真是個妙人啊！」

周天昊聞言眸光一閃，端起酒杯和康廣壽的碰了一下，定定看著他道：「其實她家的妙人何止她一個，你難道不知道？」

康廣壽此時正喝著酒，忽然間聽周天昊這麼說，冷不防嗆了一口，一張臉頓時脹得通紅，他想略過這個話題，便裝傻道：「我聽不懂你在說什麼。」

「你這麼說就太沒意思了。」周天昊放下酒杯站了起來，朝著窗外看了一眼，繼續道：

「元宵節當晚，秦淮河上可都是你們倆放的河燈，如今卻翻臉不認人了？」

康廣壽聞言嚇了一跳，急忙道：「別這麼說，人家徐小姐貞靜嫻淑，將來還有大好姻緣等著她，我……我不過是個寡夫……」說到這裡，他的聲音越來越小，最後更是低下了頭去。

其實康家一直在為康廣壽物色續弦的對象，只是因為康廣壽喪過妻，因此沒去找那些大戶人家嫡出的千金，至於那些庶出的小姐，不論條件好還是不好，一律入不了康廣壽的眼。

周天昊見到康廣壽那副模樣，更加確定他對徐蕙如也有意思，便道：「娶個喜歡的跟娶一個不喜歡的，一樣都是過一輩子，自當娶一個喜歡的，你說是不是？」

「話是這麼說沒錯，可是……」康廣壽見過徐蕙如幾次，覺得她天真可愛、溫柔賢慧，確實讓自己心動，可是這般好的姑娘，卻要讓她當自己的續弦，實在太委屈了。

「只是什麼？你若是覺得讓她當續弦太過委屈，那就加倍疼愛她；再說，蕙如懂事乖巧，只怕康太傅和夫人也會喜歡呢！」

聽到這裡，康廣壽眼睛忍不住一亮，忽然覺得今日周天昊約他出來，似乎是為了這件事，便問道：「難不成……」

周天昊見康廣壽有些頭緒了，就想吊吊他的胃口，便笑道：「少作你的白日夢，我不過就是關心、關心你，不過……既然你有這個心思，我就指引你一條明路。改明兒你跟你娘提這件事，先派個媒人去徐家問問，萬一人家答應了呢？」

此時隔壁的徐禹行已經放下心來，見到周天昊逗弄康廣壽，又想到他是自己未來的女婿，頓時有些不忍心，便整了整衣服從雅間出來。

徐禹行走到隔壁門口，假意問道：「難道這雅間裡坐著的是睿王殿下嗎？」

周天昊聽見徐禹行的聲音，不禁在心中大呼鬱悶。玩笑開過頭嘍，泰山大人要出來護短了。

康廣壽和徐禹行也算舊識，自然認得出這聲音的主人是誰，立刻緊張得面紅耳赤起來。周天昊無奈地走過去開門，徐禹行一現身，便笑著道：「方才與幾個朋友在這裡吃飯，剛剛送走他們，聽見這裡面的聲音很耳熟，沒想到居然真的是睿王殿下。」

眼看局面已經不掌握在自己手中，周天昊便笑著喊了徐禹行一聲「舅舅」，請他進來坐下。

徐禹行一坐下來，康廣壽倒是成了個啞巴，周天昊看得著急，不斷向康廣壽使眼色。康廣壽緊張得低頭喝酒，周天昊見他手抖得厲害，笑著道：「康兄這是怎麼了？想當年你參加殿試時，手也沒這般抖。」

聽周天昊如此調侃自己，康廣壽簡直要無地自容了，只是徐禹行就在面前，他要是不抓緊機會開口，錯過了這個村，可就沒這個店了。

徐禹行面帶微笑地看著康廣壽，臉上的表情相當淡定，彷彿方才壓根兒沒聽見他們兩個人的對話。

康廣壽深吸了一口氣，端著酒杯站起身來，向徐禹行深深作了個揖，才開口道：「今日當著睿王殿下的面，晚輩要向徐老爺說一句心裡話。晚輩斗膽，想求娶蕙如小姐，三媒六聘一樣不缺，還請徐老爺恩准。」

周天昊見康廣壽的神情戰戰兢兢，不禁在心中暗笑，而徐禹行還是那副雲淡風輕的模樣，待他緩緩將杯中的酒飲盡，才回道：「既然如此，那我就在家中等著康大人實現承諾了。」

康廣壽方才憋著的一股氣突然鬆了下來，他重重吁了口氣，答道：「徐老爺只管放心，晚輩定當安排妥當。」

周天昊見好事已成，笑咪咪地拍屁股走人。「天色不早，我先回府了，舅舅和康兄再多喝兩杯。」

徐禹行見周天昊要走，說道：「殿下新婚燕爾，是應該多陪陪嬌嬌。」

周天昊正在為這件事苦惱，可徐禹行偏偏這個時候提起，他也只能笑著回道：「舅舅放心，我自當陪著嬌嬌。」

謝玉嬌因為念著徐蕙如的終身大事，明知道周天昊請康廣壽喝酒，不會太早回府，卻怎麼都睡不著，只好倚在廳中的軟榻上等他回來。因為怕周天昊喝多了，謝玉嬌還特地讓廚房先備好一盅醒酒湯，誰知周天昊卻在戌時末刻就到家了。

謝玉嬌見周天昊身上沒多少酒氣，問道：「事情辦得怎麼樣了？」

周天昊摟著謝玉嬌，嘴角帶著笑意，一個打橫把謝玉嬌抱了起來，說道：「本王出馬，有什麼事情辦不成？」

謝玉嬌聽了自然很高興，便摟著周天昊的脖子道：「就知道他們兩個早就看對眼了。」

周天昊微微頷首，接下來抱著謝玉嬌往裡間的臥房去，謝玉嬌這才驚覺不對，搥著他的胸口道：「放……放我下來，你想做什麼？」

聽見謝玉嬌這番話，周天昊並未停下腳步，把謝玉嬌丟在床上，笑著道：「舅舅讓我多陪陪妳，我怎麼能不聽話呢？」

「你，舅舅才不是這個意思……」謝玉嬌掙扎了兩下，但仍舊徒勞無功，只好放鬆身子讓周天昊胡來了。

一眨眼又過去了一個多月，周天昊經常在金陵與湯山的京畿防衛營之間來回，他越來越忙碌，有時候一、兩天都不見人影。謝玉嬌知道周天昊撇不開朝中那些瑣事，也不覺得有什麼，反正她平日閒暇時看看帳本，遇上稍微涼快一些的日子，就去鋪子裡瞧瞧，如今她就住在城裡，自然比以前在謝家宅方便許多。

這日是七月初七乞巧，前幾天大姑奶奶便派人向王府遞了帖子，讓謝玉嬌今天過去一趟——原來是康夫人帶著他們家大少夫人要去徐家向徐蕙如提親。

大姑奶奶不知道怎麼跟這些人交際，便指望著謝玉嬌過去幫忙，免得她失禮。謝玉嬌沒見過康夫人和康大少夫人，她嫁進王府的時候，她們雖然都是賓客，可新娘一整日都關在房裡，一個客人也沒見著，儘管如此，康大人常在康夫人面前提起自己，想來也不會太生疏吧？

周天昊知道謝玉嬌今天要出門，便特地等她一起走。兩人用過早膳後，謝玉嬌又特地進房換了一身衣服，再怎麼說，康夫人都是二品誥命夫人，她總要重視一點。

看到謝玉嬌精心打扮，周天昊笑著說道：「康夫人很好相處，妳一見到她就知道了。」謝玉嬌回道：「我是怕丟你的臉，不然人家會說睿王殿下一心想娶的姑娘，怎麼看起來一般般呢？」

周天昊點頭稱是，接著上前牽起謝玉嬌的手一起往外頭去。

因為周天昊還要去別處，因此便沒和謝玉嬌坐在馬車裡，只騎著一匹汗血寶馬跟謝玉嬌的馬車並行。謝玉嬌挽起簾子，看見外面的日頭已經爬上來了，便說道：「讓小廝牽著馬走，你上來坐好了。」

「不用了，這樣挺好的，妳放下簾子，否則裡頭的冷氣都散了。」周天昊回道。

王府的馬車規制高，車廂四周都放著窖冰，清涼舒爽。謝玉嬌見周天昊執意不肯進來，也就隨他去了。

沒多久，馬車便到了徐府，才剛過巷口，看門的小廝就看見了，連忙過去開了大門，搬出馬車腳墊。

待馬車停穩了，徐府的兩個婆子便迎上前來，其中一個正是趙嬤嬤，她對謝玉嬌說道：「其實夫人原本要親自來迎接王妃娘娘，只是她懷著身子，外頭實在太熱了，有些受不住。」

謝玉嬌知道趙嬤嬤所言屬實，便由她扶著下了馬車。一旁的周天昊翻身下馬，走到謝玉嬌面前道：「下午我就不來接妳了，今晚可能要遲一些回去，不用等我。」

周天昊當著下人的面說這些話，讓謝玉嬌有些不好意思，又覺得一顆心甜滋滋的，她拿起帕子擦了擦周天昊額際的汗珠，開口道：「知道了，去忙你的吧！」

這項舉動顯然對周天昊很受用，他忍不住拉起謝玉嬌的手親了一口，這才高高興興地翻身上馬，帶著雲松離去。

謝玉嬌在門口站了片刻，見一眾下人都老實地低著頭，一時之間只覺得面紅耳赤，正不知道怎麼開口呢，就聽見影壁後面傳出了一個聲音。

「表姊，妳可來了，前幾日我還想去王府找妳玩呢，可是娘不讓我去。」因為天氣炎熱，徐蕙如這一路走過來，臉頰都變得紅通通的。她穿著一件淡紫蘭花刺繡領子粉紅對襟褙子，頭上戴著八寶攥珠飛燕釵，臉上略施粉黛，一看就是特地打扮過。

謝玉嬌見徐蕙如走得一頭汗，道：「怎麼親自出來了？外頭怪熱的，我們還是快進去吧！」

徐蕙如點了點頭道：「娘還想出來呢，被我攔住了。」
說著，徐蕙如頓了頓，臉上帶著藏不住的喜色，眉眼都彎了起來。
謝玉嬌見徐蕙如這副模樣，拍了拍她的手背道：「這下稱心如意了？一眨眼就要變狀元夫人了呢！」
被謝玉嬌這麼一說，徐蕙如紅透了一張臉，她低著頭不說話，拉著謝玉嬌往裡頭去。
才走到垂花門口，謝玉嬌就看見大姑奶奶已經在廊下等著了，雖然衣物寬鬆，但還是能瞧出她那渾圓的腹部。
「嬌嬌倒是來得早。」話才一出口，大姑奶奶就驚覺自己說錯了話，笑著拍自己的嘴道：「看我又渾說，如今天氣熱，早早就醒來也正常。」
謝玉嬌一開始還沒反應過來，等到想通了，忍不住紅了臉頰。大姑奶奶這番話，不是在說她和周天昊應該滾床單滾到早上都爬不起來嗎……
她們三個人一起進了大廳，才覺得稍微涼快了一些。謝玉嬌見寶珍和寶珠並不在這裡，便好奇地問道：「寶珍和寶珠怎麼不在？難道這個時候還在偷懶睡覺不成？」
大姑奶奶聞言笑著道：「妳舅舅請了繡娘和先生，早上念書、下午學針線，如今她們忙得很呢！」
徐禹行過去只有徐蕙如一個女兒，因此對她尤為嚴格，沒住進謝家之前，也是兩個先生輪流為她授課。後來到了謝家，徐氏嬌慣這個外甥女，雖然也請了先生，到底三天捕魚、兩天曬網，不像以前徐禹行那樣盯得死緊。

「姑娘家確實應該讀書識字，且不說別人，就像蕙如，若是嫁了康大人，到時候紅袖添香的，該有多美好啊？」

徐蕙如見謝玉嬌又扯到自己身上，忍不住羞紅了臉。此時外頭丫鬟進來傳話道：「康夫人帶著康家大少夫人和康家姑奶奶一起來了。」

大姑奶奶一迭聲地讓人迎她們進來，說著自己也起身走了出去，徐蕙如緊張得不停絞著帕子，還抬起頭來盯著謝玉嬌看。

謝玉嬌便笑著牽起徐蕙如的手道：「快走吧，婆婆、嫂子、小姑都來了，還不好好表現、表現？」

這些話讓徐蕙如更加手足無措，謝玉嬌見狀打趣道：「可別再臉紅了，不然康夫人還以為妳上多了胭脂呢！」

徐蕙如見謝玉嬌又開自己玩笑，想反駁卻又說不出話，只能跟著謝玉嬌一起迎到二門外頭。

第七十二章　新婚小別

康家姑奶奶為什麼會跟著一起到徐府，這裡頭其實有些故事。

事情的起因是，周天昊小時候貪玩，惹得好些富家子弟不想靠近他，唯獨康廣壽從來不嫌棄他，一來二去，兩個人的感情變得極深厚，周天昊也時不時會到康家小住幾天，最後他就和康小姐——也就是現在的康家姑奶奶之間產生了兄妹之情。

只不過周天昊生性頑劣又放蕩不羈，對康小姐來說實在不是適合的對象，先帝去世之後，更是沒人能作得了周天昊的主，康小姐最後一番癡情空餘恨，只能乖乖聽從家中的安排，早早嫁了良人，如今已是兩個孩子的母親了。

儘管如此，年少初戀，豈是說忘就能忘的，因此康家姑奶奶聽說睿王妃要去徐府，便抓好時間回娘家，只等著今日能會上一會，好看看謝玉嬌是何方神聖，竟能收服周天昊這隻潑猴。

謝玉嬌哪裡知道這些陳年往事，不過光看周天昊那副皮相，也知道女孩子在不知道他本性的情況下，有很高的機率錯付癡心。

大姑奶奶、謝玉嬌和徐蕙如三個人迎出了二門，就看見趙嬤嬤已經帶著康夫人、康家大少夫人和康家姑奶奶走了過來。

康夫人年近半百，鬢邊已經有了幾縷白髮，可是精氣神看起來極好，一雙眸子炯炯有神，雖然瘦一些，卻是慈眉善目。

康家大少夫人按理說比大姑奶奶還年長幾歲，不過保養得當，看著比實際年齡更年輕。站在康夫人右側的康家姑奶奶，年約二十三、四歲，容貌端麗，也是一派豪門少奶奶的模樣，只是除了賢慧，謝玉嬌也想不出別的詞語來形容她了。

康夫人瞧著來迎接她們的三個人，一眼就認出了謝玉嬌，上前行禮道：「向王妃娘娘請安。」

謝玉嬌雖然如今身分尊貴，但畢竟是晚輩，趕緊福身還了個全禮。眾人一一見過禮之後，大姑奶奶急忙請她們進廳裡坐。

其實按照康廣壽的條件，雖然徐蕙如不過是去做續弦的，但徐家如今並無人在朝任職，就算出身自安國公府，也已經沒了聯繫；雖然有謝家這門親戚，輾轉還能傍上睿王府，但這層關係卻有些遠了。若是康廣壽想找更好的對象，也未必真的找不到，只是康夫人相當疼愛兒子，康廣壽看上的，她就先喜歡了幾分，加上差人四處打聽之後，得知徐蕙如是個再端莊貞靜不過的姑娘，自然不會反對。

今日從外頭進來的時候，康夫人仔細打量過徐蕙如，覺得她眉目清秀、文靜溫婉，而且又生了個旺夫的臉型，就更中意了。

坐定之後，康夫人開門見山地對大姑奶奶說道：「我家老二年紀不小了，如今既然能定下來，我也就放心了。」

大姑奶奶早就知道徐蕙如已經到了年紀，只怕過不了多久就要出閣，因此很久之前就備起了各色嫁妝。她是繼母，又是謝玉嬌的親姑母，對徐蕙如就更上心，徐蕙如回到徐家住之後，大姑奶奶更是細心照料，唯恐哪裡讓徐蕙如不快，因此現在她們兩個人竟比親生母女還親密幾分。

如今聽康夫人這番話，似乎是急著想讓徐蕙如過門，大姑奶奶想了想，回道：「姑娘家大了，當然要出閣，只是我進門不過半年，好些東西還沒置辦齊全，聽我們家老爺的意思，十月分倒是有幾個黃道吉日，不知夫人意下如何？」

康夫人想了半天，默默在心裡算了算。如今這會兒才七月，若是訂在十月中旬成親，還有三個月的時間，好些事情確實能做得更周全；只是瞧徐夫人有著身孕，若是讓她操勞這些事，未免有些不好意思。

「十月分確實可以，只是……」康夫人的視線略掃過大姑奶奶的小腹，還是有幾分擔憂。

大姑奶奶察覺康夫人的顧慮，只是她自己不好意思開口，正覺得尷尬時，便聽謝玉嬌說道：「康夫人放心，我舅舅原本只有蕙如一個閨女，因此嫁妝都備了好些年了，現在不過就是訂製一些家具跟配件，兩、三個月肯定來得及，我也會多幫襯舅母，一定不會耽誤康大人和我表妹的好日子。康夫人只須選個吉日，等時間定了下來，照章辦事就成了。」

康夫人平日常聽康廣壽誇獎謝玉嬌精明能幹，在江寧地界上能算個巾幗英雄，有時候她說的話，比他這個縣太爺說的管用。如今聽謝玉嬌一席話說得有理有據，點頭道：「有王妃娘娘幫襯再好不過。至於成親的日子，等過兩日我去靈谷寺參拜天弘大師，再捎信回覆給親家夫人。」

這一聲「親家夫人」叫得大姑奶奶心花怒放，讓她一個勁兒地點頭說好。

康家姑奶奶站在一旁，視線在謝玉嬌身上停留了片刻之後，才低下頭去，端起一旁的茶盞抿了一口。

謝玉嬌如何沒注意到康家姑奶奶那略帶著幾分審視的挑剔目光？按理說，她們是來向徐蕙如提親的，審查的對象也該是徐蕙如才對，可偏偏康家姑奶奶只盯著她瞧，由此可見是特地來看她的。

這麼一想，謝玉嬌就跟著低頭喝了口茶。她心想周天昊並未向她提起過康家姑奶奶這號人物，想來沒什麼特別，因此便沒放在心上。

換過一盞茶，大夥兒又閒聊了一陣。大姑奶奶拿徐蕙如的繡品出來讓她們瞧，眾人誇讚了徐蕙如一回，見時間接近晌午了，康家三個女人才起身告辭。

大姑奶奶與謝玉嬌、徐蕙如一同將人送到門外，目送她們上車，看著馬車到了轉角之後，才一起折回院子。

馬車裡，康夫人眉梢帶著幾分喜色，鬆了口氣道：「原先聽說徐家小姐在鄉下住了幾年，還擔心她會不會染上不好的習性，哪裡知道她這般溫婉賢淑，不僅模樣好，針線活也出色。」

一旁的康家大少夫人聞言，也笑著道：「恭喜娘，總算找到一個合您心意的兒媳婦了。老二的眼光不錯，這徐小姐我看著也喜歡，溫和得很，一看就好相處。」

康大少夫人如今執掌康家的中饋，若是徐蕙如好拿捏，她自然再喜歡不過。

「想當初妳那去了的二弟妹，實在太過倔強，明明懷著孩子，卻非要跟著妳二弟上路，否則最後怎麼會落下一身病，早早去了？如今倒像是我們欠了他們永昌侯府一個閨女似的。」

說到這裡，康夫人忍不住嘆起氣來，繼續道：「不過這也是命，說起來徐家原先是安國公府的三房，家世不算太差。」

康大少夫人聽了這話，笑著點了點頭，說道：「我看徐小姐與她繼母這般親密，將來對咱們三哥兒必定好，就算有了自己的孩子，也不會苛待三哥兒。退一萬步來說，就算將來她因為有了自己的孩子，對三哥兒稍微疏忽了一點，三哥兒也還有您這個嫡親祖母呢！怎麼樣都會備受寵愛的。」

她口中的「三哥兒」，就是康廣壽那個尚在襁褓時就沒了母親的兒子，因在康家這一輩男孩中排行第三，便稱為「三哥兒」。

康夫人聽了這話，又寬心了幾分，見自己的閨女一言不發，也知道她心裡在想什麼。康夫人的眼神立刻嚴肅起來，道：「妳也看見睿王妃了，雖然看起來年紀小，卻十分有主意、有擔當，連妳哥哥都對她讚不絕口，妳還有什麼話說？」

康家姑奶奶浮現出幾分自嘲的神情，她想了想，回道：「我能有什麼話說？都已經是兩個孩子的母親了……只是當時我參不透而已，如今看起來，那樣的姑娘，才是他喜歡的。」

康夫人聽女兒的話語中似乎有些餘情未了，沈下臉道：「睿王爺年少時那般不羈，雖然妳爹誇他聰明絕頂，可卻從不能安靜片刻，不然的話……」

有些話，康夫人實在不好說出口，她只能按下話頭，繼續道：「行了，一會兒回府之後，妳早些收拾東西回婆家去吧，沒什麼大事卻把兩個孩子丟下回娘家，這話說出去不好聽。」

「這有什麼不好聽的？兄長要續弦，妹妹去看一看新人，難道不行嗎？」

康家姑奶奶嘴上雖然這麼說，臉色卻透露出幾分黯然，她頓了片刻，咬牙道：「我聽娘的，一會兒收拾、收拾就回去。」

徐家正房裡，大姑奶奶已經命人擺上午膳，都是謝玉嬌和徐蕙如喜歡的菜色。徐禹行一個人住的時候，家裡竟連個廚子也沒有，後來大姑奶奶過門之後，才託人在城裡找了個從館子退下來的大廚在家中掌勺，正因為如此，徐禹行如今更喜歡回家吃飯了。

這幾天徐禹行去了一趟臨安，現在還沒回來，家裡只有大姑奶奶和幾個孩子。徐禹行臨走前，還特地請了幾個可靠的護院，替他看好媳婦和孩子們。

睿王府的廚子是御廚，手藝自然不在話下，但是比起來，謝玉嬌更喜歡吃徐家這種家常菜色，一道炸臭豆腐外酥內嫩，聞起來臭，吃起來卻奇香無比。不過這道菜也就是趁徐禹行不在家時能偷吃一些，因為徐蕙如跟大姑奶奶說，她爹告誡她大家閨秀不能吃這道菜，不然被人聞到了氣味，可就不禮貌了。

只是大姑奶奶知道謝玉嬌和徐蕙如她們兩個都喜歡這道菜，因此特別命廚房準備。用過了午膳，謝玉嬌喝了一碗牛乳去除口中的臭味，接著又喝了些茶。

趁著謝玉嬌在，大姑奶奶命趙嬤嬤去帳房先生那邊，把前幾天要他謄寫的嫁妝單子拿過來，好讓謝玉嬌過目。

雖然還不知道康家的聘禮是多少，但是徐家先準備起來總沒錯。徐蕙如以前羞赧慣了，遇上這種事就要躲起來，現在她變得大方些了，但一張臉仍舊紅得不得了。

謝玉嬌翻看了一下徐蕙如的嫁妝單子，心想徐禹行果真捨得花銀子，光是寶石頭面，就打了二十來套；除了頭面，還有十來間臨街的鋪子、三條巷裡的一座三進小院，跟江寧縣六百畝的水田。想來這些都是當年徐禹行的父親在南邊任職的時候積攢下來的，如今徐禹行全都交給了徐蕙如。

合上了嫁妝單子，謝玉嬌想了想才開口道：「康大人前頭娶的是永昌侯府的小姐，聘禮自然不會少，但是蕙如畢竟是續弦，聘禮大概不會比頭一次多，因此這些嫁妝應該是夠了。」

大姑奶奶聽了點頭道：「妳舅舅也是這麼說的，況且如今蕙如不是嫁去外地，大家都在一個地方，平常也照應得到。只是我擔心嫁妝少了，萬一婆婆或姑嫂因此瞧不起蕙如，讓她受委屈就不好了。」

想當初大姑奶奶也帶著豐厚的嫁妝嫁到蔣家，誰知道竟碰到那種遭遇，她對此仍然心有餘悸。

徐蕙如聞言，頓時感動不已，她拉著大姑奶奶的袖子，小聲道：「娘，您方才也看見康夫人了，我瞧著她人挺好的。」

大姑奶奶雖然也覺得康夫人不錯，可到底不放心，只道：「如今妳還沒進門，她當然待妳好，一切都要等成親之後才知道，況且康大人還有一個兒子，養孩子也要銀子啊！」

謝玉嬌聽到這裡忍不住笑了，她懶得勸大姑奶奶，便笑著道：「姑母非要這樣，我也不攔您，只求您好歹替寶珍和寶珠也留一份。」

大姑奶奶紅著臉頰道：「她們還小呢，等過上個十來年，也不知道到時是什麼光景，總要先顧著蕙如。」

自從徐蕙如喪母之後，就一直寄人籬下，雖然徐氏對她很好，可畢竟還有個謝玉嬌在前頭，如今見大姑奶奶對她竟比對自己的親生閨女還好一些，真是感動又感激，她衷心期盼著大姑奶奶這胎能生個男孩，好讓她爹後繼有人。

謝玉嬌在徐家又逗留了半日，見天色不早，外頭又陰沈沈的，像是要下雨一樣，這才帶了丫鬟回去。

馬車才剛到睿王府，只見天上烏雲密布、狂風大作，不過片刻就電閃雷鳴，下起了傾盆大雨。屋簷上的水像是用倒的一樣，房裡的悶熱之氣頓時散去，難得涼快起來。

謝玉嬌蹙眉看了看外面的天色，想起周天昊說今日要晚點回來，也不知道去了哪裡，這個時候可有避雨的地方？

以前在現代的時候，謝玉嬌就很怕打雷，雖然她從來沒幹過虧心事，但這雷聲一響起來，還是讓她忍不住發抖。

紫燕見謝玉嬌站在廊下，知道她必定是擔心周天昊，便勸慰道：「夫人，外頭風大，還是在裡面坐著吧！下這麼大的雨，殿下必定會找地方躲避的。」

謝玉嬌雖然明白這個道理，還是有些擔心，正好此時一道閃電在她眼前閃過，嚇得她驚叫了一聲，緊接著就是一個響雷。謝玉嬌忍不住往後退了兩步，卻在這道雨牆中，看見有兩個人正撐著傘，冒雨往這邊來。

鴛鴦打了傘迎過去，只見周天昊半邊身子已經濕透，他抬起頭，看見謝玉嬌站在廊下等他，也顧不得擦乾臉上的雨水，笑著道：「我見天色不好，就去舅舅家接妳，舅母說妳剛走，我便跟了回來，沒想還是淋到雨了，倒是妳運氣好。」

明明說下午不會去接她的……不知道為何，謝玉嬌覺得心頭泛出絲絲甜蜜，她一邊拉著周天昊到廊下，一邊吩咐下去道：「快讓廚房煮些濃薑湯，要放足紅糖跟薑絲，順便讓淋了雨的小廝們也喝一碗。」

謝玉嬌拿起帕子替周天昊擦去臉上的雨水，說道：「你先去裡頭換一件衣裳吧，省得著涼了。」

周天昊點點頭，拉著謝玉嬌的手走進去，就在這個時候，忽然又出現一道閃電，謝玉嬌嚇得手一抖，帕子落到了地上。周天昊將謝玉嬌摟進懷中，捂著她的耳朵，等雷響過了，才放開她道：「這麼大了還怕打雷，妳做虧心事了？」

「你才做虧心事呢！」謝玉嬌正要彎腰撿起帕子，周天昊卻已經先蹲下來，拾起帕子遞給她。

沒多久，紫燕就從茶房裡端了一盆熱水要讓周天昊擦身子，謝玉嬌想服侍他，便跟著進了淨房。說起來，他們兩個人連鴛鴦戲水都玩過了，實在沒必要避諱什麼，不過這時候看見周天昊光著膀子站在自己面前，謝玉嬌的臉還是熱辣辣的。她有些心猿意馬地替周天昊擦了擦後背，又看見他那滿身傷疤，忍不住心疼起來。

「你這幾天沒日沒夜的，都在忙些什麼？」謝玉嬌開口跟周天昊閒聊。

「也沒忙什麼，就是上回提過的，皇兄在湯山建了個京畿防衛營，正好前些日子我從安徽那邊請了一個專門煉丹的老道士，打算研製一下火炮。」周天昊畢竟是現代人，既然冷兵器的仗打得勝負難分，不如出奇制勝。

「你念的東西跟化學沒關係啊！」謝玉嬌聽了這番話有些緊張，萬一火炮沒研製出來，反而把自己給炸了，那可真是得不償失。

周天昊皺眉想了想，回謝玉嬌道：「理、數、化不分家，我勉強算是理科專業。」

謝玉嬌噘起嘴不理他，等到周天昊要擦下半身的時候，推她出去。「妳出去吧，接下來我自己處理。」

周天昊這反常的舉動反而讓謝玉嬌覺得奇怪，往日碰到這種情況，周天昊吃自己豆腐都來不及，今日反倒要她出去，難不成有什麼見不得人的事？

這麼一想，謝玉嬌便故意說道：「怎麼，難得我想服侍你，你還不要，那我喊丫鬟進來？」

周天昊聽到謝玉嬌要讓丫鬟進來，趕緊搖了搖頭道：「別別別，還是妳來吧！」

待周天昊脫下長褲，謝玉嬌才看見他大腿後頭竟然有兩塊地方紅腫得厲害，像是快磨破皮一般。

「這是怎麼了？」謝玉嬌驚訝地問道。

「天氣太熱，我這兩天騎了上百里的路，差點就磨破了。」

周天昊見謝玉嬌頓時紅了眼眶，急忙道：「也不怎麼疼，想想打仗那會兒的事，這些還真算不得什麼，一會兒妳替我搽些藥就成了。」

謝玉嬌咬著唇瓣，往門外吩咐紫燕去取玉露膏來，接著轉身絞乾帕子，蹲下來小心地替周天昊擦了擦，才說道：「要是來不及回來，就在那邊住著好了，這樣來回跑，就算你不累，我也心疼啊！」

周天昊聽了，拉著謝玉嬌的手道：「那可不成，不過兩、三日見不著妳，我就想妳想得要命。」

謝玉嬌抿著嘴想了想，嘆了口氣道：「不如這樣吧，等過兩天我回謝家宅住幾日，你專心忙幾天你的事，等忙得差不多了，去我娘家接我，我們再一起回這裡，你說如何？」

與其讓周天昊心神不寧地兩地奔波，謝玉嬌乾脆抽掉讓他回金陵的理由，好好待在湯山專心做事。

周天昊回想起當初謝玉嬌要求婚後住在謝家宅，況且再過不久就是秋收，謝家肯定會很忙碌，到時候沒準兒還會遣人請謝玉嬌回去呢！

「既然這樣，過兩天，我親自送妳回謝家宅。」周天昊說道。

謝玉嬌雖然捨不得周天昊，可實在心疼他這般奔波，雖然可以坐馬車，但是騎馬比馬車快上一倍，他定然不願意將時間浪費在這種地方上。

周天昊換上乾淨的衣服，上了藥膏，兩個人在房裡閒聊了一會兒後，謝玉嬌便傳了晚膳。吃過晚飯之後，謝玉嬌原本以為周天昊會因為腿疼安生一些，誰知道他竟然不肯放過自己，還拉著她做了老漢扶牛那種最讓人羞怯的姿勢。

謝玉嬌被周天昊頂得氣都快喘不上來了，只把頭埋在枕頭裡一個勁兒地嗚咽，翹著渾圓的小屁股勉力承受著。

不過周天昊的確是累了，他只折騰了謝玉嬌這一回，就放過了她。

次日謝玉嬌在家收拾行李，周天昊則進宮覲見文帝。文帝得知周天昊新婚燕爾就放下家中的嬌妻往防衛營去，當然感激不盡，只道：「朕聽說上回皇后賞給你們的宮女用得不順手，不然朕賞你幾個太監在身邊服侍可好？」

文帝聽說周天昊進宮見徐皇后的事，狠狠朝徐皇后發了一回火，足足半個多月沒踏進她的鳳儀宮一步，還訓斥她「馭下不嚴，有傷風化」。

徐皇后當時哭得梨花帶雨，又想著以前文帝賞給大臣宮女的時候，都是要她這麼提點的，到底嚥不下這口氣。

如今文帝提起要賞周天昊太監，其實是怕萬一自己也看走眼，惹他這位皇弟生氣，那就不好了。賞太監比賞宮女安全多了，他們肯定不會爬上周天昊的床，也不可能爬得上謝玉嬌的床。

「皇兄，您就不用在意這種小事了，皇嫂也是一片好心，只是臣弟不領這個情而已。至於太監嘛，臣弟身邊有雲松就夠了，嬌嬌那邊，原本服侍她的丫鬟都老實可靠，也沒什麼需要。」

文帝見周天昊婉拒，也不再堅持，只囑咐他一切小心，隨時彙報軍中的動向，周天昊自然點頭稱是。

第二天一早，趁著太陽還沒太毒辣之前，睿王府一行人便浩浩蕩蕩地往謝家宅去，這回周天昊乖乖地和謝玉嬌一起坐在馬車裡。因為他們起得有些早，謝玉嬌便倚在周天昊的懷中閉目養神，周天昊也靠在馬車壁上，低頭看著謝玉嬌長長的睫毛，滿足地閉上了眼睛。

昨日周天昊就派小廝來謝家傳過話，因此徐氏一早就差人把繡樓整理乾淨，不僅鋪上了新買的芙蓉簟，連簾子都換成大紅色的，簡直就是把謝玉嬌住的地方當成新房裝飾。

徐氏忙完這些，時辰已經不早了，她正想看看哪些地方還需要安排，就聽見張嬤嬤從外頭進來道：「夫人，他們的車隊已經到了村口，好些百姓都過去相迎了。」

這是謝玉嬌出閣之後第一次回謝家宅，雖然他們很低調，但是謝家宅那麼多人，有人看見了喊一聲，看熱鬧的人就全圍了上來，一時之間鄉親們已經從村口排到了謝府門口。

好在謝玉嬌早就讓紫燕開了庫房，準備了一籮筐的銅錢預備賞人，如今馬車一路緩行進村，丫鬟們沿路撒錢，就見鄉親們又是磕頭、又是謝恩。

徐氏迎出了門外，看見馬車遠遠地從人群中駛過來，不知不覺間紅了眼眶，她放下手中的謝朝宗，小聲對他說道：「快去迎接你姊姊。」

謝朝宗原本就踢著腿想要下來，這會兒總算自由了，一溜煙就跑到馬車前，開口喊道：「姊姊、姊夫。」

謝玉嬌在馬車裡聽見謝朝宗奶聲奶氣的呼喚，一顆心頓時都要融化了，她挽起簾子向他說道：「朝宗乖，在下面等著，姊姊這就下去。」

此時小廝已將下馬車的凳子放好了，紫燕上前掀開簾子，扶著謝玉嬌下來。謝玉嬌才剛下馬車，謝朝宗就伸出兩隻胖乎乎的手迎了上去，他抱著謝玉嬌的大腿，一個勁兒地蹭著。

謝玉嬌正想彎腰抱謝朝宗呢，誰知道這小娃兒看見周天昊從馬車上下來，頭一轉、手一鬆，撲到他懷裡去了。

周天昊托著謝朝宗的腋窩把他高高舉起，原地轉了一圈，逗得他格格大笑，接著周天昊就將謝朝宗牢牢抱在懷中，轉頭對謝玉嬌道：「咱們進去吧，娘在門口等著了。」

謝玉嬌見謝朝宗用自己的小臉對著周天昊的臉蹭來蹭去的，心頭一股酸水都要滿出來了，好好的一個弟弟，怎麼比起女生，更喜歡男生呢？

徐氏見他們都下了馬車，迎上來道：「快進去吧，外頭熱著呢！我已經準備好了午膳，就等著你們過來。」

謝玉嬌點了點頭，轉頭見門口還圍著好些鄉親，便囑咐幾個小丫鬟，等喜錢都散盡了，再進去屋子裡。

第七十三章　返鄉一聚

鴛鴦與紫燕跟著謝玉嬌一起進了門，紫燕看見張嬤嬤，湊到她跟前就想撒嬌，結果卻被張嬤嬤瞪了一下，紫燕只好乖乖地站到一旁，小聲地跟張嬤嬤說起話來。

「殿下對小姐好嗎？」張嬤嬤問道。說起來謝玉嬌出嫁後也該改稱呼了，可是謝家的人還是習慣叫她「小姐」。

「很好，就差每日都不讓小姐下床了。」紫燕如今見識多了起來，也不怕羞了，說起這些話臉都不紅一下，她聽自己的娘仍舊叫謝玉嬌「小姐」，也就不說「夫人」了。

張嬤嬤忍不住白了紫燕一眼，紫燕這才反應過來，稍稍紅了臉，又道：「小姐還整治了兩個丫鬟，聽說是皇后娘娘賞的，她們竟變著花樣想要勾引殿下，最後被殿下親自送回宮裡了。」

聽了紫燕這番話，張嬤嬤不禁回想了一下。她見過皇后娘娘一次，看起來一副高高在上的樣子，分明就是瞧不起他們家；後來睿王殿下非要娶他們家小姐，只怕皇后娘娘心裡不痛快，大約也是因為如此，才給小姐添堵的吧？

「這樣就好，妳有沒有多注意小姐的月信？她年紀輕不懂事，可要替她留心著點。」張嬤嬤提醒紫燕道。

紫燕想了想，回道：「上個月的月信準時來了，這個月還沒來，我會留心的。」

閒聊閒，人都進了正院，徐氏急忙讓謝玉嬌和周天昊坐下，又吩咐丫鬟道：「讓廚房把菜送過來吧，他們喝一口茶，就可以用午膳了。」

謝玉嬌這會兒倒是不餓，他們帶了小點心出門，餓的時候就先吃一些，提起這個，就不得不說御廚做點心的功夫，真是比起家裡頭的廚娘好上許多。

周天昊神色淡淡地喝著茶，謝朝宗原本靜靜在他膝蓋上坐著，卻忽然問道：「姊夫，小甥兒呢？」

謝玉嬌聽謝朝宗這麼說，就知道徐氏必定在他面前說了些什麼，一張臉頓時紅得不得了，低下頭不停喝茶。

周天昊笑著回道：「這你可別問我，要問你姊姊，是不是把小甥兒藏起來了？沒準兒藏到她肚子裡去了呢！」

謝玉嬌忍不住瞪了周天昊一眼，可他卻當作什麼都沒看見一樣。

謝朝宗聽了這番話，從周天昊的膝蓋上下來，準備爬上謝玉嬌的膝蓋。徐氏見了，連忙攔著道：「朝宗快過來，再不能跟你姊姊這樣玩了。」

徐氏一來是盼望能抱外孫，二來又擔心謝玉嬌年輕不懂事，有了孩子也不知道，便不敢讓謝朝宗胡來，萬一有個什麼閃失，可是後悔莫及。

謝朝宗見徐氏阻止他，就聽話地退開了，偏偏謝玉嬌想抱抱謝朝宗，伸過手將他摟進懷中道：「娘這是做什麼？我的身子我自己清楚得很，怎麼可能這麼快呢！」

謝玉嬌這話讓周天昊有些不好意思起來，這不是明擺著說他不夠賣力嗎？天知道他殷勤地耕耘了一個多月呢！

「我不過就是多嘴一句罷了，妳自己注意一點，別疏忽了。」徐氏叮嚀道。

沒多久，丫鬟們就送菜過來，謝玉嬌知道周天昊一會兒要去湯山，便不耽擱時間，跟大夥兒一塊兒用膳去了。

午膳過後，謝玉嬌親自送周天昊到門口，她覺得有幾分不捨，拉著他的袖口，低著頭拿眼睛瞟他。成婚之後，他們兩個人還是第一次分開這麼久，自然放不下。

「你要保重身子，最近天氣熱，別老是在太陽底下曬著，有空就多歇一會兒，橫豎現在還沒真的上戰場，別太拚命了。」

周天昊聽謝玉嬌這麼說，忍不住笑了起來，他捏著她的臉頰道：「怪不得大雍被韃靼牽著鼻子走，要是每個家屬在將士上戰場的時候都這麼說，咱們打得贏才怪呢！」

謝玉嬌聞言不禁笑了，她牽著周天昊長滿了繭的雙手，說道：「別人怎麼說我不管，反正我就是要這樣說。」

周天昊笑著回道：「既然老婆大人這麼說，我只好乖乖聽話了。」

謝玉嬌心裡甜滋滋的，抬起頭在周天昊的臉頰上親了一口，見他沾上了自己的胭脂，便捂住嘴笑了起來。

周天昊順手一擦，見到手指上沾著紅紅的胭脂，拉著謝玉嬌往自己懷裡靠了靠。「快幫我擦擦，不然到了軍中，可要被人取笑了。」

聽見周天昊這麼說，謝玉嬌不依地一個扭身從他懷中溜了出來。「就不擦，讓他們笑話去。」

周天昊聞言，只好鬱悶地用手擦了擦，接著依依不捨地看了謝玉嬌一眼，才往門外去。此時謝玉嬌已經躲到了影壁之後，她聽見周天昊離去的腳步聲，忍不住稍稍探出頭去看了一眼，見周天昊已經走遠，正感到胸中有股悶氣，就看見門口探出一顆頭來，還朝她扮了個鬼臉。

謝玉嬌笑了起來，卻又無比嚴肅地喊道：「快走吧，別耽擱了，不然一會兒到防衛營，天都要黑了。」

周天昊點了點頭，這才加快腳步離開謝家宅。

送走了周天昊，謝玉嬌和徐氏聊起來，還說了康夫人去徐家提親的事。

徐氏聽到徐蕙如的婚事也訂了下來，一個勁兒地唸佛，笑著道：「如今我終於不用擔心妳們姊妹兩個了。」

謝玉嬌回道：「康夫人很是和藹，康家大少夫人也是一臉和氣，不過有幾分精明勁，只是蕙如本來就過得與世無爭，倒是不怕跟人起什麼衝突，況且姑母替她準備了好些嫁妝，絕不會讓人小瞧了她。」

徐氏不斷點頭說好，又開始思考自己要準備什麼東西給徐蕙如添嫁妝。

喝了一盞茶之後，徐氏見謝玉嬌似乎有些乏了，便親自送她去繡樓，兩個人在路上又聊了幾句。

「妳這幾日覺得如何？那方面可還辛苦？前幾日老姨奶奶染了風寒，我請仁安堂的大夫過來瞧瞧，順便替妳討了兩個補腎益氣的方子，今晚就命人熬給妳喝。」徐氏關切地說道。

謝玉嬌聽了這話，實在是不知道該怎麼回答。說起來，她雖然是有那麼點辛苦，但是也沒到要吃補藥的地步吧？更何況，她一直都是不怎麼需要動的那個人，真要計較的話，周天昊才是累慘了。

「娘問這些，讓人怪不好意思的，再說……這幾日我們已經很節制了，況且他這次去防衛營，也不知道何時會回來，我喝那些藥做什麼？」謝玉嬌低著頭說道。

徐氏一想，也覺得這話有些道理，便笑著道：「不服藥也成，食補也是一樣，今晚就燉一鍋烏骨雞湯讓妳喝。」

一到了夏天，謝玉嬌就沒食慾，她聽見烏骨雞湯就覺得膩，還有些反胃，便道：「我不想喝雞湯，只想喝菊葉鴨蛋湯，清清爽爽的，解暑呢！」

徐氏連忙應道：「好好好，要喝什麼湯、吃什麼菜，娘都聽妳的，一會兒妳只管告訴丫鬟，讓她們往廚房吩咐去。」

謝玉嬌這才滿意地點了點頭，沒多久一行人就到了繡樓。徐氏親自跟著謝玉嬌上樓，見她更衣洗漱躺下後，又守著她不肯走。謝玉嬌今天起得早，這會兒也睏得很，便閉上眼睡下了。

這一覺睡到了申時末刻，謝玉嬌才穿好衣服起來，徐氏那邊已經打發人過來請她去用晚膳了。謝玉嬌揉了揉稍微清醒了一些的腦袋，頓時覺得自己似乎太誇張了，吃了睡、睡了吃，豈不是要變成豬了？

話雖如此，謝玉嬌到底不忍心讓徐氏一直等自己，梳好了頭之後，她便帶著丫鬟們往正院去了。

廚房做了一桌謝玉嬌喜歡吃的菜，其中一道清蒸鱸魚，謝玉嬌最是喜愛，只是後來得知周天昊吃魚會過敏之後，徐氏就很少讓廚房做魚了，如今周天昊既然不在，徐氏便特地吩咐廚房上這道菜。

不知道是不是太久沒吃魚了，謝玉嬌覺得清蒸鱸魚的腥味有些重，所以根本沒吃幾口，倒是啃了幾支紅燒鴨翅膀，一時之間感到口齒留香，津津有味。

徐氏笑著道：「就知道你們家平常應該不會做這道菜，王府裡頭，只怕不能用手抓著鴨翅膀啃吧？」

謝玉嬌吃得心滿意足，擦了擦嘴巴道：「其實王府沒長輩，不過我跟他兩個主子而已，還不是我說了算？我們還吃過一次烤羊肉串呢，只是廚子捨不得放孜然，沒那麼入味罷了。」

徐氏看謝玉嬌吃得盡興，也很開心，此時她看見謝朝宗抓著一支鴨翅膀啃了起來，蹙眉道：「你才幾顆牙，也想要跟你姊姊一樣啃翅膀了？還是吃些咬得動的吧？」

謝朝宗偏偏不肯放下鴨翅膀，啃得越來越起勁，一旁的張嬤嬤便笑著道：「就讓少爺啃吧，他這幾顆小牙齒可牢靠呢！」

謝玉嬌覺得自己拿著啃，比等別人剔好肉自己再吃更有意思，便勸徐氏道：「娘就讓朝宗啃吧，他啃不動，自然會放下的。」

徐氏也沒別的法子，只能看謝朝宗在那邊啃得齜牙咧嘴、興致勃勃。

眾人用過晚膳，張嬤嬤把謝朝宗送去沈姨娘那邊。謝玉嬌喝了幾口茶，跟徐氏閒聊了一會兒後，回繡樓休息了。

看謝玉嬌離開了正院，張嬤嬤便把今日從紫燕那邊打探來的消息一五一十地告訴徐氏，徐氏見謝玉嬌有主見，又有周天昊維護她，便放下心來，喃喃道：「如今只差嬌嬌生個娃出來，就萬事齊全了。」

張嬤嬤勸慰徐氏道：「夫人別著急，小姐畢竟年紀還小，只怕殿下捨不得呢，順其自然就行了。」

徐氏知道這種事急不來，她跟謝老爺努力了那麼多年，也只有謝玉嬌這麼一個閨女，便嘆了口氣道：「也是，只要他們小倆口感情好，我就不用擔心太多了。」

卻說謝玉嬌自從成婚後就天天跟周天昊膩在一起，只有癸水來的幾日稍稍分開了一下，但是每天起碼都能見面，今日她一個人在娘家，頓時生出一種「獨守空閨」的感覺，反倒睡不著了。

紫燕知道謝玉嬌的心思，也不說穿，只笑著道：「小姐大概是白天睡多了，所以晚上就不睏了吧？」

謝玉嬌覺得說不定真的是這樣，便隨口道：「妳去隔壁的書房隨便拿本書過來，我看一會兒也就睏了。」

紫燕點點頭，取了一本志異小說來，謝玉嬌藉著燭火看了半天，等蠟燭都換過了，她居然還是毫無睡意，眼看快要三更了，她只得吹熄蠟燭，躺到床上去。

第二天，徐氏原本遣了丫鬟過來請謝玉嬌去正院用早膳，卻聽紫燕說謝玉嬌還未起身。徐氏雖然知道謝玉嬌狀況沒那麼好的時候，早上總會貪睡小半個時辰，不過現在她的身子應該不差，卻還沒起床，倒讓徐氏有些擔心，便親自去了繡樓一趟。

徐氏見丫鬟們正各自忙自己的事，便點了鴛鴦過來道：「小姐在王府也這麼貪睡不成？」

鴛鴦連忙回道：「小姐在王府起得挺早的，只是今天稍微有些遲了，大概是趕路累的吧！」

徐氏聽了覺得有理，便沒再多問，只囑咐等謝玉嬌醒了，讓廚房把早膳直接往繡樓這邊送。

謝玉嬌這一覺睡到了日上三竿，等她醒的時候，房間已經被太陽曬得有些熱了。因為婆子們怕吵醒謝玉嬌，所以沒進來將化掉的冰水換出去，重新添窖冰。

紫燕發現謝玉嬌醒了，急忙打水讓她洗漱，道：「夫人派人來問過幾次，廚房的早膳也已經送過來了，還在下頭茶房熱著，只是過不了多久就是午時，小姐隨便吃點東西墊墊肚子吧！」

謝玉嬌點了點頭，開始整理起自己的儀容。其實睡遲了並不要緊，只是大夥兒都知道她昨天回到謝家，只怕今日陶大管家、劉二管家還有她的七叔會過來找她，她這麼呼呼大睡，也不知道讓他們在外頭等了多久。

匆匆吃了點東西，謝玉嬌派丫鬟通知徐氏一聲，接著就逕自往書房去了，沒過多久，徐氏也到了書房。

原來徐氏雖然不通庶務，可是徐禹行這幾日出遠門，她只好親自來聽管家們回話，省得到時一問三不知。

謝玉嬌見陶來喜、劉福根和謝雲臻三個人果然都來了，請他們坐下，又讓丫鬟沏茶，徐氏則在主位上坐著，聽他們討論事情。

「今年夏天有點乾旱，好在夫人支了些銀子讓鄉親增做水車，如今已經搶救回一些旱地，收成不會比去年差太多。」陶來喜說著，感激不盡地看了徐氏一眼。徐氏雖然不擅理家，可是撥出銀子做好事這方面，她倒是像丈夫和女兒一樣不會耽誤。

陶來喜又道：「再過一個月就是秋收，如今壯丁勞力都去從軍了，只怕人手不夠，老奴已經跟隱龍山那邊的村頭說好了，到時候會向他借上百個年輕漢子過來幫我們收成。一個人一天五十文錢，初步估計要三天，大約要十五兩銀子，還要算上三天的飯錢跟燒飯婆子的工錢，總共支個三十兩銀子也就夠了。」

徐氏道：「這些都是體力活，天氣又那麼熱，怪累的，工錢一樣一個人一天五十文，不過你就支個四十兩銀子吧，多出來的讓他們自己分。」

謝玉嬌聽徐氏這麼一說，雖然閉著嘴不回話，卻忍不住在心裡偷笑。好在這些不過是小錢，算不上什麼，若是徐氏在大錢上頭也這樣半買半相送，謝家可就要虧死了。

陶來喜見徐氏吩咐，點頭應下，此時劉福根開口道：「老奴這裡最近沒什麼事，年中剛盤過一次店，除了給小姐當嫁妝的那幾間鋪子還沒來得及去看，其他店的生意都不錯。」說起來，去年年底開始，就一直有難民湧向南方，如今金陵城一下子多了幾萬人，生意怎麼可能不好呢？

謝玉嬌點了點頭，道：「只要我有空，都會去看看那幾間鋪子，劉二管家不用操心。你除了幫舅舅看著城裡的店鋪，平常縣衙那邊也要多顧著點，康大人有什麼指示，你都要第一時間通知陶大管家和七叔。」

劉福根聞言，笑著回道：「小姐放心，老奴每隔幾天就會去縣衙那邊走動、走動，再說，如今康大人都要跟謝家變成親家了，還能坑我們不成？」

謝玉嬌回道：「這是康大人在這邊任職的第三年，按理說也到了該升遷的時候，除非他自請延任一年，不然最多到年底，縣太爺就該換人了。」

劉福根一聽這話，臉就垮了下來，鬱悶道：「才剛攀上親戚呢，這又撈不到好處了。」

謝玉嬌也不理他，問謝雲臻道：「七叔，作坊現在怎麼樣？六萬件的棉襖做了多少了？」

「已經做了五萬件，還有一萬件，一個半月肯定能完成。只是我想，這麼大一間作坊，若是做完了棉襖就歇下來，倒是有些浪費，因此就託人打聽看看有沒有什麼別的活計；若是能接下去做，也是條生路，反正那些繡娘們回家不過就是相夫教子，能成的話，就可以多賺些銀子了。」謝雲臻回道。

上回謝玉嬌讓周天昊向戶部要了一大筆生意，已經覺得很不好意思了，若是再向人要一回，反倒不好；況且接下棉襖生意的目的，無非就是想先安置那些難民，對於謝家本身，其實沒什麼幫助。不過謝雲臻有這樣的想法，自然值得讚許。

這麼一想，謝玉嬌便回道：「七叔若能透過認識的人張羅生意當然好，但要是涉及朝廷那邊，還是先回了我，橫豎有殿下在，我們也不用捨近求遠。」

謝雲臻點頭稱是，他們三個人跟謝玉嬌聊了好一會兒，各自留下兩個月的帳本起身告辭。此刻已經到了該用午膳的時間，徐氏哪裡肯讓他們走，吩咐廚房做一桌好菜，又送了好酒，請他們在謝家吃一頓好的。

徐氏這幾個月雖然開始了解一些庶務，但還沒看過帳本，因此一時之間也不願離去，而是待在謝玉嬌身邊想學點什麼。

謝玉嬌見徐氏又是聽他們討論、又是盯著帳本看了這麼久，應該也累了，便放下帳本道：「我先陪娘回正院用些午膳，帳本下午再看也無妨。」

用過午膳之後，徐氏問謝玉嬌要不要歇個午覺，謝玉嬌笑著回道：「才剛睡醒沒多久，又要歇午覺，真要變成豬了。」

謝玉嬌不肯歇午覺，讓丫鬟陪她去書房看帳本，好在這兩個月謝家沒什麼重大的庶務，銀子花在什麼地方、怎麼花，很快就理清楚了。

看帳本看了好一會兒，謝玉嬌覺得有些累了，便起身走動。她出閣的時候，忘記把書房裡的幾盆多肉植物帶走，沒想到她快兩個月沒回家，這些植物倒是長得很好。

謝玉嬌頓時覺得心情極佳，讓紫燕打賞院子裡的婆子，要她好好看著這幾盆植物，十天半個月澆一次水就夠了。

那婆子原本不知道這些東西怎麼養，只是進來打掃房間的時候看見，順手澆了一下，沒想到還得了賞，笑得嘴都合不攏。

謝玉嬌將盆栽中枯掉的地方收拾乾淨，才又坐下來看帳本。如今天氣悶熱，雖然書房裡放著窖冰，但謝玉嬌還是覺得頭有些暈。她本來就苦夏，可是之前老是跟周天昊膩在一起，每天都被折騰得雙腿痠軟、腳步虛浮，早就把苦夏這回事給忘了。

現在看了不過半天帳本，謝玉嬌就覺得眼前一陣陣發黑，她本想站起身來，卻還是扶著椅子坐了回去，喊紫燕進來道：「妳扶我去軟榻上躺一會兒，我眼前發黑，大約是中暑了。」

此時謝玉嬌說起話來都已經有些含糊了，紫燕嚇了一跳，急忙喊婆子去徐氏那邊報信，自己則扶著謝玉嬌在軟榻上躺下。

謝玉嬌合著眸子閉目養神了一會兒，只覺得胸口悶得難受，竟像是喘不過氣來一樣，神智也越來越不清楚，到最後紫燕喊她時，她也沒力氣回應了。

紫燕見謝玉嬌暈了過去，頓時嚇得六神無主，殿下才離開一天，他們小姐就病倒，可真是急死人了。

婆子去向徐氏報信的時候，徐氏才剛剛歇完午覺起來，聽說謝玉嬌中暑了，急忙拔腿就往繡樓跑，又打發張嬤嬤趕緊去請大夫。

張嬤嬤哪裡敢怠慢，還沒等徐氏把話說完，她早已經衝到二門去了。

謝玉嬌覺得自己渾身無力，待她睜開眼睛時，房裡已經點起了燈，還見到徐氏一臉擔憂地看著自己。

見到謝玉嬌睜開了眼睛，徐氏喜出望外道：「嬌嬌，妳可醒了，真是要嚇死我了，妳這孩子……」

徐氏正想數落謝玉嬌幾句，可是見她一臉無辜，也不忍心多說，只道：「妳有身孕了，知不知道？」

謝玉嬌聞言大驚，嚇得直接從軟榻上跳起來，一臉難以置信地問徐氏道：「娘，您可不是亂說吧？怎麼可能？這才多久……」

徐氏搖了搖頭，回道：「成婚後自然會有身孕，這跟時間長短有什麼關係？你們兩個都還年輕，生不出來才奇怪。」

謝玉嬌想想也是，他們一沒避孕、二沒節制，不中獎的機率實在太低了，上個月之所以沒懷上，大概是運氣還沒到吧！

不過現在有了孩子，她就不能跟周天昊那樣「運動」了……一想到他們兩個都憋了那麼長一段時間才「解放」，謝玉嬌反倒有些懷念起那種夜夜銷魂的滋味了。

「我知道……不過既然我有了身孕，是不是可以在家裡多住一陣子？」如今周天昊待在防衛營，她要是一個人在王府養胎，可真是太寂寞了。

「這事我可拿不准，還是問問昊兒的意思吧！」徐氏伸手理了理謝玉嬌的髮絲，又說道：「好些了沒？若是好了，就讓丫鬟和婆子扶著妳回繡樓去，如今妳有了身孕，不適合住在二樓，就住蕙如以前那間房吧，反正我也差人一併整理過了。」

謝玉嬌這時候已經覺得好了很多，便點了點頭，她見紫燕要過來扶自己，笑著說道：「我能走，這沒什麼。」

紫燕方才被嚇破了膽，這時候哪裡敢不上心，她扶著謝玉嬌道：「還是讓奴婢扶著吧，萬一您又像剛才那樣說兩句話就沒了聲響，奴婢可真要嚇死了。」

徐氏說道：「方才仁安堂的大夫留下安胎的藥方，娘已經派了小廝去抓藥，等用過晚膳，妳就乖乖地服用安胎藥。大夫說孩子沒事，只是妳身子有些虛弱而已，要補一補。」

不論在古代還是現代，生孩子對女人來說都是一道坎，但是古代很多人卻因為補過頭，導致孩子太大，最後難產，落得個一屍兩命，如今謝玉嬌聽徐氏說要幫她進補，不禁有些害怕，小聲道：「娘可要悠著點補，別把我給補得太胖。」

徐氏聽了這話，笑著道：「哪個懷了孩子的人不胖一些？不要太胖了就是，省得孩子太大不好生，這個道理我懂。」

謝玉嬌見徐氏很了解這些事，便放下心來，由紫燕和婆子扶著她離開書房。

眾人陪著謝玉嬌一起回繡樓，紫燕和鴛鴦幫她把樓上的東西拿到樓下房間，而徐氏只讓她在床上躺著，恨不得她別再走動，又吩咐丫鬟開了庫房拿小桌板出來，竟是打算讓謝玉嬌在床上吃東西。不過謝玉嬌此時沒什麼精神跟徐氏爭論，也就隨她去了。

徐氏見一切安頓得差不多了，這才坐在床沿上，拉著謝玉嬌的手道：「今日大夫來的時候就晚了，因此我沒派人往湯山送信，明日一早再讓劉二管家走一趟，只怕昊兒知道了這個消息，會忍不住來看妳呢！」

謝玉嬌想到周天昊這幾日累得很，大腿磨破的地方都還沒好全，看著就心疼，怎麼好讓他為了這件事特地跑一趟呢？

「娘過幾日再去遞消息也一樣，天氣那麼熱，別讓他這樣來來回回跑。」謝玉嬌說道。

徐氏聽謝玉嬌這麼說，笑著道：「如今倒是懂得心疼起自家男人了？以前看妳老是欺負昊兒，也就他好脾氣，任由妳撒野。」

謝玉嬌被說得有些不好意思，想著——自家男人當然是自己心疼啊，難道還要讓別人替他操心？

「娘不知道，他之前因為捨不得我，每日都在防衛營跟金陵之間來回奔波，我怕他累著了，才說要回來住，好讓他專心在那邊多待一些時日，省得來回跑。」

徐氏聽了這番話，眉頭皺得緊緊的，道：「他要去什麼防衛營，我這個當丈母娘的自然沒意見，只是可千萬別再去前線了，他不可能每次都那麼幸運的，妳好歹勸著他一些。」

謝玉嬌怕徐氏擔心，柔順地點了點頭，不過她很清楚，就算她想勸，周天昊也未必會聽啊……

第七十四章 軍營報喜

第二天，徐氏果真聽了謝玉嬌的勸告，並沒派人去防衛營報信，誰知道到了晌午，雲松卻來了；原來周天昊實在抽不開身，又很是想念謝玉嬌，便寫了一封信，讓雲松帶來給謝玉嬌。他這幾天正在湯山周圍物色像樣的小院，想等到天氣稍微涼爽一些，帶謝玉嬌在那邊住一陣子，這樣既能免去自己騎馬勞累，又能多些時間跟謝玉嬌在一起。

雲松懷裡的書信還沒拿出來呢，徐氏就開口道：「你怎麼來了？我正打算過幾天派劉二管家去向殿下報信，嬌嬌有了身孕，只怕要在這邊多住一陣子了。」

此話一出，雲松高興地跳了起來，睜大眼睛問道：「親家夫人可別騙奴才，我家殿下的胸口被箭戳過洞，可禁不起嚇。」

徐氏假裝瞪了雲松一眼，笑道：「我騙你做什麼？只是你大老遠跑過來，我不好馬上趕你回去向你們家殿下報信，先坐下來歇歇，等你什麼時候想走了，再把口信帶回去吧！」

雲松想了想，這種事若不第一時間呈報給周天昊，自己的屁股鐵定又會遭殃，因此急忙掏出書信遞給徐氏道：「請親家夫人把這個交給王妃娘娘，奴才現在就回營向殿下報喜去。」

說完，雲松就拔腿往外跑。

徐氏趕緊叫住雲松道：「你這孩子，好歹先歇一歇，吃了便飯再走吧！」

雲松扯著嗓門回道：「不了，奴才帶著乾糧呢！」

徐氏見攔不住雲松，趕緊讓小丫鬟打了一囊清水、包了一些點心送過去給雲松。

小丫鬟抱著東西出門，哪裡還能看見雲松的人影，他早就策馬溜了，徐氏得知以後嘆了口氣道：「罷了，把這封信送去給小姐吧！」

謝玉嬌一邊看著周天昊寫給自己的簡體字書信，一邊在心裡數落起雲松。人都已經來了，居然也不等一會兒，好讓她也寫一封信帶回去。

收好了信，謝玉嬌從軟榻上起身，此時廚房正巧熬好了燕窩送過來，原本謝玉嬌不怎麼愛吃這些東西，只是如今徐氏這般殷勤，她總要稍微配合一下才行。

紫燕見謝玉嬌臉上笑開了花，便問道：「殿下信裡寫些什麼了？瞧小姐高興得嘴都合不攏了呢！」

「想知道？妳拿去瞧瞧吧！」謝玉嬌隨手把周天昊的信遞了過去。

紫燕接過信，翻來翻去看了幾眼。她原本就不認得幾個字，如今那些簡體字更讓她糊塗了，一臉茫然道：「殿下寫字怎麼也跟小姐一樣，都喜歡寫偏旁？奴婢實在看不懂。」

謝玉嬌便收回信，笑著道：「殿下說，他在湯山附近找了幾個小院，正在看哪家好一些，到時候就買下來把我們接過去住，這樣又能天天待在一起了。」

紫燕聽了這番話，自然替謝玉嬌高興，可轉念一想，湯山只是個小鎮，住在那邊必定有諸多不便，如今謝玉嬌有身孕，定要處處小心，還是應該住在謝家，由徐氏照料，比較讓人放心。

「那邊雖好，可終究不如這裡舒服，況且小姐有了身孕，就算能天天見到殿下，也不能怎麼樣啊？」這話說完，紫燕才驚覺她說了不該說的話，頓時脹紅了一張臉，躲到一旁不說話。

謝玉嬌想了想，皺著眉頭道：「妳說得也對，而且我住這邊，可以和娘還有朝宗在一起，妳也能時常看見張嬤嬤和劉二管家，到底比去湯山好得多。」

說完這番話，謝玉嬌慢慢回想了一下方才的對話內容，轉了轉眼珠子道：「紫燕，妳可真是越發……」

「不知羞恥」這四個字，謝玉嬌實在不好說出口，她頓了頓，才又繼續道：「這種話也能脫口而出了？」

紫燕本來就覺得羞赧，聽了謝玉嬌這番調侃，捂住臉道：「小姐別說啦，奴婢快羞死了。」

謝玉嬌見到紫燕這副模樣，笑著道：「我不說了，反正再過兩年，也是時候為妳張羅親事了。」

紫燕與徐蕙如同年，都是十五歲，按理也到了說親的年紀，只是張嬤嬤和劉福根目前並不著急，因為紫燕跟著謝玉嬌去了王府，將來沒準兒還能遇上更好的對象，若是就這樣隨便在村裡找個人嫁了，只怕沒辦法比現在過得更好。

謝玉嬌明白張嬤嬤的意思，便把這件事記在心上，但是周天昊才開府，睿王府裡不管是管事還是有點能耐的小廝，謝玉嬌都不太熟悉，所以這件事還得慢慢來。

紫燕聽謝玉嬌這麼說，越發不好意思接話，咬唇擰了片刻的帕子，才開口道：「昨日奴婢的娘說要奴婢別著急，得先好好服侍小姐生下孩子，等您身邊的丫鬟都用得順手了，才能考慮奴婢的事。」

目前謝玉嬌身邊確實沒幾個用得順手的丫鬟，不過劉嬤嬤前陣子買了一批丫鬟進王府，此刻都在她手中調教，到時候可以先撥幾個到她房裡試試看，總要用過才知道好不好。

「那就辛苦妳了，紫燕大丫鬟。」謝玉嬌促狹地說道。

紫燕聽謝玉嬌這麼喊她，臉上倒是露出了幾分得意，她笑著把放涼了的燕窩遞給謝玉嬌，說道：「小姐快吃吧，外頭婆子還等著收回盅子呢！」

謝玉嬌這個時候心情不錯，一碗燕窩三、兩下就喝得見底了。

雲松騎了一個多時辰的馬才到了謝家宅，原本就累慘了，卻因一時激動又飛速往回衝，半路上都快累得斷氣了。

此刻天氣正熱，水囊裡的水又喝光了，等雲松趕回營地的時候，已經渴得嘴巴都要冒煙了。他整個人幾近虛脫，頭重腳輕，明明想要下馬的，無奈體力不濟，竟然一頭就栽了下來。

幾個巡邏的將士碰巧看見了，攙扶著雲松，將他送到周天昊的營帳去。周天昊是讓雲松去送信的，沒想到他回來時竟是這副鬼樣，嚇得周天昊急忙差人請軍醫過來，先是讓雲松喝下一碗鹽水，再拍著他的臉讓他醒過來。

雲松正覺得迷迷糊糊，忽然間臉頰一痛，醒了過來。他睜開眸子，就見到周天昊正一臉緊張地看著自己，不禁激動道：「殿下……殿下……」

照道理說，得知了好消息的雲松，此時應該是滿臉喜色才對，偏偏他剛才從馬背上栽下來，蹭了一臉的泥巴，因此只讓人覺得狼狽得很，彷彿出了什麼天大的慘案。

周天昊被雲松這兩聲「殿下」喊得驚出一身冷汗，他拎著雲松的領子問道：「王妃出什麼事了嗎？你好好說。」

雲松用手抹去臉上的泥巴，笑著說道：「王妃娘娘有身孕了，奴才得了喜訊，就急著趕回來向殿下報喜呢！」

誰知周天昊聽完這番話，臉色一變，氣得咬牙切齒道：「這是給我報喜嗎？你他媽差點把我嚇出心臟病來。」

說完，周天昊發現雲松一臉呆愣，多少有些不忍心，鬆開他的領子，接著就在營帳中踱來踱去道：「你說的是真的嗎？嬌嬌有喜了？本王有後了？」

雲松剛才著實被周天昊那陰鷙的眼神給嚇了一跳，這會兒又見他像個孩子一樣高興地走來走去，頓時鬆了口氣，小聲道：「那……那還用說，奴才的馬都快跑斷腿了，怎麼會傳假消息給您呢？」

周天昊停下腳步，一時之間興奮得不知如何是好，他頓了一會兒，拍了自己的頭一下道：「不行，我要去謝家看看嬌嬌，她身子弱，又是第一胎，一定要好好保養。」

想到這點，周天昊就有些苦悶，古代的醫學水準真是讓人無法恭維，生孩子全靠運氣，生出來之後能養大、平平安安成人，就相當於中了頭彩，在這種狀況下，謝玉嬌和孩子的安危，根本只能求老天保佑。

「殿下著急什麼呢？只怕親家夫人已經把王妃娘娘當寶貝一樣供起來了，您還有什麼好擔心的？聽親家夫人說，因為王妃娘娘怕殿下太激動，所以沒讓人即刻傳信給您，若不是奴才今日去得巧，只怕殿下還要等幾日才會知道這個好消息呢！」雲松說道。

周天昊聽了這番話，不禁有些不高興，他虎著臉道：「好個嬌嬌，竟然還想瞞著我？真是越來越不聽話了。」

雲松一聽，兀自思量起來。王妃娘娘到底何時聽過殿下的話？不都是殿下乖乖聽王妃娘娘的話嗎？

周天昊再也坐不住了，可是這時候天色已經轉暗，入夜趕路到底沒效率……想了想，周天昊早早命人傳晚膳，吃完之後立刻入睡，第二天一早天濛濛亮時，就啟程往謝家宅去。

當謝玉嬌第二天一早睡到自然醒的時候，一睜開眼睛，就看見周天昊坐在自己的床頭。謝玉嬌一時還以為自己在作夢，連忙閉上眼睛再睜開，卻沒料到周天昊依舊坐在那個地方。

周天昊見謝玉嬌不斷地眨眼，覺得很奇怪，便問道：「嬌嬌，妳是怎麼了？眼睛抽筋了不成？」

謝玉嬌聽到床前的周天昊居然會說話，忍不住捏了自己一把，疼得她齜牙咧嘴的，接著一把抓住周天昊的手掌，從床上撐起身子問道：「你怎麼來了，這會兒是什麼時辰？」

周天昊看了房間角落的沙漏一眼，開口道：「快辰時末刻了，我已經來了有一會兒，見妳還在睡，就在旁邊等著。」

說著，周天昊上上下下打量起謝玉嬌，他的視線落到她的小腹上，見那邊依舊平坦緊實，心頭有一種說不出的滋味。

「妳有了身孕，怎麼不讓岳母早點告訴我，還想瞞著我不成？」周天昊低聲說道。

「哪有？我就是怕你像這樣恨不得連夜跑過來，所以才不讓人說的。你看，這不被我說中了？整日在馬上顛簸，你不累嗎？」

「自己騎馬比較快，我只是忍不住想快點見到妳。」周天昊說著，伸手摟住謝玉嬌，用嘴在她臉頰上輕輕蹭了蹭，接著就要吻她。

謝玉嬌連忙躲開，小聲道：「我才睡醒，嘴裡還是臭的呢！」

「怎麼會呢？在我心裡，妳哪裡都是香的。」話雖如此，周天昊到底沒強求謝玉嬌，只在她唇瓣上輕觸了一下，就鬆開她，喊外頭的丫鬟進來服侍她洗漱。

謝玉嬌趿著鞋子起身，周天昊看著她那嬌小的個子，毫無預警地開口道：「生完這一個，無論男女，咱們以後都別再要孩子了。」

此刻坐在梳妝檯前的謝玉嬌微微一愣，接著眼眶就慢慢紅了起來。

在古代想安然生下一個娃並不容易，聽徐氏她們閒聊的時候，也會說到不少讓人遺憾的事。謝玉嬌那時從來沒想過自己也有生孩子的一天，如今真的懷上了，才驚覺這一切對自己來說，並不是那麼遙遠。

想了想，謝玉嬌終究沒回周天昊的話。一來是古代沒什麼真正有效的避孕措施，之後生不生，不是自己說了算；二來，古代人崇尚多子多孫多福氣，要是真的只生一個，徐氏恐怕會嘮叨，不過這些事都還早，也不急著下決定。

「以後的事以後再說，現在一個都還沒生出來呢！」謝玉嬌低頭擦去眼角那充滿感動的淚水，此時丫鬟也剛好送了水進來。

謝玉嬌淨過面、漱了口，坐下來梳頭，周天昊則坐在後面看著。謝玉嬌在鏡子裡看見周天昊那專注的眼神，便透過鏡子朝他笑了笑，嬌嗔道：「有什麼好看的？難道你想為我畫眉不成？」

周天昊也對著謝玉嬌笑了笑，他裝作認真地想了想，才說道：「還是算了，省得妳沒臉出門見人。」

說罷，周天昊看了看天色道：「妳既然沒事，我也該回營裡去了，這幾天事情正好很多，火炮還等著我去實驗呢！」

謝玉嬌見周天昊雖然看起來精神奕奕的樣子，但眼底還是透露出幾分疲倦，便起身走到他跟前，在他對面坐下來道：「我不攔你，只是好歹陪我用過早膳再走，以後若要看我，也不用這麼早就趕過來，等你選好那邊的小院，我就過去陪你。」

「妳真的要住過去？」周天昊這時候倒是有些猶豫了，之前他的確一心想讓謝玉嬌去湯山，可如今她有了身孕，處處離不得人照顧，怎麼好住在那樣的荒郊野外？萬一有個什麼，連大夫都來不及請。

「還是別住過去吧，妳待在這裡，我也比較放心，那邊窮山惡水，吃穿什麼的差了很多，妳未必能習慣。」周天昊回道。

「你在軍營裡頭都能習慣，我有什麼好不習慣的？再說，這裡跟那裡不一樣都是鄉下嗎？在這裡想請個大夫，也要趕半個多時辰的路，也沒比那邊方便多少，若能天天看見你，我會安心很多。」

周天昊見謝玉嬌一心想去湯山，也是心動得很，可思前想後，還是覺得不妥，又道：「那……這幾個月妳先別過去，我聽岳母說懷胎前三個月要特別注意，不能經歷舟車勞頓，等過了這三個月，天氣也會比較涼快，到時候我再接妳過去如何？」

謝玉嬌心想，前三個月確實要好好注意，況且若是天天見到周天昊，讓他看得著卻吃不著，到底不是什麼好事，為了避免他們兩個人都被勾得火燒火燎，還不如不見。

「那就依了你吧，我在這裡再住上三個月，到時候你若不來接我，我可就要自己過去嘍！」謝玉嬌說道。

周天昊見謝玉嬌應下了，終於鬆了口氣。不一會兒，鴛鴦進來稟告，說是早膳已經準備好了。

自從謝玉嬌有了身孕，徐氏便交代她一日三餐在繡樓用就好，若是臨時想換個位置，去廚房說一聲就行了。

天氣熱，謝玉嬌有了身孕後胃口又更差了，因此早膳只準備了綠豆粥、雞蛋餅、素蒸餃、鴨油小燒餅跟豆腐腦；不過徐氏知道周天昊來了，又特地命廚房添了一籠小湯包跟一碗牛蹄筋拉麵。

周天昊陪謝玉嬌吃過飯之後，太陽就毒辣起來，謝玉嬌只在廊下站了一會兒，就被曬得發暈，連忙退回房裡。

這個時候房裡已經換過窖冰，相當舒適。謝玉嬌看見周天昊額頭上還滲著幾滴汗，便伸手替他擦了擦，又蹙著眉頭道：「這天氣也太熱了，一會兒讓劉二管家派馬車送你回去吧，不然你就是被曬死在路上也沒人知道。可惜一代賢王，因為回岳母家看妻子，被活活熱死。」

周天昊聽了這段話，忍不住笑了起來，道：「昨日雲松回防衛營的時候，就熱到昏倒，醒來之後說話還上氣不接下氣的，我一時之間以為妳出了什麼事，嚇出了一身冷汗。」

謝玉嬌不禁心疼起來，道：「澡堂裡頭放著涼水呢，你進去沖一沖，涼快一會兒再走；還有，那些將士也是普通人，只怕也是熱得難受，一會兒派車送你回去的時候，順便拉上一車綠豆，讓他們熬綠豆湯喝。」

「妳這是犒勞起將士來了？把大夥兒買通，好讓他們替我賣命？」周天昊說著，又上前摟住謝玉嬌，將雙手交疊在她的小腹上，咬著她的耳朵道：「等把韃子趕出大雍，我就解甲歸田，當妳謝家的上門女婿，好不好？」

謝玉嬌任由周天昊抱著，聽到這些話，她轉過頭看著他道：「韃子趕不趕得出去，不是你一個人能決定的，老把這個責任揹在身上做什麼？」

周天昊聽謝玉嬌這麼說，有幾分動容，嘆了口氣道：「當年先帝傳位於我，我不肯接，先帝就說我這位皇兄太過平庸，在他手中，只恐大雍江山不保。當時我力保他上位，如今卻讓半壁江山落在韃子手中，他日我若去了，只怕沒臉見先帝。」

謝玉嬌哪裡知道這中間還有這種內情，不禁皺著眉頭，轉過身狠狠瞪起周天昊道：「誰教你不老實，這些事不早點說出來？你看你皇帝沒當成，現在還苦哈哈地幫人打仗，真是活該，我也不心疼你了。」

周天昊任由謝玉嬌數落，重新將她摟入懷中道：「我今年二十五歲，就算五年以後才能將韃子趕出大雍，那麼三十歲之後的日子，就都是屬於我們兩個人的，總比一輩子被困在那個牢籠強；若是我身強力壯，活到七、八十歲，我們還能在一起半個世紀呢！」

這番話比之前任何一次甜言蜜語都要讓謝玉嬌感動，她抬起頭親了周天昊的下巴一口，小聲道：「為了讓我們兩個人能在一起更久，你也要加油啊！」

周天昊點了點頭，放開謝玉嬌去了澡堂。等周天昊從澡堂出來的這段時間，謝玉嬌吩咐了幾個小廝，開了謝家宅的糧倉，拖出上百斤的綠豆裝上車，待周天昊整裝完畢，就隨著他一起回到湯山。

第七十五章　終成眷屬

自從周天昊離開後，一晃眼又過去兩個多月，到了十月初，天氣已變得相當涼爽。因為今年加建了很多水車，所以雖然乾旱，水稻卻不至於欠收，對謝家宅來說，今年依舊是個豐收年。

徐氏早就聽說謝玉嬌打算搬去湯山住的消息，雖然捨不得，但想到她和周天昊一直這樣分隔兩地，到底難耐相思，便答應這個要求。正好十月初八是徐蕙如出閣的日子，徐氏索性打發下人先去白鷺洲的院子，待他們將屋子整理妥當，就去城裡小住一陣子，多相處一些時間，再讓謝玉嬌去湯山。

此刻徐氏坐在廳中，看著丫鬟和婆子們打包東西進箱籠，她才打算喝一盞茶，就看見謝玉嬌進了二門。如今她懷有三個月的身孕，但是因為個頭嬌小，幾乎看不見肚子，臉色比之前紅潤了一些，卻不長肉。

徐氏時常勸謝玉嬌多吃一些，無奈她心裡有陰影，怕吃多了孩子會太大，每頓都只吃七成飽，好在她妊娠反應算不上強烈，因此並沒有明顯的不適。

「妳怎麼自己來了？我不是說了嗎？等前頭安置好，我再差人去喊妳。」說著，徐氏急忙起身親自去迎接謝玉嬌。

謝玉嬌一邊往裡頭走，一邊道：「東西都整理好了，婆子們正把箱籠往車上搬，我便過來娘這邊瞧瞧。這次我們又要去城裡住上半個月，可別落下什麼東西來。」

看見謝朝宗在一旁乖乖地坐著，謝玉嬌走過去摸了摸他的頭。

自從謝朝宗得知謝玉嬌要為自己生小甥兒了，就乖巧得不得了，再不敢對謝玉嬌胡來，每每看到她的時候，行動都謹慎得很，不過他曾好奇地問道：「姊姊，小甥兒多久才能出來陪我玩？」

謝玉嬌想了想，回道：「等明年要吃粽子的時候，大概就能看見你的小甥兒了。」

至於為什麼一定要說「小甥兒」，其實謝玉嬌也很鬱悶。上回徐氏問謝朝宗的時候，他明明說喜歡小甥女的，還說姑母的肚子裡是男娃，姊姊的肚子裡是女娃，可徐氏偏偏不信邪，非要一個勁兒地讓謝朝宗說謝玉嬌懷的這個是小甥兒。

謝朝宗本著「孝子」的原則，勉強把「小甥女」改成了「小甥兒」。

徐氏扶著謝玉嬌坐了下來，有些不放心地上下打量她一番，才開口道：「原本妳有了身孕，是不能舟車勞頓的，但如今實在是沒辦法，只能讓馬車走得慢一些，安安穩穩就好。」

謝玉嬌雖然不像有些懷了身孕的人一樣迷信，可是對於這第一胎，她也是小心翼翼得很，好在這孩子並不怎麼折磨自己，除了胃口稍微差了點，倒也沒噁心、嘔吐。

周天昊依舊很忙碌，但每隔十來天，還是會抽空過來看謝玉嬌一回；只是他經常一早來，不到中午便又走了，每回這樣奔波，相處的時間卻不多，讓謝玉嬌很是不捨。

徐氏正叮嚀著謝玉嬌呢，外頭就有婆子笑呵呵地進來稟報道：「夫人，殿下領著一隊人馬進村了，應該是來接小姐的。」

謝玉嬌聞言便站了起來，上次周天昊來的時候，她確實說過今日要去城裡，原本不過是告訴他一聲，省得他到時候跑來這裡撲了個空，誰知道他竟然帶著一隊人過來，這是要做什麼呢？

徐氏起身要去相迎，又聽說是一隊人馬，便轉身問謝玉嬌道：「來了這麼多人，要不要請他們到家裡喝杯茶再走？」

謝玉嬌料想那些人應當是周天昊的府兵，大概不敢到謝家來要茶喝，便笑道：「先不用，我們出去瞧瞧再說。」

當徐氏與謝玉嬌迎出來的時候，周天昊已經在門口了。他聽見門的那頭傳來腳步聲，便往裡頭看了一眼，只見謝玉嬌繞過了影壁，走了出來。

一看見謝玉嬌，周天昊臉上原本嚴肅的神情頓時放鬆下來，他笑著迎到謝玉嬌面前，正打算喊她一聲「嬌嬌」，又想起自己身後還有一幫弟兄，只能硬生生忍住，拉過謝玉嬌的手，輕喊了一聲。「夫人。」

謝玉嬌抬起頭來，見周天昊的膚色比之前還黑，整個人顯得更清瘦，也知道他這幾個月實在辛苦，不過當著這麼多的人面，有什麼心疼的話也不方便說，只小聲道：「殿下一路辛苦了。」

兩人都覺得彼此的口氣有些怪異，只有徐氏覺得他們總算長大，懂得什麼叫「相敬如賓」了。

周天昊轉過頭去，清了清嗓子，對在身後待命的一隊人馬道：「你們在門外候著，幫這些婆子把行李都裝上車去，本王一會兒就出來。」

進了門之後，周天昊原本正經的神色，頓時轉換成雀躍的表情，他拉著謝玉嬌的手繞過影壁，還沒進正廳，就忍不住問道：「妳最近可想我？咱們的孩子可想我？」

謝玉嬌眨了眨眼道：「我沒想你，至於我們的孩子想不想你，你得問她才是。」

周天昊聞言，便認真地對著謝玉嬌的肚子說道：「閨女，妳想我了沒？快說、快說。」

一旁的徐氏聽了，急忙道：「明明是個小子，怎麼非要說是閨女呢？這可不好，萬一他以為你們不疼他，收起了自己的寶貝，真成了閨女可怎麼辦？」

謝玉嬌被徐氏這番話逗得哭笑不得，就連一旁的周天昊也是一臉無奈，想了想，周天昊覺得自己不好得罪丈母娘，便笑著回道：「只要是嬌嬌生的，不管是閨女還是小子，我都喜歡。」

徐氏聽了這話，臉色才稍微好看些，此時謝朝宗也迎了出來，他一看見周天昊，便一個勁兒地摟著他的大腿要他抱。雖然周天昊穿著硬邦邦的鎧甲，但抱起孩子來仍舊輕而易舉，只是謝朝宗被他抱了一會兒，就嫌棄鎧甲太過冷硬，從周天昊身上溜下去了。

「今日趕得這麼急嗎，怎麼連衣服都沒換？」謝玉嬌問道。

「是怕你們啟程早了趕不上，幸好沒錯過。」周天昊笑著說道。

謝玉嬌應了一聲，又想了一下，才開口道：「這麼說，你一早就把那些小夥子拖了過來，連早飯都沒給他們吃？」

「我不也沒吃嗎？妳就知道心疼他們了？」周天昊不以為然地說道。

謝玉嬌瞪了周天昊一眼，喊過丫鬟吩咐道：「讓廚房做上百來個花捲、熬一大鍋粥，越快越好，再把醃製的香腸、鹹肉什麼的蒸一籠，拿到門口給那些將士們吃。」

說完，謝玉嬌又繼續道：「明日起家裡就沒什麼人了，因此食材也就那些，只能讓他們吃得隨便一點，等到了王府，再好好款待他們一番。」

周天昊見謝玉嬌安排好了一切，唯獨不見給他吃的，鬱悶地問道：「那我的呢？他們有得吃，難道我沒得吃？」

謝玉嬌瞧周天昊那可憐兮兮的樣子，不禁伸手戳了戳他的腦門，又吩咐丫鬟道：「再讓廚房下一碗九鮮麵來，多加些皮肚，麵條要硬一點，少放一些辣椒，直接送到正院這邊來。」

周天昊聞言，這才笑起來道：「還是妳心疼我，知道我的口味。」

自從他們成親以來，謝玉嬌慢慢學會怎麼當一個好妻子，目前她也確實做得不錯，雖然不管怎麼樣周天昊都愛謝玉嬌，但是她這般貼心，還是讓他很感動。

徐氏在外頭看著婆子們搬著箱籠裝車，而謝玉嬌和周天昊在正廳稍稍坐了片刻，九鮮麵就送過來了。其實這道九鮮麵是現代的吃法，將皮肚、香腸、雞蛋、香菇、黑木耳、榨菜、肉絲、小白菜、豬肝等九樣東西，一起放在鍋裡用高湯煮熟，再把麵條放進去。上一次周天昊來謝家宅的時候，謝玉嬌偶然讓廚房做了一回，沒想到他居然吃得連麵湯都沒剩下來。

「幸好這些材料是家裡經常備著的，不然你就算想吃也吃不到呢！」謝玉嬌看周天昊吃得起勁，覺得自己也心滿意足。

「妳是怕我會過來，所以特地備著料的吧？」周天昊一語就戳破謝玉嬌的心思，接著就不說話，低著頭繼續吃麵。

謝玉嬌努了努嘴，過了一會兒才問周天昊道：「過幾日表妹就要嫁給康大人了，到時你可在家中？」

周天昊嚥下麵條，抬頭道：「我這次帶這些人回京，就是要休息幾日的，火炮如今已經穩定多了，只是射程還不夠遠，我打算找幾個工部的官員，在民間召集一些能工巧匠，看看能不能造出射程更遠的火炮來。」

謝玉嬌聽周天昊這麼說，便笑著道：「待大雍擁有了自己的火炮，西方列強再也打不開中國的大門，將來我們就是世界第一強國了。」

周天昊瞪了謝玉嬌一眼，什麼都沒說，只顧著喝起麵湯來，最後滿足地打了個飽嗝。

臨時製作上百個花捲讓謝家廚房眾人頓時手忙腳亂，其實謝玉嬌本來打算差人做肉包子，可一想到家裡這時候沒什麼肉，只好將就做起了花捲。

當周天昊帶來的小夥子們吃完了東西時，徐氏的行李也已經收拾妥當。周天昊親自扶著謝玉嬌出來，將她送上馬車，一大隊人馬才浩浩蕩蕩往城裡去。

周天昊騎著馬，與謝玉嬌的馬車並排走著，兩人有一搭、沒一搭地聊著。

「湯山的小院，我已經命工匠翻修過了，妳若是真的想去那邊，等妳表妹成婚之後，我們就一起搬過去吧！」

謝玉嬌故意跟周天昊開玩笑道：「翻修過了？那會不會有環境污染呢？小寶寶可禁不起甲醛之類的東西折騰。」

周天昊知道謝玉嬌又調皮了，忍不住笑道：「夫人放心，保證純天然、無污染。」

陪著謝玉嬌一起坐在馬車裡的紫燕全程都是一臉問號，完全不知道他們為什麼說些她完全聽不明白的話，而且還笑得這麼開心。

由於路程遠，謝玉嬌和周天昊聊了一會兒之後，便靠著馬車壁打起盹兒來，等她醒來的時候，馬車已經駛進車水馬龍的金陵城了。

周天昊先送徐氏去了白鷺洲的宅子，然後才跟謝玉嬌一起回睿王府，所幸睿王府有劉嬤嬤留守，前幾天她知道兩個主子要回來住，早已經安排得妥妥貼貼。

劉嬤嬤見謝玉嬌還沒顯懷，但是氣色不錯，便迎上前來道：「老奴一早就派人去請江老太醫，一會兒用過了午膳，江老太醫就會來為王妃娘娘請脈了。」

謝玉嬌有些不好意思地說道：「其實倒是沒必要今日就去請，我沒什麼要緊。」

劉嬤嬤搖了搖頭，回道：「舟車勞頓的，還是看一看比較放心。」

謝玉嬌想想也是，便揭過這件事不提了，跟著劉嬤嬤一起穿過儀門，進入院中。

劉嬤嬤好幾個月沒看見周天昊，此時見他曬得這般黑，還瘦了許多，心疼得不得了，偏偏她不敢多說，只數落道：「殿下也要保重身子才是，眼下王妃娘娘有了身孕，您總不能讓她天天憂心啊！」

劉嬤嬤不愧是宮裡的老人，說話的藝術堪稱一絕，明明是自己擔心周天昊，卻硬是把謝玉嬌擺在前頭，倒是讓周天昊一句話也應不上了。

謝玉嬌見周天昊明顯有幾分不好意思，拉住他的手，輕撫他布滿老繭的掌心，又朝劉嬤嬤使了個眼色道：「劉嬤嬤快別說了，我怎麼勸他，他都不肯聽；不過呢……男子漢建功立業也是應該的，他擔著這身分，總不能真的做個紈袴王爺吧？」

劉嬤嬤見謝玉嬌不跟著她一起說周天昊，反倒維護起他來，心中多少有些鬱悶，可轉念一想，這不就表示他們小倆口恩愛得很嗎？於是她笑著道：「王妃娘娘說得是，奴婢不過就是多嘴一句，若是貴妃娘娘還在的話，看見您這般辛苦，也會心疼的。」

這下連過世的楊貴妃都拉了出來，謝玉嬌也沒轍了，只好扯著周天昊的手道：「聽見了沒有？這幾日就別再早出晚歸，好好在家裡歇幾日，過幾天康大人就要成親了，你這樣黑著一張臉去，會把人給嚇壞的。」

劉嬤嬤覺得謝玉嬌這席話算是遂了她的意，頓時充滿笑容，一旁的周天昊則是一個勁兒地點頭稱是。

用過午膳，謝玉嬌稍稍歇了一會兒午覺，大約未時二刻的時候，江老太醫就來了。他為謝玉嬌把過脈之後，點頭笑道：「王妃娘娘這一胎脈象穩得很，看來最近休養得不錯。」

周天昊聽了很是高興，正想問一下兩個人能不能享受魚水之歡，就聽江老太醫開口道：「不過房事上頭，殿下還是再多忍耐一些時候比較好，王妃娘娘身子本來就弱，如今脈象平穩已屬不易，若是因此導致不測，只怕殿下後悔莫及。」

這番話雖然讓周天昊有些失望，但是仔細想了想，他還是決定繼續忍下去，可憐他不過開葷了兩個月，接下來又要閉關十個月……

謝玉嬌見周天昊臉上神色淡淡的，不禁在心裡偷笑。要知道古代「賢慧」的妻子多了去，還有在懷孕時生怕自己男人忍不住，特地塞幾個給他的呢！

周天昊送江老太醫出門後，又進房陪著謝玉嬌，謝玉嬌支頭靠在軟榻上，瞇起眼睛軟著聲音道：「殿下若是也想找兩個來降火，我去替您挑選怎麼樣？」

謝玉嬌這樣嗲聲嗲氣，頓時讓周天昊渾身酥軟，他一鼓作氣衝到謝玉嬌跟前，壓住她的膀子，在她脖頸間一陣亂蹭狂吻。

嬌弱如謝玉嬌，哪裡推得開周天昊，只能討饒喊救命，周天昊卻不管，狠狠扯開她的褻衣，看著那對小白兔似乎又長大了幾分，忍不住湊上去咬了兩口，惹得謝玉嬌腳趾蜷縮、輕哼出聲，周天昊才放過她。

處罰是處罰過了，誰知道周天昊自己卻因此擦出了一身的火，他嚥了嚥口水，搖了搖頭就往外面走去。

謝玉嬌見周天昊離開，趕緊整理好衣服，起身悄悄去門口看了一眼，見周天昊往前院去，便吩咐紫燕跟去瞧一瞧。

過了一會兒，紫燕過來回話。「殿下去書房看書了，還讓青雀打了兩盆冷水上去，青雀正往這邊過來取衣裳，奴婢就回來了。」

謝玉嬌聽了這話，就知道周天昊是要沖涼水、洩火氣的，只是如今天氣已經變冷了，這麼做容易著涼，便立刻吩咐廚房熬了碗薑湯送去書房。

晚上，謝玉嬌靠在周天昊懷中沈思了片刻，有些羞赧地小聲喚道：「相公……」

說著，謝玉嬌就伸出纖細的小手，從周天昊的胸口一路輕撫到他肚臍下三寸處。

周天昊被謝玉嬌這麼一撩撥，只覺得渾身又要燒起來了，他握住她的手道：「妳……妳做什麼……」

謝玉嬌紅著小臉在周天昊的胸膛上蹭了一下，聲音跟蚊子一樣輕。「我……我幫你打個飛機吧！」

此刻周天昊的胸口被謝玉嬌滾熱的小臉熨得熱呼呼的，他想了想，拉開她的小手道：「不用了，這樣妳手會痠。」

謝玉嬌沒想到周天昊居然拒絕，頓時有些失落，不過那麼做手確實會很痠，便不堅持己見，只默默地合上眼，片刻後就睡著了。

周天昊見謝玉嬌睡得香甜，這才悄悄坐起身來。方才被謝玉嬌觸碰過的地方，早已痠脹腫痛得不得了，他只能急急忙忙跑去淨房自己疏解一回，待慾火褪去之後才回到謝玉嬌身邊躺下。

這一日是徐蕙如與康廣壽的大喜之日，謝玉嬌特地起了個大早往徐家去，周天昊則去康家，打算跟著康廣壽一起往徐家迎親。

徐蕙如穿著大紅色的嫁衣，任由梳妝娘子擺布，回想起幾個月前，她才看著謝玉嬌出閣，沒想到這會兒就輪到自己了。

看著鏡中那個濃妝豔抹的新娘，徐蕙如忽然羞澀起來，她從來不知道自己上了妝會變成這個模樣，連她都要不認識自己了呢！

這個時候謝玉嬌正好從門外進來，徐蕙如就像找到了一根救命稻草，連忙就要站起來，卻被謝玉嬌按住了肩膀，小聲道：「新娘還是好好坐著吧，讓梳妝娘子好好為妳打扮。」

徐蕙如透過鏡子看著謝玉嬌，害羞地說道：「我都看不出來這是自己了，表姊那時候好像也沒這樣。」

徐蕙如生了一張鵝蛋臉，眼睛也大，上起妝反而比謝玉嬌成熟穩重了幾分。謝玉嬌笑著道：「這就說明妳長大了，是個大姑娘嘍！」

大姑奶奶此時已經懷有七、八個月的身孕了，她聽了這番話，倒是有幾分捨不得，說道：「是啊，妳們都出閣了，將來要是有了自己的孩子，可真就是大人了。」

說完，大姑奶奶又往謝玉嬌那邊打量了幾眼，見她還沒顯懷，便問道：「大夫怎麼說的？可都還安穩？」

謝玉嬌點了點頭道：「安穩得很，也不怎麼鬧我，除了沒什麼胃口之外，一切都挺好的。」

大姑奶奶聽謝玉嬌這麼說，皺眉想了想，笑著道：「我生寶珍和寶珠的時候也是這樣，大夫說是女娃，果然沒錯。」

後面的話即使大姑奶奶不說，謝玉嬌也能明白。

「朝宗也說是女娃呢，就我娘不信，非口口聲聲說是男娃，我倒是喜歡女娃，殿下也是。」謝玉嬌回道。

「殿下也喜歡女娃就好了，生個跟妳一樣嬌美的女娃，他不喜歡才怪呢！」大姑奶奶掩住嘴笑道。

此時徐蕙如已經打扮得差不多了，她戴上了鳳冠，顯得比原來有氣勢許多。

大姑奶奶拉著徐蕙如的手道：「妳嫁過去之後別害怕，就像在家裡一樣，孝順公婆、對康大人和三哥兒好，這樣就夠了。妳的婆婆看起來為人和善，必定不會難為妳。」

謝玉嬌嫁給周天昊，除了表面上的風光，最讓她滿意的一件事，就是上頭沒公婆，王府除了周天昊，自己就是唯一的主子，不用受什麼氣。可徐蕙如不一樣，她嫁的康家可是個百年大族，上一輩有三房人，這一輩也有兩房人，關係自然比較複雜，不過好在他們都是讀書人，家風樸實穩重，應當鬧不出什麼難看的事來。

房間裡那些叮嚀的話還沒說完，外面就有丫鬟跑進來回話道：「夫人、小姐，康家的花轎已經到門口了，老爺讓奴婢進來問小姐準備好了沒有？」

徐蕙如聞言，一張臉頓時脹得通紅，大姑奶奶見時辰已到，便拿著丫鬟遞過來的紅蓋頭，往徐蕙如頭頂上蓋了下去。

一想到將來還有兩個閨女要嫁，大姑奶奶便有些傷感，她不禁紅著眼眶又囑咐了徐蕙如幾句道：「若是妳有什麼委屈，儘管回來告訴我，我和妳爹一樣疼愛妳。」

徐蕙如聽了這番話，也感動得紅了眼眶，她站起身來朝大姑奶奶行了一個大禮，可是大姑奶奶大著肚子，一時不好去扶徐蕙如，便讓丫鬟趕緊扶著她起來。

謝玉嬌拉著徐蕙如道：「以後康大人若是敢欺負妳，妳只管告訴我，我讓妳表姊夫修理他去，反正官大一級壓死人嘛！」

徐蕙如忍不住笑了起來，一個勁兒地點頭。

這時候又有婆子進來催促，徐蕙如這才依依不捨地出了房間，被喜娘攙扶著往正廳去了。

謝玉嬌扶著大姑奶奶跟著去了正廳，一進門就看見康廣壽穿著大紅色喜服，臉上還帶著幾分靦覥的笑，正在同徐禹行說話。他見徐蕙如出來了，朝著徐禹行作了個長揖，恭恭敬敬道：「那小婿就帶著蕙如去了。」

這番話一出口，謝玉嬌就捂住嘴巴笑了笑，開口道：「想帶走就能帶走了？你還沒問蕙如答應不答應呢！」

康廣壽為人本來就老實，他這輩子都沒想過自己娶妻的時候會被人問起這個問題，因此他的臉瞬間紅得跟從油鍋裡撈出來的蝦子一樣。

徐蕙如聽到這個問題，自然也羞得不得了，只是康廣壽沒開口問她，她怎麼敢回答？況且就算康廣壽問了，她願不願意回答，還難說呢！

可愛的小妻子就在眼前等著自己，康廣壽明白自己不能退縮，況且一屋子的人都看著他的表現呢，怎麼樣都不能落了面子。說起來，謝玉嬌這位大姨子實在厲害，怎能這樣刁難人呢？

康廣壽想了想，憋了半天，才走到徐蕙如面前，彬彬有禮地作了個揖，開口道：「知道姑娘跟著在下委屈，只是……只是在下……在下仰慕姑娘多時，還請姑娘跟在下回去吧！」

這番話一出口，廳裡的客人們都笑了起來，還有女客說道：「徐小姐快跟著康大人去吧，再不去，康大人的臉都要燒透了。」

徐蕙如蓋著紅蓋頭，根本瞧不見康廣壽臉紅，只是聽他那說話的語氣，就知道他必定窘迫至極，難為他一個父母官，平常在百姓面前明明很有威嚴，如今竟因為這件事被人取笑。

只是即便康廣壽問了，徐蕙如還是羞於啟齒。謝玉嬌如何不知道徐蕙如的脾性，便笑著道：「表妹不用回答，橫豎一會兒繡球牽上了，妳若是願意跟著康大人，那就讓他牽著往外頭去吧！」

徐蕙如這才鬆了口氣，沒多久，她的掌中就被塞了一段紅綢，另一頭則在康廣壽手中，康廣壽輕輕扯了扯，徐蕙如就往他身邊靠了靠。

大夥兒看見徐蕙如靠向康廣壽，頓時歡呼聲四起，還有人起鬨道：「好好好，新娘答應了，新郎還不快點領著新娘走，否則一會兒要是新娘改變主意，可就來不及了。」

這些話嚇得康廣壽加快腳步，他往外頭走了幾步，才驚覺自己還沒向徐蕙如的高堂拜別，只好回身對著徐禹行和大姑奶奶行了個大禮，這才小心翼翼地牽著徐蕙如往外頭去。

眾人一路送這對新人到大門口，看著喜娘攙扶徐蕙如進花轎後，嗩吶聲、鑼鼓聲、鞭炮聲瞬間此起彼伏。謝玉嬌與大姑奶奶站在門口，目送著花轎離去，一抬抬的嫁妝也跟著出門，忽然覺得有幾分失落，大姑奶奶更是忍不住又擦了擦眼淚。

周天昊在迎親的隊伍中負責押後，他看見謝玉嬌站在門口，便從馬背上朝她使了個眼色，謝玉嬌正在安慰大姑奶奶，只看了周天昊一眼，沒任何表示。

想了想，周天昊不太放心，便跳下馬來，走到謝玉嬌身邊道：「一會兒我來接妳回去，妳別自己亂跑。」

謝玉嬌回道：「那你晚上不去康家喝喜酒了嗎？」

「我送妳回去之後，再去康家也不遲。」周天昊說道。

謝玉嬌本來想待在徐家陪大姑奶奶的，又想到萬一周天昊知道她不回去睿王府，沒個顧忌，喝醉酒就不好了，便道：「那我等你，不過你晚上可不准喝多，不然看我饒不饒你。」

其實謝玉嬌知道除非是周天昊自己想喝，否則誰都沒那個膽子灌他酒。

「放心吧，我現在已經戒酒了。」說著，周天昊就翻身上馬，跟上了迎親的隊伍。

第七十六章　湯山待產

謝玉嬌在徐家用了午膳，歇過午覺之後，周天昊便親自來接她了。

回到睿王府，周天昊不過逗留了片刻，便又往康家去了，謝玉嬌本來打算再勸周天昊少喝一些，最後只能作罷。她轉頭吩咐廚房做一些好消化的晚膳，稍微吃了一些後，又差人預備好醒酒湯，唯恐周天昊喝醉。

戌時末刻時，周天昊回來了，他身上雖然帶著些許酒氣，卻沒有喝醉，謝玉嬌放心地點了點頭，放周天昊往淨房洗漱去了。待周天昊離去，謝玉嬌就吩咐丫鬟道：「廚房的醒酒湯可以讓人倒了。」

待周天昊從淨房出來時，房裡早已沏好一盞清茶，謝玉嬌從身後抱著他道：「你倒是學乖了，真的戒酒了不成？」

周天昊摸了摸謝玉嬌的手背，笑著道：「我說戒酒，自然是戒了，在軍營若不以身作則，怎能服眾？」

謝玉嬌想想也是，兩個人閒聊了片刻之後，便上床歇息。

雖然徐蕙如嫁給了康廣壽這個看起來還不錯的對象，但其實謝玉嬌心中還是有那麼一些擔憂，生怕將來康廣壽要是對不起徐蕙如，那她這個做媒人的，肯定是第一個要擔起責任的人。

「你平常可得多提點一下康大人，讓他不能欺負我表妹，知道嗎？還有……他若是要納妾什麼的，你也要先告訴我，懂嗎？」謝玉嬌不禁嘮叨起來。

周天昊見謝玉嬌又關心起這個問題，忍不住說道：「妳表妹這才出閣第一天，想這麼多幹麼？這時候正是她的洞房花燭夜呢！」

說到這裡，周天昊不禁有些口乾舌燥，今天他克制自己少喝幾杯，也是怕萬一喝多，一時亂了神智，會控制不住傷害謝玉嬌。

謝玉嬌見周天昊提起「洞房花燭夜」這幾個字，便抬起頭看他，指尖順著他英挺的眉梢一路下滑，接著停到他的唇邊，小聲道：「怎麼？羨慕人家過洞房花燭夜了？」

周天昊被說中了心事，清了清嗓子，身子往被窩裡一鑽，說道：「快睡，明日還要早起呢！」

謝玉嬌見周天昊這樣，也跟著往被窩裡鑽了進去，接著她覺得自己的身子被他從背後抱得緊緊的，這種既溫馨又甜蜜的舉動，讓謝玉嬌充滿安全感，沒多久就沈沈睡去了。

周天昊在王府休息幾日，終於又到了要去軍營的日子，謝玉嬌早就打點好了行李，打算跟著他一起去湯山。周天昊為了確保謝玉嬌能得到萬全的照顧，特地去宮裡向文帝求了一個醫女，讓她時時刻刻在謝玉嬌身邊服侍。

謝玉嬌覺得自己已經夠小心謹慎了，況且她不是什麼都不懂，對生孩子這件事已經有了基本的認知。除了不能做產檢讓人有些不安心之外，謝玉嬌已做好了心理建設，懷著平靜的心情，期待著這個小生命到來。

原本謝玉嬌想留劉嬤嬤在睿王府治理下人，可是劉嬤嬤瞧謝玉嬌身懷六甲，實在沒辦法安心，非要跟著他們一起往湯山去。謝玉嬌拗不過劉嬤嬤，只好答應她的請求，如此一來，偌大的一個睿王府，又只剩下一幫下人看家了。

周天昊原本以為只有謝玉嬌和丫鬟會來，因此只買了一間兩進的小院，如今劉嬤嬤帶了幾個幫手，還帶著一大堆東西，家裡頓時變得擁擠起來。幸好在謝玉嬌的安排之下，人人都有地方待，雖不寬敞，但也稱得上是舒適。

劉嬤嬤瞧著眼前如同鄉下農戶一般的小院，比起謝家宅的祖宅差了不是一、兩點，雖說花銀子修葺過，但院牆看起來還是矮了一些，根本不像一般有錢人家的高牆，要是不說出去，誰能知道這裡頭竟住著個王妃呢？

「王妃娘娘也真是的，好好的王府不住，非要來這狗不拉屎的地方，走幾十里路都不見個像樣的集市，這是何苦來哉？」

謝玉嬌知道劉嬤嬤是心疼自己，便笑著道：「劉嬤嬤不知道，山裡面空氣好，更養人呢！再說，這裡離殿下的營地不過五里路，殿下每日都能回來用膳，更不用睡在軍營裡頭。」

劉嬤嬤也知道他們夫妻如今難捨難分，謝玉嬌為了周天昊，肯住到這種地方來，情分到底不一般，更何況在懷有身孕的情況下，謝玉嬌還是執意這麼做，就顯得更不一樣了，若是換成其他公侯小姐，誰不想舒舒服服在城裡待著？

「王妃娘娘說得是，殿下以後就不用那麼辛苦了。軍營裡頭一切從簡，什麼東西都粗糙得很，殿下從小就養尊處優，實在很少吃這些苦頭。」劉嬤嬤說道。

謝玉嬌何嘗不知道這些，只是周天昊都在戰場上出生入死過了，現在這樣真的算不了什麼，況且每個人都有自己的堅持，既然周天昊有他自己的想法，那她就全心全意支持他，等待收復國土的那一天來臨。

談話間，丫鬟和婆子已經將東西收拾妥當，周天昊也派了自己的親兵，每日潛伏在小院周圍，保護謝玉嬌的安全。

山中的天氣宜人，雖然已經是深秋，但還不到寒冷的地步，入夜後，丫鬟和婆子擺上了火爐，裡間兩、三下就被烘得暖呼呼的。謝玉嬌怕炭火燒多了會太悶熱，等房裡變熱，就讓人把火爐捧去廳中，這樣值夜的丫鬟和婆子也能暖和一些。

周天昊洗漱過後從淨房出來，他見謝玉嬌閒來無事在燭光下做針線，便湊過去看，只見是個月白色的香囊，上頭繡了文竹，至於做工嘛……雖然稱不上精緻，但至少看得出很用心。

「這是給我的嗎？」周天昊忍不住問道。

謝玉嬌沒料到周天昊這麼快就出來了，把身子一偏，稍稍避開他道：「誰說這要給你？是我做著玩的，等練好了針線，就幫我們的孩子也做一個。」

「練著玩多浪費啊，不如給我算了，然後妳繼續練，再為我做幾個？」周天昊從背後攬著謝玉嬌，讓她坐在自己腿上，又問道：「這間小院如何？」

謝玉嬌放下手中的針線，倚在周天昊的胸口，半合著眸子輕聲道：「好是好，只是如今人多了一些，若是人少一些，就顯得清靜又愜意了。我剛才來的時候，聽到這裡的百姓說，離這邊不遠處，有好些大戶人家建了溫泉宅邸，可見這裡是個不錯的休憩之所。」

周天昊回道：「我原本打算要在那邊買宅子，但是那裡有很多官員的別院，只怕我們住到那邊之後，他們會經常上門請安，到時又落得不清靜，才選了這邊。」

謝玉嬌淡淡笑道：「反正這邊風景絕佳，離你又近，再好不過。」

周天昊不禁低下頭在謝玉嬌的臉頰上蹭了蹭，見時辰不早了，便吹熄了蠟燭，抱著她上床歇息。

第二天一早謝玉嬌醒來的時候，周天昊已經去了軍營，謝玉嬌只能嘆口氣，自己用起早膳來。

一眨眼，就到了年節，劉福根帶著徐氏的口信來看謝玉嬌，問她回不回謝家宅過年。這是謝玉嬌嫁給周天昊後第一個年節，按理要在夫家過，只是這幾日軍事繁忙，周天昊還沒向她提起這件事，因此謝玉嬌便回劉福根道：「你回去告訴我娘，就說我今年不回去過了，會再找時間向她拜年。」

劉福根點頭應下，又道：「夫人的意思是，小姐如今身懷六甲，住在這裡怕不方便，若是回去家裡，大家有個照應，也比較讓人放心。」

謝玉嬌知道徐氏關心她，便笑著道：「你告訴娘，這裡有醫女陪著我呢，飲食起居各方面也都照料得很齊全，沒什麼好不放心的。」

劉福根點了點頭，稍微頓了一下，又開口道：「上個月二老太爺去了，夫人已經作主給他們家四十兩銀子，如今族中正要重新選族長，夫人讓老奴問問小姐，七爺行不行？」

徐氏在處理庶務上頭還是有點綁手綁腳，好在生意上有徐禹行看著，出不了什麼大錯，謝家自己的事也不是那麼要緊，因此她這些日子已經能應付一些小狀況了。

「就七叔吧，今年祠堂祭祖需要的銀子，照往年一樣先撥給七叔，至於給族裡的東西，也按慣例置辦。」

說完，謝玉嬌端起茶盞抿了一口，見劉福根臉上帶著笑，似乎還有話要回，便說道：「你有什麼話就快說吧，在我面前有什麼好忸怩的呢？」

「回小姐，就是……就是老奴那兒媳婦，前兩日生了個胖小子，她知道老奴要來，還讓老奴跟小姐捎話，說等她坐完了月子就過來，要給小少爺當奶娘呢！」

小少爺……謝玉嬌忽略謝家一幫人的一廂情願，淺笑道：「讓喜鵲好好在家待著吧，這是頭胎，當然是自己的孩子重要，我好歹是個王妃，難不成連個奶娘也請不起？」

劉福根一個勁兒地陪笑，道：「前兩日舅老爺家的小少爺滿月，夫人親自去祝賀，也把小姐送的東西帶過去了。大姑奶奶一切都好，另外還有個喜訊要告訴小姐，表小姐有了。」

謝玉嬌聽了這個消息，不知道是高興好，還是不高興好。說起來，但凡不是身子有些毛病的，進門兩、三個月都應該能懷上，這麼一來，能享受兩人世界的時間就剩下不多，不過康廣壽必定樂得嘴都歪了。

「我現在不方便回去看她，你以後要多幫襯著舅舅一點，他原本就忙，現在為了蕙如，只怕更抽不開身了。」

「小姐放心，老奴一定更上心，小姐這裡若是沒什麼事，老奴就先回謝家去了。」劉福根說完，朝謝玉嬌行了個禮。

謝玉嬌點點頭道：「記得告訴我娘我在這裡一切都好，讓她別掛念。」

送走了劉福根，謝玉嬌就歇起了午覺。現在謝玉嬌懷孕的月分較大，有時晚上不是很容易睡得著，昨夜周天昊又起了興致，摟著她「逗弄」了一會兒，早上起床時就有些懶怠，因此下午便睡得久了些。

謝玉嬌這覺睡到了日落西山，丫鬟才過來喊她起來，謝玉嬌正打了個哈欠起身，就看見周天昊穿著一身鎧甲進來，謝玉嬌便親自迎上前去，幫周天昊卸下鎧甲，換上家常服。

原本謝玉嬌不會做這些，後來學了幾次，就熟練起來。謝玉嬌用梳子將周天昊脖子後幾縷髮絲梳理整齊了，喊小丫鬟把鎧甲拿出去擦洗乾淨晾好，待一切都處理妥當了，她才開口道：「今日娘打發劉二管家過來，問我回不回家裡過年，已經被我回絕了。我想到今年是婚後第一年，不知道皇上會不會召你進宮？」

周天昊聞言，道：「我今日正好接到了皇兄的口諭，要我早幾天回京，妳那四十萬兩的嫁妝，也是時候拿出來讓人見識、見識了。」

謝玉嬌見周天昊還沒忘記跟人「騙銀子」這件事，笑著道：「還不知道能誆幾個人呢，你就這麼有信心？」

「怎麼沒信心？根據前線軍報，韃靼又開始蠢蠢欲動，如今已經推進到了齊魯一帶，要是再往南邊來，離我們可就近了，此時不反擊，更待何時？」

謝玉嬌聽周天昊說得熱血沸騰，也不好意思潑他冷水，反倒往他懷中靠了靠。「打仗也沒那麼容易，大雍喘息了一年，韃韃也休息了一年，況且他們攻占京城之後，肯定搜刮了不少東西，自是不容小覷。」

「此事當然要從長計議，只是又要煩勞夫人，跟我回去金陵一趟了。」

其實謝玉嬌在湯山住慣了，深深喜歡上這裡的清靜，況且她因為肚子變大許多，懶得到處走動，若是回到金陵，免不了又得進宮去，她光想就煩惱。上回因為那兩個丫鬟的事，徐皇后被文帝訓斥了一番，若是她們兩人此時見面，只怕連表面上的和氣也演不出來。

謝玉嬌想了想，抬起頭看著周天昊的側顏，輕聲道：「在這裡住慣了，我不想回去，你若是兩、三天就能回來，我就不去了，如今我這肚子越來越大，走動起來很不方便。」

周天昊聽謝玉嬌這麼說，伸手摟住她變粗的腰，一雙大掌覆蓋在那渾圓的腹部上，笑著道：「哪裡不方便了？我瞧妳方便得很，不如我們今晚再試試？」

謝玉嬌想起昨夜被周天昊弄得全身癱軟，卻又忍不住求他滿足自己的那種窘迫境況，頓時紅了臉，回道：「大白天的說這些，還要不要臉？真是精蟲上腦了。」

周天昊往外看了一眼，只見外面都開始掌燈了，便笑著道：「誰說現在是大白天的？天都黑了。」

就在這個時候，外頭丫鬟傳話道：「殿下、夫人，晚膳已經準備好，可以用膳了。」

謝玉嬌一抬起頭，就看見周天昊一副被人破壞好事的表情，忍不住用指尖往他鼻子上點了兩下，帶著微笑起身去了廳裡。

用過晚膳，兩個人稍稍「運動」了一會兒，雖說不能盡興，但好歹算是開了一回葷，周天昊吃得非常滿意，摟著謝玉嬌不放，恨不得能埋在她那柔嫩白滑的雙峰之中不起來。

謝玉嬌疲倦地靠在周天昊的胸口，想起回金陵的事，道：「上回那兩個丫鬟的事，只怕皇后娘娘還記掛著，我之所以回絕娘，主要也是懶得動彈，你好歹心疼、心疼我，別讓我回去了吧？」

這段日子謝玉嬌住在湯山，一來沒有需要她花心思、動腦筋的事，二來這個地方人口簡單，都是些淳樸的山村居民，雖說這裡並不是什麼圍著竹籬的農舍，卻很像歸隱山林，正是謝玉嬌理想中的生活。

周天昊摟著謝玉嬌，一遍又一遍地輕輕拍著她的後背，低頭看著她充滿期盼的臉，不禁笑著道：「沒想到妳來了古代，竟喜歡起農家樂了？」

謝玉嬌一聽，忍不住吐了吐舌頭，又往周天昊懷裡靠了靠，合眸睡起覺了。

因為謝玉嬌不想回金陵，周天昊也捨不得她舟車勞頓，便答應讓她留在湯山，並將府中的丫鬟、婆子和醫女都喊到跟前，要她們務必好好服侍謝玉嬌。

其實不用返回金陵，這些丫鬟和婆子們心裡也高興，畢竟回去一趟，她們就要忙上好幾日，不僅要把這裡收拾妥當，回去城裡又要四處打掃，如今就快要過年了，只怕忙得讓人應付不來。

謝玉嬌見周天昊板了張臉，跟下人交代東、交代西的，笑著道：「我的殿下，你就省省吧，她們又不是你的將士，這樣怪嚇人的呢！」

自從成親以後，周天昊原本放蕩不羈的性子收斂了許多，加上現在整日在軍營操練，臉上的神情也越來越嚴肅了，除了在謝玉嬌跟前還是會露出無賴的模樣，連劉嬤嬤都說他一下子像換了一個人似的，再不如從前那般嘻嘻哈哈。

見眼前的下人都似小雞啄米一樣點頭應了，周天昊也覺得自己似乎過於嚴厲了些，便清了清嗓子道：「總之本王不在的這段期間，妳們都要好生服侍王妃，若誰敢偷懶，就發賣了。」

眾人聽了這話都不敢吭聲，大年底的，要是被發賣出去，一看就知道是犯了事的，又怎麼會有人要呢？

這樣說有比較好嗎……謝玉嬌苦笑了一聲，就聽見外頭有小廝進來回話，說是車馬都備好了。

謝玉嬌立刻站了起來，接過丫鬟遞上來的大氅，替周天昊披上。「你就安心回去吧，我這裡還能有什麼大事？過兩天讓婆子們貼上春聯，照樣熱熱鬧鬧的，大年夜你就別回來了，一路上怪冷的，知道嗎？」

周天昊笑著回道：「若是皇兄不留我，那我就回來，總不能留妳一個人過年。」

謝玉嬌淺笑著說道：「把這些事都處理完了，往後我們有的是機會一起過年，我不在乎這一天、兩天，那樣趕路只是平白讓你受累罷了，還是別回來，等事情都辦完，再多陪我幾日就好了。」

周天昊也知道謝玉嬌不重這些虛禮，便點了點頭道：「我心裡有數，若是不能回來，會打發人來向妳報信。」

謝玉嬌微微頷首，親自送周天昊到門口，此時下起了雪，雪花飄飄地落在謝玉嬌的髮絲上。自從謝玉嬌有孕之後，脾氣都好了幾分，周天昊見她這般溫婉嬌美，竟然當著眾人的面，狠狠吻了她一番。

丫鬟和婆子們只能當自己暫時失明了，等到周天昊離開謝玉嬌的唇，她已羞紅了臉，伸手拂去周天昊大氅上的一些雪花，笑著道：「快走吧，他們都等著你呢！」

外頭的雪越下越大，周天昊進了馬車，謝玉嬌就那樣站在門口遠遠地看著，等到馬車最終消失在一片雪霧之中，她一顆心終究覺得有些空洞。

「王妃娘娘，進去吧，外頭風大呢！」劉嬤嬤瞧雪越下越大，扶著謝玉嬌請她進去。

謝玉嬌又往馬車離去的方向看了一眼，確定實在瞧不見東西了，才回道：「我們進去吧！劉嬤嬤，明日囑咐小廝去集市上買一些春聯、窗花之類的，好好把這裡裝點一番。」

劉嬤嬤笑著回道：「這些事老奴早就安排好了。」

謝玉嬌目前雖然住在湯山，但是每隔三、五日，睿王府那邊的買辦還是會送東西過來，如今有了劉嬤嬤這個幫手，她倒是不用操心這些了。

「那再好不過，散給下人的賞錢是不是也安排妥當了？現在你們跟著我待在這邊，會比在城裡辛苦一些，這個月的月錢加一倍，賞錢另外給。」

劉嬤嬤聞言，福了福身子回道：「那老奴就替眾人謝過王妃娘娘了。」

第七十七章　募款妙計

周天昊去了金陵，果然忙得不可開交，頭一日就在宮裡跟文帝談了一宿，他把謝玉嬌那些嫁妝銀子拿出來，只說是謝家要支援大雍抗擊韃靼。文帝一聽，頓時感動得不得了，按照周天昊提出的主意頒旨，大年初一除了在朝的官員，金陵與周邊幾個縣城有頭有臉的人家，都要入宮赴宴，一場由皇帝親自發起、盛大的「捐款餐會」就此拉開了序幕。

金陵與周圍縣城許多大戶人家已經富有了好幾代，家裡只怕金山、銀山都堆滿了，以前天高皇帝遠，有什麼事都輪不到他們，如今聽說皇上邀請他們，還以為是自己的身分跟地位足以進宮參加宴會，一個個樂得跟什麼似的，完全想不到這其實是場鴻門宴。

其實周天昊很精明，早在他打起這個主意的時候，就命戶部官員把金陵當地與附近有些名望的人家都查了一遍，對他們的家業多少有幾分了解，這才擬出邀請的名單。

這日正是除夕，周天昊從宮裡出來時天色已晚，已經不可能回湯山了，他便遣了一個親兵回湯山向謝玉嬌報信，自己則前往徐家。此時徐禹行一家剛用過晚膳，正在廳中閒聊守歲，徐禹行聽說周天昊到訪，連忙換了身衣裳，到前院會客去了。

大姑奶奶剛出月子，臉色看起來很紅潤，一旁的奶娘正在哄她剛滿月的兒子睡覺，她親自起身幫徐禹行披上斗篷，開口道：「殿下這個時間來訪，大概是為了明日進宮的事，談完之後，你就早點睡，不用跟著我們守歲了。」

徐禹行點了點頭，看了正在奶娘懷中睡得安穩的兒子一眼，回道：「一會兒妳也帶著孩子早些睡，若是我回來遲了，妳不必等我。」

大姑奶奶微微頷首，親自送徐禹行到門口，才折返回廳裡。

周天昊在書房喝了口熱茶，看著外頭茫茫一片大雪，不禁有些想念謝玉嬌了，這樣的日子，本該陪著她，兩個人卿卿我我才是……想到這裡，周天昊有點傷感，就在這個時候，書房的簾子一閃，只見徐禹行走了進來。

看到徐禹行，周天昊連忙起身相迎，徐禹行卻開口道：「殿下快坐吧！」

徐禹行一邊說，一邊揭開自己的大氅，掛在一旁的牆壁上，又親自替周天昊斟滿茶。他略略緩了緩，才開口道：「殿下深夜到訪，可是為了明日進宮赴宴之事？」

周天昊見徐禹行猜到了，也不隱瞞，笑著道：「正是為了此事。」

稍稍頓了頓，周天昊又道：「岳母給嬌嬌的嫁妝實在太豐厚了，我看到了之後，便覺得這些銀子必定是要給朝廷抗擊韃靼用的，只是謝家再家大業大，對打仗這件事來說，那些錢不過是九牛一毛。因此我向皇兄出了一個主意，要全金陵跟附近縣城的富豪商賈與官家都進宮赴宴，到時只要我一開口，舅舅就代表謝家假裝捐出那四十萬兩的嫁妝，這樣那些人就不好意思一毛不拔了。」

徐禹行聽了，一時之間瞪大了眼睛。雖然他是做生意的人，但是一輩子都老老實實，從來沒做過這種帶有拐騙性質的事，話雖如此，他還是覺得周天昊這辦法簡直好得不得了。

謝家一出銀子，那些平常自詡不比謝家差的人，必定不甘示弱，就算拿不出四十萬兩，五萬兩、十萬兩也不在話下，人數越多，能籌集到的銀子自然就越多。

「那……我就依了你了。」徐禹行說這句話的時候忍不住有些興奮，他想了想，又道：「我私下再出一萬兩，就當是讓將士們吃一頓好的。」

周天昊聞言，拱手謝過徐禹行，兩人又閒聊了片刻，見時辰已經不早，周天昊便起身告辭了。

湯山那邊，大雪停了下來，劉嬤嬤正打發幾個婆子在院中清掃積雪，謝玉嬌披著狐裘，手裡捧著手爐，站在廊下看大夥兒忙前忙後。

過了一會兒，謝玉嬌吩咐紫燕將箱籠搬了過來，裡面裝著前兩日送來的、已經串好了的整吊銅錢，她要開始散過年的喜錢了。

待院子掃得差不多時，外頭忽然跑進來一個小廝，看起來虎頭虎腦的，劉嬤嬤認出他是廚房雜工方婆子的孫子，便問他道：「跑這裡來幹麼？剛掃乾淨的地又給你弄髒了。」

那小廝嚇得趕緊跪下，他看見謝玉嬌站在廊下，便開口道：「奴才想找個姊姊進來報信的，可是沒找到，只能自己進來。方才汪護院告訴奴才，一里之外有馬車前來，他派人去探詢了一下，得知是親家夫人過來看夫人了，讓奴才趕緊來報信呢！」

謝玉嬌一聽是徐氏來了，高興得要親自迎出去，劉嬤嬤見了，趕忙上前扶著她，說道：「王妃娘娘可要小心，雪才掃乾淨，地上還滑著呢！」

謝玉嬌點頭笑了笑，由劉嬤嬤扶著，兩人慢慢走出了二門，來到前院門口。這個時候馬車還沒到，但是遠遠的似乎就能聽見車轂轆響動的聲音，謝玉嬌探著頭往路口看去，果然見到樹叢後面出現兩、三輛馬車，正緩緩往這邊駛過來。

剛下過大雪，路必定不好走，況且現在時辰還早，想必他們今日是起了個大早趕過來的，想到這裡，謝玉嬌心頭不禁暖了幾分。往年大年初一，徐氏必定要去廟裡上香，今年反倒來了她這邊。

徐氏這時候非常想念謝玉嬌，一開始聽說她不願意回謝家過年，只當她是要回城裡去，誰知道後來聽人說這次只有睿王殿下一個人回王府，可見謝玉嬌必定還待在這邊。徐氏一聽便坐不住了，她差人張羅了兩日，等一過年就要往湯山來。此時她挽起簾子，就看見謝玉嬌正冒著嚴寒在門口等自己，不禁紅了眼眶。

馬車一到門口，小廝就送了腳墊過去，謝玉嬌親自迎到馬車下方，見徐氏下車，還想上前扶她，卻被劉嬤嬤攔住，只讓丫鬟迎上去。

徐氏下來之後，看見謝玉嬌長了一些肉，含淚笑道：「這裡果真是個好地方，養人得很呢！」

劉嬤嬤見謝玉嬌也紅了眼眶，唯恐她在外頭傷心又受寒，便開口道：「親家夫人快往裡頭去吧，大冷天的，在雪地裡站著做什麼呢？」

徐氏這才反應過來，連忙扶著謝玉嬌往院子裡去。眾人進了屋子之後，便解開大氅坐了下來。徐氏看見謝玉嬌跟前站著一個容貌清麗又沈默寡言的姑娘，便問道：「這就是那位醫女吧？模樣倒是好得很。」

這名醫女姓衛名靜，父親原是北方一個小官，因為得罪了權貴而被發配邊疆，她母親充作宮奴時，得知自己懷有身孕，因此在宮裡生下了她，之後衛靜被一個老醫女收養，因而習得了一身醫術。

周天昊之所以選擇衛靜過來照顧謝玉嬌，自然有他的考量。其實當年迫害她父親，以致他發配邊疆的人，正是當時的安國公；然而最後救了她父親一命的，卻是謝玉嬌的親外公，也就是安國公府庶出的三房，有了這層關係，周天昊並不怕衛靜對謝玉嬌有什麼異心，也不會為徐皇后所用。

「她是衛靜。」謝玉嬌一開口，衛靜便上前來向徐氏請安，但還是安安靜靜的，並沒說話。

徐氏很喜歡衛靜這種性子，三圈打不出個聲響，看起來也不會動什麼歪腦筋，因此賞了她一個荷包，她也恭恭敬敬地接下了。

給過了荷包，徐氏又道：「我原本以為妳要回去城裡，因此才不回謝家的，誰知道妳竟在這邊過年。」

徐氏從外面進屋子時，已經將這裡看了個大概，不過一個兩進的小院，加起來也就十來個房間，不比謝玉嬌原本住的繡樓大多少，虧她還住著不肯走。

「待在這裡有什麼不能過年的？再說我這裡人也不多，要那麼大的宅子也沒用。」謝玉嬌回道。

徐氏聽了，搖了搖頭道：「又不缺銀子，何苦這樣呢？」

謝玉嬌聽徐氏這麼說，不得不開口道：「娘快別說了，女兒自然也想住得舒服一點，只是這附近沒有合適的罷了。再過去十里路，倒是有一處不錯的宅子，只是離殿下的營地有些遠，我既然都到湯山來了，又何苦讓他每日跑這麼遠的路？」

徐氏這才明白謝玉嬌堅持住在這裡的原因，便笑著回道：「不過這裡麻雀雖小，卻五臟俱全，整理得也乾乾淨淨、井井有條，妳若是住得習慣，倒也無妨。」

謝玉嬌親自奉茶給徐氏，又道：「女兒住哪裡都習慣。」

徐氏見謝玉嬌的眼神瞬間有些失焦，知道她必定又想念起周天昊來，道：「是，只要昊兒在身邊，妳自然住哪裡都習慣。」

謝玉嬌聞言，臉頰微微泛紅，她想了想，道：「只可惜我懶怠，這次沒陪著他回金陵去。」

「妳陪他回去，只怕也常常見不著他，我聽劉二管家說，這幾日他忙得很，今日他和妳舅舅還要進宮赴宴，也不知道是為了什麼事。」

謝玉嬌倒是知道這件事，昨日周天昊派回來的親兵已經說他今天會進宮，這大概就是周天昊準備的「捐款餐會」吧？

謝玉嬌抿唇一笑，淡淡說道：「也是，他那麼忙，就算我跟著回去，也見不著他，還要應付些有的沒的的客人，也怪累的，不如不回去得好。」

「就是，而且如今妳有身孕，還是少走動吧！」徐氏說著，打量了謝玉嬌已經凸起的小腹一下，笑著道：「朝宗鬧著要跟過來，我怕他打擾妳，就偷偷跑來，只怕這會兒他睡醒了，還要哭鬧呢！」

謝玉嬌很想念謝朝宗，這個時候聽徐氏提起他來，便問道：「娘今年也派人送東西過去沈姨娘家了嗎？」

「自然是送了，他們家老三去年考上了秀才，我想著既然他是塊讀書的料子，不如好好念下去。我已經跟沈姨娘商量過了，往後他的束脩都由我們家出，我還讓黎進士寫了推薦信去棲霞書院，等過完了年，他也該去那邊念書了。」

徐氏說完，又嘆了口氣，繼續道：「沈家大娘來家裡謝謝我們，還說收到了妳沈大哥的書信，如今雖然沒打仗，但仍舊天天操練，他還說等把韃子趕出了大雍，就會回來。」

謝玉嬌聽了這些話，有幾分動容，也不曉得沈石虎知道她成親了沒有，不過既然他經常與家人通信，大概是知道吧？

這麼一想，謝玉嬌便道：「看在朝宗的面子上，娘要對沈家好一點，好在如今舅舅有後，將來朝宗就有個年紀相仿的姑舅兄弟了。」

徐氏聽了，一個勁兒地點頭，又笑著告訴謝玉嬌那孩子長得有多像徐禹行，活脫脫就是一個模子印出來的。說到這裡，徐氏便又期盼起謝玉嬌腹中的娃兒，只說若是個男娃，將來肯定跟周天昊一樣俊俏。

謝玉嬌和徐氏聊了片刻，丫鬟就進來說已經擺好了菜，謝玉嬌便拉著徐氏用午膳去了。

雖然此次文帝宴客不過是為了從那些有錢人身上榨點銀子出來，可是那些富人們頭一次進宮見皇帝，個個都興奮異常，只盼望自己能讓皇帝留下深刻的印象，也就顧不得這次的「門票」費用高昂了。

這一頓皇家宴席，不過吃掉文帝上萬兩，卻替他募集到幾百萬兩，文帝看著那些個商賈一個個拍桌子給銀子的爽快勁，眼淚都要飆出來了。

最後，謝家還是以四十一萬兩高居榜首；何家勒緊了褲帶，勉強拿出三十五萬兩；金陵的珠寶大王鄭家拿出二十萬兩、茶葉世家余家二十萬兩……足足有百來戶人家拿出錢來。

說起來，謝家帶頭是真，可是正所謂輸人不輸陣，為了提高自己的地位，誰家不肯掏銀子？還有一些原本就打算買官卻找不到門路的，覺得此事能為自己打開方便大門，更是慷慨解囊。

宴席結束之後，文帝激動地握住周天昊的手道：「皇弟，朕……朕……萬萬沒想到……

你還有這個本事。」

周天昊被文帝說得有些不好意思起來，笑著道：「皇兄，俗語有云：『有國才有家』，如果大雍不保，將來韃子打過來，這些富商財主家的銀子還不是便宜了敵人？我這麼做，一來是成全眾人的愛國之心，二來也能保得他們家族平安，何樂而不為呢？」

文帝覺得周天昊說的話很有道理，笑著回道：「等把韃子趕出大雍，朕必定賞他們每戶一個匾額。」

周天昊抿嘴笑了笑，那麼多錢換來一個匾額，這匾額還真是昂貴啊……

就在這個時候，一個太監匆匆地跑進來，臉上堆滿了笑意，向文帝稟道：「啟稟陛下，方才何貴人玉體微恙，請杜太醫前去診治之後，杜太醫說何貴人這是有喜了。」

文帝一聽，驚訝地從龍椅上站了起來，他登基多年，子嗣一直不豐，早年幾個孩子都夭折了，而留下來的皇子當中，除了徐皇后生的二皇子，其餘幾個都是平庸愚鈍之輩，並不得自己歡心，如今何貴人有孕，當真是件天大的喜事。

「立刻擺駕錦繡宮，朕要去探望何貴人。」文帝吩咐道。

周天昊見文帝臉上滿是喜色，便拱手笑道：「臣弟恭喜皇兄，願皇兄再得龍子。」

文帝如今已過而立之年，聞言忍不住嘆了口氣，他伸手拍了拍周天昊的肩膀道：「借你吉言，朕先去看看何貴人，皇弟若沒什麼事，就早些回府休息吧！」

周天昊依言退下，目送文帝離去後，他在丹墀下稍稍站了片刻，見天色陰沈下來，正要出宮，卻見一個太監從遠處朝他走來，正是徐皇后宮裡的福安。

鳳儀宮中，徐皇后臉上的神情複雜中帶著些許悲傷，一聽說何貴人有孕，她就把二皇子喊過來自己這邊。在此之前，她從來都不覺得將來有誰能威脅二皇子的太子之位，可是自從朝廷南遷之後，一切全都變了。何家的女兒寵冠後宮，她卻因為賞了兩個宮女給睿王，使皇上足足一個多月沒踏足鳳儀宮。

思及此，徐皇后不免覺得哀傷，她和皇上之間二十年的夫妻之情，難道比不上一個才來了幾個月的商家之女嗎？

徐皇后不禁幽幽地嘆了口氣，此時簾子一閃，一個十二、三歲的少年從外頭走了進來，他一看見徐皇后，恭恭敬敬地作了個揖，喊了一聲「母后」。

看見自己的兒子，徐皇后立刻換了一副表情，笑著向他招手道：「皇兒來了，你今日也去參加了你父皇設的宴會嗎？」

雖然徐皇后掩飾得很好，但是二皇子還是看出她笑容中的勉強，他一邊往徐皇后那邊走，一邊道：「兒臣去參加了，小皇叔募集了好些軍餉，看樣子將韃子趕出大雍有指望了。」

二皇子年輕氣盛，說出這番話來的時候，語氣十分鏗鏘有力。

徐皇后一把將二皇子摟在懷中，伸手理了理他的髮絲道：「以後要多跟你小皇叔學，知道嗎？」

「母后，兒臣知道了。」二皇子說著，見徐皇后臉上又增添了幾分愁容，忍不住開口問道：「母后今日怎麼了，好像不太高興？今天可是大年初一，兒臣聽嬤嬤說，大年初一不高興，可是會難受一整年呢！」

徐皇后何嘗不知道這個道理，不然何貴人也不會選今天讓人診察出她有身孕，可是這件事偏偏讓自己糟心得不得了……

「母后沒有不高興，皇兒休要亂說，母后只是想你了。」徐皇后立刻撇清，又開口道：「母后請了你小皇叔過來，一會兒你陪他用晚膳之後，再讓他回去吧！」

二皇子聞言，不禁問道：「小皇叔不回王府陪小皇嬸嗎？今天可是大年初一啊！」

徐皇后想到謝玉嬌沒回來過年，大約是因為怕跟自己碰面的關係，不禁有些不自在起來，她想了想，才回道：「你小皇嬸如今不在城裡，小皇叔回去也是一個人。」

兩個人正在閒聊，就聽見太監在外頭傳話道：「啟稟皇后娘娘，睿王殿下來了。」

徐皇后勉強打起精神，帶著二皇子進入殿中迎客。

周天昊和徐皇后互相行過禮之後，徐皇后就對二皇子說道：「快見過你小皇叔。」

二皇子依言上前，朝著周天昊作個長揖，說道：「姪兒向小皇叔請安了。」

周天昊以前貪玩得很，常常不在宮裡，因此對文帝幾個兒子也不怎麼上心，話雖如此，他也知道二皇子將來必定會被立為太子。首先，他的生母是皇后，上頭雖然還有一個庶出的哥哥，然而生母地位低下，腦袋聽說也不怎麼靈活；再者，其他幾位皇子，似乎都沒特別得文帝喜歡。

「皇姪客氣了，坐下吧！」周天昊今日在宴會上稍稍喝了一杯酒，此時有點不舒服，他略略蹙了蹙眉頭，一時想不通徐皇后為何請他過來。

二皇子見周天昊皺眉，想起方才他在宴會上飲了酒，便開口道：「小皇叔這是喝酒上頭了吧！」說完，他隨便指了個宮女道：「妳去沏一盞濃茶來。」

徐皇后沒留意到周天昊有些不適，此時不禁有點尷尬，不過幸好她這兒子懂事，也算讓她感到安慰了。

一想到接下來的話題，徐皇后便開口道：「皇兒，你親自為你小皇叔沏茶去吧，母后還有幾句話要同你小皇叔說一說。」

周天昊見徐皇后終於要談正事了，便略略鬆開緊皺的眉心，等二皇子離去，他才開口問道：「皇嫂有什麼話，請直說吧！」

徐皇后一時有些猶豫，她低頭思量了片刻，才咬牙開口道：「如今你二姪兒也大了，可陛下卻還沒冊立太子，本宮聽人說過『國無儲君不穩』，也不知道這話是真是假，但是心裡實在擔憂。」

這話一出口，周天昊頓時明白了徐皇后請自己過來的用意。今日何貴人才傳出有身孕，徐皇后就擔心得不得了，想透過自己讓皇上早日立儲，好安她的心。

周天昊垂眸沈思了一會兒，又想起上回那兩個宮女的事，若不是謝玉嬌察言觀色、心細如髮，否則要是真的鬧出什麼事來，他和嬌嬌之間的感情只怕要毀於一旦。後來周天昊聽說那兩個宮女被徐皇后下令杖斃，他就更對徐皇后的作風感到不屑了。

「如今大雍只剩下半壁江山，皇兄當日南遷時曾發過毒誓，定要重返京城，因此臣弟以為，現在大雍最重要的事不是立儲，而是怎麼把韃子趕出去。」

對周天昊來說，立不立儲跟自己一點關係也沒有，反正他又不是坐在那個位置上的人；況且若這樣順了徐皇后的心意，他沒把握將來能過得了謝玉嬌那一關，到時要是惹她不開心，倒楣的就是自己，因此他寧願袖手旁觀。

徐皇后聞言，神色陡然一變。她知道文帝最聽周天昊的話，只要他肯說一句，立儲的事就八九不離十了，可如今周天昊竟沒半點偏向自己的意思，這該如何是好？

正當徐皇后想再多說幾句時，二皇子已經沏了濃茶過來。他親自將茶奉給周天昊，周天昊抿了一口——不僅是正宗的大紅袍，還是自己喜歡的火候。

一盞茶喝完，周天昊便起身道：「皇嫂如果沒其他事，那臣弟就先回府去了。」

徐皇后原本還想留周天昊下來用晚膳，可聽了他方才那席話，什麼心情都沒了，只道：「皇弟路上小心，皇兒，送送你小皇叔。」

二皇子送周天昊出去，折回來的時候，問徐皇后道：「母后，您不是要留小皇叔下來用些點心嗎？怎麼這就讓兒臣把人送走了呢？」

徐皇后這時候萬念俱灰，她擰著帕子，冷冷道：「只怕你小皇叔不願意留下來。」

周天昊出了宮門，心想這次回金陵的大事已經辦完，便不回睿王府，而是吩咐車伕直接往湯山的小院去了。

第七十八章　紆尊降貴

湯山小院中，謝玉嬌正向徐氏學習怎麼做針線，徐氏看見謝玉嬌那縫得像被狗啃似的荷包，笑著道：「就這東西，妳也好意思讓昊兒帶出去嗎？也不怕他被人笑話。」

謝玉嬌低下頭傻笑，捏著荷包道：「他要是想娶個針線活好的，何必找我呢？即便有人要取笑，也只會取笑他，跟我有什麼相干？」

徐氏聽了這番話，一時之間竟無言以對，忍不住笑著用手指戳了戳謝玉嬌的腦門，說道：「妳這丫頭，不管怎麼說，確實也該好好學學這些活了，不會做衣裳也罷，然而男人身上穿戴的配件可多了，好歹學一、兩樣精通的，這樣才有東西讓昊兒隨身帶著，時時刻刻都念著妳才是。」

謝玉嬌覺得徐氏說得也有道理，如今她在這邊養胎，確實多了很多閒暇的時間，是真的該學學針線。

「我也想學啊，但是劉嬤嬤說孕婦不能常低頭跟久坐，這樣對孩子不好，平常才剛剛摸一下針線，馬上會有人過來叮囑我，想學也不是那麼容易。」謝玉嬌嘟起嘴道。

徐氏見眾人都對謝玉嬌如此上心，就覺得她有福氣，自己實在不用再為她操心了。

「如今妳要在這邊住著，娘都隨妳，只是快要臨盆的時候，妳還是住回咱們家來，好讓娘貼身照顧妳，如何？」

一想到睿王府裡頭除了謝玉嬌和周天昊之外便沒別的主子，下人雖說有中用的，也抵不上親近的長輩，到底還是讓徐氏放心不下，便先開口向謝玉嬌提出要求。

謝玉嬌低頭想了片刻，也知道坐月子對產婦極為重要，若是一個弄不好落下病根，那就難辦了，因此順從地點頭應下。

徐氏見謝玉嬌答應，高興地笑著說道：「妳願意再好不過，娘回去就差人將西裡間整理妥當，到時候妳只管住著，我人就在東裡間，保證把妳照顧得妥妥貼貼。」

謝玉嬌對這件事沒意見，不過就怕到時候周天昊又要苦哈哈的了，正房畢竟是徐氏的房間，周天昊整天進進出出的也不方便……想了想，謝玉嬌開口道：「娘不用麻煩了，我還是住在繡樓裡頭吧，這樣也清靜。」

徐氏蹙著眉一想，總算想通了謝玉嬌的顧慮，便笑著點頭稱是。

當周天昊一路風塵僕僕地趕回湯山的時候，謝玉嬌和徐氏已經用過了晚膳，正在閒聊。徐氏將家中這些日子發生的事細細說給謝玉嬌聽，雖然徐氏算不上精明能幹，但她寬厚仁慈，加上中年喪夫之後，唯一的女兒又出閣了，她一個向來不怎麼出面的婦道人家站出來支撐門戶，村裡的人反而更尊敬她了。

謝玉嬌見這幾個月謝家沒什麼大事，到底鬆了口氣，回頭等她有空，再讓劉福根把家裡的帳本送來讓她看看，就更能清楚目前的狀況。

「明日我就回去了，年節裡頭，免不了跟人往來，為了妳，我倒是什麼都扔下了。」

徐氏說著，看了看外頭的天氣，見下起了雪，也不知道明日的路好不好走，不禁擔心地說道：「我瞧這地方挺偏遠的，可是一早我們才剛拐了個彎，就有人上前請安問話來了，我本來還擔心是遇上了壞人呢！」

謝玉嬌聽了，笑著回道：「其實這裡也不偏遠，離外頭的村子不過兩、三里路，只是人煙少了些，殿下怕這裡不安全，周圍都安插了護衛，平常我也不大見得到他們，反正知道有這些人守著我們就是。」

徐氏蹙起眉問道：「那大風大雪的時候，他們住哪裡去呢？要是還得在外頭守著，豈不凍死了？」

其實謝玉嬌以前也擔心過這問題，還偷偷讓丫鬟出去送酒、送菜給他們，可是後來發現那些人一概不吃，最後還便宜了野狗，也就作罷了。大概每個地方都有每個地方的規矩吧，也就隨他們去了。

「這個我也不清楚，總之是殿下安排的，他們也都很聽他的話，我就不過問了。」

徐氏聽謝玉嬌這麼說，便點了點頭，不再多問，笑著道：「以前瞧昊兒沒個正經，還怕他不懂得疼人，如今看來是多心了，可見男人一旦成家，個性就跟著變了呢！」

兩個人正聊著，外頭一個小丫鬟進來通報道：「啟稟夫人，殿下回來了。」

她的話才剛說完，只見簾子一閃，周天昊就矮著身子進來了。他方才進門的時候聽見小廝說徐氏來到這裡，此時見到她，也顧不得臉凍得有些僵了，笑著朝徐氏拱了拱手道：「小婿見過岳母大人。」

徐氏有些日子沒見到周天昊了，印象中的他總是面帶微笑，雖然人高馬大的，但骨子裡還像個孩子一樣，此時見他雖然露出一絲笑意，但眼底卻有一抹肅然的神色，讓她不禁微微一愣。

怔忡間，徐氏猛然想起周天昊向她打招呼，慌忙站起身，笑著道：「快進來坐，外頭風雪不小，路又不好走，你何苦跑回來？」

徐氏說這些話的時候，語氣聽得出很心疼，想當初她可是看著周天昊一日日把傷養好的，如今傷好是好了，卻又過得這般辛苦，到底是自己的親女婿，她捨不得啊！

此時謝玉嬌已經幫周天昊解開了大氅，丫鬟捧著熱茶過來，謝玉嬌也親自送到他面前。她抬起頭，見周天昊的頭髮上還沾著好些雪花，便踮起腳尖用帕子擦了擦，笑著道：「快喝些熱茶，我讓丫鬟去準備宵夜。」

周天昊喝過熱茶後，手腳暖和了些，臉上的神情也變柔和了，便跟徐氏攀談起來。

「岳母想過來，只管差人送信，小婿派人去接您就成了。」周天昊說道。

「你那麼忙，怎麼好意思呢！再說，我想來就來了，也沒顧慮這麼多，就是過來看看嬌嬌罷了。」徐氏回道。

周天昊知道徐氏素來心疼謝玉嬌，如今見她住在這樣的地方，肯定難受得緊，便請罪道：「讓嬌嬌跟著我住在這種地方，是我的不是。」

謝玉嬌聽了這話，只抿著唇笑，徐氏便回道：「這地方也不錯，青山綠水的，很養人；再說，夫妻兩個還是要住在同一個地方，這樣感情才會好。」

聞言，謝玉嬌點了點頭，伸手為周天昊添茶，就在這個時候，她忽然聞到了一股酒味，低聲問道：「你今日喝酒了？」

她剛才幫他解開衣服的時候倒是沒聞到酒味，可見是當時看到他，太過興奮所致。

「就喝了一點，好久沒喝了，還有些上頭，在馬車上睡了一覺，現在好多了。」周天昊回道。在「捐款餐會」那樣的場合上，滴酒不沾未免掃大夥兒的興，他喝了一杯，也算是給眾人面子了。

謝玉嬌聞言，便吩咐丫鬟另外去廚房煮一碗醒酒湯。眼看現在時辰不早，徐氏便先回房歇息去了。

沒多久，醒酒湯跟宵夜就送了過來，丫鬟們煮了熱呼呼的十米粥，還有炸得金黃的春捲與幾樣涼拌小菜。周天昊坐在桌子旁吃宵夜，謝玉嬌則拿著針線又縫了起來，等東西做得差不多了，才興致勃勃地把荷包送到周天昊眼前道：「是我做的荷包，你看好不好看？」

說句實話，這個荷包在別人看來就是做著玩的，卻是謝玉嬌的處女作，因此周天昊不假思索地開口道：「誰做的荷包這麼好看，給我來一打。」

謝玉嬌見周天昊一副不正經的模樣，忍不住笑了起來。「我娘剛才還說你成親之後越來越像個男人了，怎麼這就露餡啦？」

周天昊喝過熱粥，渾身上下都舒坦起來，便一把抱住謝玉嬌，低頭在她耳畔蹭來蹭去，又舔著她的耳朵道：「當然像個男人嘍，我本來就是男人，還是男人中的男人……」

話說到這裡，周天昊的嗓音已經顯得相當沙啞，謝玉嬌覺得身後有個東西頂著自己怪難受的，她正臉紅著，接下來身子一輕，被周天昊打橫抱了起來……

晚上叫過兩遍水，謝玉嬌就靠在周天昊的胸口沈沈地睡去了。

周天昊沒表露半分意向就離開了鳳儀宮，而文帝大概是看在何家那三十五萬兩銀子跟何貴人有了身孕的分上，當天晚上就下旨冊封何貴人為禧妃。

消息一出來，徐皇后擔憂得一整晚都沒睡好，到了次日清晨，就早早派人去將安國公夫人傳進宮來。

徐皇后與周天昊之間，原本也能算得上叔嫂情深，誰知道最後會在周天昊娶親之後就此交惡。

如今恭王還留在北邊牽制韃靼，康王又不理朝政，只有睿王還在這金陵城裡，皇上也最倚重他，可如今連他都不願意為二皇子開這個口，她又能求誰呢？

安國公夫人聽聞徐皇后傳旨要其入宮，便匆匆趕到她身邊。何貴人——也就是如今的禧妃有孕之事已經傳開，安國公夫人見到徐皇后萬分憔悴，忍不住安慰道：「娘娘要保重身子，無論如何，您都還是大雍的皇后。」

只是徐皇后此時就像隻鬥敗的公雞，她嘆了口氣道：「自從陛下到了這裡，他的心就變了，做了那麼多年的夫妻，他從來不曾這樣冷待過我。」

說著，徐皇后抬頭看了安國公夫人一眼，繼續道：「我昨日向睿王提起冊封二皇子為太子的事，他竟然……未曾應下。」

讓徐皇后和周天昊提冊立太子的事，是安國公出的主意，他身為二皇子的外祖，並不適合提出立儲一事，而朝中除了周天昊之外，又沒一個能讓皇上下定決心的大臣，因此他才想出這樣一個迂迴之計。誰知道周天昊竟然沒表態，這讓徐皇后覺得自己實在無所適從。

文帝昨日才從那些大戶人家身上撈了一大筆銀子，正是對他們加封賜賞的時候，還有不少人等著把自家的女兒送進來，更何況禧妃才剛有孕，此時的確不是談冊立太子的時機；然而正因如此，安國公一家和徐皇后才急得像熱鍋上的螞蟻。

安國公夫人聞言也是滿面愁容，她想了片刻，才說道：「大概是上回那兩個宮女的事，他還餘怒未消，不過這本是後宅之事，若是睿王妃消了氣，興許他能既往不咎？」

說起來，安國公夫人到底歷練比較多，深知枕邊風的厲害，她繼續道：「娘娘不如放低姿態，借探視之名與睿王妃重修舊好，陛下若是知道了，必定會誇讚妳寬仁識大體，況且睿王爺這麼疼愛妻子，說不定這件事就能成了。」

「娘的意思是讓我去向弟媳認錯？那件事，並非本宮一人之失。」徐皇后聽安國公夫人這麼說，頓時激動起來。她當時訓示那兩個宮女的時候，的確存了私心，可是她並沒料到周天昊竟然一點面子也不給自己，公然把人退回來。

為了這件事，她不但受到皇上的冷遇，連宮裡的嬪妃都在私底下笑話她，這口氣原本就難以嚥下，如今還要她去向人道歉？

徐皇后正要回嘴，安國公夫人卻搶先道：「不開這個口，二皇子這個太子還要不要當了？您說陛下來到這裡就變了，變的何止是陛下，整個朝廷都在變，這個時候若不能穩住二皇子的地位，將來我們整個安國公府都不知道會是個什麼光景。」

這番話猶如利劍直戳徐皇后的心窩，她垂下了眸子，一想到那剛懷有身孕的禧妃，便狠狠地咬了下唇瓣，做出了決定。

謝玉嬌和周天昊送走徐氏之後，趁著過年軍中無事，兩個人在家中黏了幾日。周天昊把耳朵貼在謝玉嬌圓滾滾的肚皮上，聽著裡面的動靜，謝玉嬌則靠在軟榻上，伸手撫摸周天昊的頭髮，眉眼中都帶著甜甜的笑意。

「你說她會是個男孩還是女孩？」謝玉嬌淡笑著問道。

「自然是女孩。」周天昊抬起頭來，手掌又在謝玉嬌的肚皮上摸了兩下，說道：「我剛才都聽見她叫我爸爸了。」

謝玉嬌忍不住笑出聲來，接著一本正經地問道：「難道不是叫爹嗎？」

周天昊聞言，蹙眉想了想，又點頭道：「嗯，好像是叫爹，一定是我聽錯了。」

謝玉嬌用手指戳了戳周天昊的腦門，低下頭輕聲道：「等再過一陣子，我就回謝家宅去住，娘想照顧我生產、坐月子，我想她也是一片好意，就沒回絕了。」

「妳去吧，我有空就去看妳，有岳母在，我也比較放心。」說著，周天昊就擠到軟榻上跟謝玉嬌躺在一起，兩個人面對面看著彼此。

謝玉嬌閉著嘴不說話，神色有些複雜。這幾天周天昊雖然沒跟她談起軍中的事情，可她不是個只會待在家中相夫教子的普通婦人，大雍這次籌措了這麼多銀子，又苦苦練兵一年，等待的就是反攻的時刻，而這個時機，只怕近了。

「最近怎麼沒聽你說起火炮的事？前不久我在家裡還能聽見外頭的炮聲呢，聽說你們嚇得百姓半夜不敢睡覺，以為鬧天災呢！」謝玉嬌隨口說道。

周天昊不語，過了片刻才開口道：「火炮已經研製成功，如今已送了圖紙去作坊鑄造，等三十門紅衣大炮建起來，就是大雍反攻的時候。」

謝玉嬌聽了這話，心頭不禁沈重起來。距離自己臨盆的日子，不過剩四個月，也不知道到時候周天昊還在不在大雍？雖然有滿腹的疑問，謝玉嬌卻沒再繼續問周天昊，只伸手摟住他的頸子，將自己的臉往他的胸口上埋。

外頭的雪停了下來，丫鬟正在院子裡餵幾隻在雪地裡找食物的麻雀，就在這個時候，劉嬤嬤從門外神色匆匆地走了進來，她挽起簾子進去，就見周天昊和謝玉嬌正你儂我儂的躺在榻上，一張老臉頓時紅了一半，只能硬著頭皮開口道：「殿下、王妃娘娘，皇后娘娘來了。」

那日徐皇后要求周天昊幫忙的事，他一回湯山就忘了。他當時不願表態，最主要的原因就是不想讓徐皇后以為二皇子的儲君之位已如囊中之物，讓她恢復成原來那般目中無人的姿態罷了。

其實儲君之位，早在大雍朝廷南遷之時，文帝便已經有了計較，太子必定是二皇子。他是徐皇后的嫡子，背後又有安國公支持，比起其他眾皇子更伶俐幾分，想來若是沒有禧妃有孕之事，徐皇后只怕從來沒擔心過這件事。

謝玉嬌聽了這番話，倒是愣了片刻。這幾日她和周天昊深居簡出，總是穿著家常服在家閒晃，皇后娘娘這個時候來了，只怕得教她等一等，好讓自己花時間梳妝打扮一番。

想到這裡，謝玉嬌疑惑地問道：「她怎麼會來？」

周天昊也沒料到徐皇后會親自到訪，淡淡一笑道：「既然來了，就去會會她，劉嬤嬤先出去迎接吧，本王和王妃稍後就到。」

謝玉嬌伸了個懶腰，緩緩爬起身，丫鬟們便上前為她更衣。如今謝玉嬌懷著身孕，整日都素面朝天，誰知臉色竟比以前更嬌嫩幾分。由於周天昊已經換好了衣服，便先往前院去接待徐皇后了。

過了一會兒，謝玉嬌才在丫鬟和婆子的攙扶下去了前院，才一進去，她就看見門口堆著好幾箱禮品，幾個宮女則在門外守著。

宮女見謝玉嬌前來，挽起簾子回道：「啟稟皇后娘娘，睿王妃來了。」

進去之後，謝玉嬌便看見徐皇后坐在廳中主位上，雖然看起來還是一副高高在上的模樣，可是那一臉的濃妝也沒辦法遮蓋她眼底的幾分憔悴。

謝玉嬌慢慢走上前，朝徐皇后屈膝行禮，徐皇后急忙站了起來，虛扶了謝玉嬌一把，帶著幾分笑道：「過年的時候沒看見皇弟妹進宮，又想到這裡荒郊野外的，也不知道妳過得習不習慣，本宮就向皇上請旨過來看一看，如今看起來，皇弟妹的氣色倒是好得很。」

方才那一把虛扶，讓謝玉嬌感受到徐皇后的手掌冰冷得很，便轉身吩咐丫鬟道：「去拿個手爐過來，給皇后娘娘暖著。」

目前室內雖然燒著銀絲炭，但謝玉嬌是孕婦，比尋常人怕熱，因此廳裡只能說是不冷，但稱不上非常暖和。

徐皇后見謝玉嬌這麼客氣，倒是有幾分不好意思，連忙讓她坐下，才又道：「皇弟妹覺得如何？這是第一胎，還是小心一些好，等月分再大一些就回去吧，有太醫就近服侍，到底比較讓人放心。」

因為謝玉嬌不知道徐皇后的來意，瞧她說話的口氣比先前軟了些，甚至還帶有討好的意思，便忍不住往周天昊那邊看了一眼。

只見周天昊垂著眸子喝茶，倒像是對她們的對話毫不關心一樣，這麼一看，謝玉嬌就知道他必定有什麼事瞞著自己。

「雖是頭一胎，但如今有醫女隨身照料，自己也格外小心；不過我母親心疼我，要我之後回去娘家，這樣她才好照顧我。」謝玉嬌緩緩開口，當真與徐皇后話起了家常來。

徐皇后原本就是隨口說說而已，若謝玉嬌真的回到城裡，少不得需要她照料，可目前她實在沒這個心力，聽了謝玉嬌這番話，徐皇后便陪笑道：「這樣也好，終究是自己的母親細心。」

說了半天，徐皇后都沒開口談紅鳶和綠漪的事，她確實沒辦法服軟，可是一想起二皇子的前程，她又不得不低下頭去。

謝玉嬌一時之間不知道該怎麼接下去聊，只好低著頭喝茶，過了片刻，她才聽徐皇后開口道：「上次那兩個宮女的事，是本宮誤會了，本宮……」

徐皇后說到這裡，終究不知道該如何啟齒。她堂堂一國之母，在安國公府時也是嬌生慣養，從繼王妃當到皇后，從來沒跟任何女人低過頭，可如今為了兒子的前程，卻要向眼前這個小丫頭認錯，一顆倔強的心都碎了一地。

聽到這裡，謝玉嬌再看看周天昊那張淡然的臉，忽然有些明白了，只怕這個人又不知道哪裡堵得他這位皇嫂不痛快了，還鬧得人家不得不來服軟？其實謝玉嬌早就拋開那件事了，怎麼可能生氣到這個時候。

「皇嫂快別這麼說，這裡頭的道理玉嬌都懂，要怪就怪那兩個宮女命不好，攤上了我們家這位不解風情的王爺，隨便換了一戶人家，只怕就不是這個結果了。」謝玉嬌裝出一副深明大義的樣子說道。

此時周天昊正低頭喝茶，聞言就嗆到了，他捂著嘴重重咳了幾聲，雙頰脹得通紅。謝玉嬌忍不住掩著嘴輕笑，徐皇后見到這番光景，也尷尬地陪起笑來。

周天昊索性起身道：「妳好好招待皇嫂，我去軍營裡頭看看。」

謝玉嬌見周天昊要溜掉，以為他是惱了，甩了下帕子，隨口道：「那你去吧！」

待周天昊離去，徐皇后才鬆了口氣，她想跟謝玉嬌說立儲之事，又怕她什麼都不明白，便迂迴道：「這次皇弟為朝廷募集了不少軍餉，何家也捐了三十五萬兩，禧妃又有了身孕，想來自從南遷之後，真是物是人非啊！」

謝玉嬌一聽這話，頓時明白了徐皇后的煩惱，就算貴為皇后，一旦失寵，日子也不好過，怪不得她會長途跋涉來到她口中的「荒郊野外」，探望一個大肚婆……解悶？

「皇嫂母儀天下，二皇子聰明伶俐，眼下最重要的就是把韃子趕出大雍。皇兄既然來到南邊，總要收買人心，皇嫂此時若能退一步，將來皇兄就更敬您大度，何必著急呢？」謝玉嬌淡淡地開口，抬眸看了徐皇后一眼。

江南富足，打仗又最缺銀子，她若是皇上，必定也會先收買人心，等撈足了好處再說，只可惜徐皇后只想到自己，竟連這個道理都參不透。

徐皇后聽了謝玉嬌這段話，不禁愣了片刻。她低頭沈思了一下，才品出那麼點意思，但又忍不住道：「皇弟之前沒對本宮說這些……」

聽到這裡，謝玉嬌已經完全想通了，原來徐皇后向她致歉也非真心，竟是想唆使她向周天昊吹枕邊風？

不過謝玉嬌懶得跟徐皇后計較，畢竟她特地跑了這麼一趟，心意也到了；不過立儲這種事，謝玉嬌不願意摻和，只笑著道：「殿下怎麼說，妾身都管不著，妾身只是覺得，皇嫂還是多體諒皇兄一點吧！」

周天昊回來的時候，謝玉嬌已送走了徐皇后。謝玉嬌看見周天昊，便站在廊下一眼不眨地盯著他，臉上帶著笑說道：「連皇后娘娘也敢得罪，多虧你投生成了有權有勢的皇子，不然還不知道自己是怎麼死的呢！」

謝玉嬌一邊說，一邊進了屋子，坐下來捧著手爐取暖，見到周天昊走了進來，便繼續道：「你知道她是為了什麼來找我，所以乾脆躲得遠遠的？」

周天昊解開大氅遞給一旁的丫鬟，上前說道：「我這個皇嫂雖然不是十惡不赦，可她總喜歡把自己的東西牢牢拽在手中，還不肯給人好臉色看。」

謝玉嬌見周天昊對徐皇后的評價很中肯，便笑著點了點頭道：「套用《紅樓夢》裡頭的一句話，『金簪子掉在井裡頭，有你的只是有你的』，是她的終究跑不掉，何必著急呢？」

周天昊聽了這話，便苦笑道：「欺負我沒看過《紅樓夢》，跟我說這些？」

謝玉嬌笑著接過茶盞遞給周天昊，開玩笑道：「我倒是讀了好幾遍，改天寫出來，沒準兒能成個大文豪咧！」

一旁的丫鬟聽了他們兩個人的對話，如同置身五里霧一般，不過主子們笑得那麼高興，她跟著笑就對了。

徐皇后從湯山回到金陵之後，細細揣摩了謝玉嬌說的話，竟然覺得非常有道理，雖然還是沒能得到周天昊的準話，但心上一塊石頭倒是落下了。文帝知道她長途跋涉去看望睿王妃，也誇讚了幾句，當夜就宿在了鳳儀宮中。

想通了其中的關節，徐皇后又展現出往日文帝未登基時她那些溫柔小意，抓緊機會靠在他懷中道：「妾身知道陛下在想些什麼，如今我們來了南邊，那些北邊的老世家、舊功勛已經不管用了，江南是富庶之地，陛下想要回原先的京城，必定要順了這些人的意思，才好辦事，這些妾身都懂。」

說到這裡，徐皇后還大方地貢獻了幾滴眼淚，讓文帝頓時感動得一塌糊塗，摟著她道：「妳能想到這些，朕真是再欣慰不過。二皇子聰明伶俐，將來必定比朕能幹，妳以後總有個依靠。」

徐皇后聽到文帝這麼說，不禁一陣竊喜，拿起帕子擦著眼角道：「是妾身誤會陛下了，妾身枉為人妻。」

他們兩人一個內疚、一個暗喜，瞬間摟成一團，難得又顛鸞倒鳳了一回。

第七十九章　硝煙再起

又過了兩日，年節過得差不多了，軍隊也開始操練，謝玉嬌閒來無事，就提出要去防衛營參觀的要求。

按道理說，這件事不合時宜，畢竟防衛營裡都是男人，而且軍機也不可外洩；不過周天昊並不覺得有什麼不妥，爽快地答應了謝玉嬌的請求。

謝玉嬌只在電視劇和電影裡見過古代的軍營，等真的親眼見到了，才知道跟想像中的樣子有很大的落差。只見眼前那土黃色營帳根本看不到邊際，營帳與營帳之間還鋪著石子路，遠遠看起來似乎雜亂無章，但是走近一看才知道營帳的排列都是有依據的。

因為謝玉嬌要過來防衛營，周天昊特地穿了一身便服，此刻他正扶著謝玉嬌走在營中的小道上。有人經過他們身邊，都會恭恭敬敬地低頭行禮，周天昊略略點頭回禮之後就繼續往前走，那些人卻站在原地，等他們兩個走遠，才敢離去。

看樣子……周天昊在軍中的威望高得很嘛！謝玉嬌雖然這麼想，可是心裡非常清楚，這些尊敬除了源自於周天昊這個睿王的身分，更多是來自於他真刀真槍的搏鬥。身為皇室成員，他大可以躲在營帳中指揮戰鬥，但是他沒有，反而選擇在眾將士前面帶頭衝刺。

謝玉嬌稍稍側首，看見周天昊那越發堅毅英武的側臉，忍不住握緊了他的手。

兩人進了營帳，謝玉嬌仔細地看著帳中的擺設——樸實無華，沒有半點王爺的做派，不過只有一張辦公的翹頭長几，後面放著軟榻，前頭左右兩邊各是兩排椅子，左側空地上則是一個一丈長的沙盤，上面插著許多小旗子。這裡不光是周天昊休息的地方，也是眾人討論軍務之處。

謝玉嬌走到沙盤處觀察起來，根據旗子上的字體，隱約能分辨出京城的位置。如今韃靼大軍駐紮在山東一帶，從京城周圍取得補給，雖然沒有進一步進攻，但看上去仍舊虎視眈眈。

在沙盤前頭站了一刻，謝玉嬌才皺著眉頭道：「若是用火炮攻城，將來即便拿回京城，只怕也成了半個廢墟……不過若是不用武力強奪回來，大雍終究是半壁江山，恐怕不能長久。」

根據歷史上許多朝代南遷的經驗，江南的繁華會磨滅一個帝王與百姓的北歸之心，必須趁著大雍還有一口氣在，馬上展開反攻才行。

「城池毀了，可以再修；若是人心決堤，只怕北歸之路就難了。」周天昊看著沙盤，最終將大雍那邊的旗子，插在京城上方。

兩個人一時之間無語，忽見簾子一閃，雲松從外頭進來道：「殿下、王妃娘娘，劉二管家過來了，正在院落那邊等著呢，似乎是謝家出了什麼事。」

謝玉嬌聞言，臉色略略一變。前幾天徐氏來的時候還說一切安好，怎麼才沒多久就出事了？

周天昊見謝玉嬌變了臉色，喝斥雲松道：「什麼事也不說清楚，仔細你的屁股。」

雲松這才意識到自己說錯話了，急忙道：「奴才該死，奴才也不知道是什麼事情，就是看見來傳話的小廝說劉二管家挺著急的樣子，還以為謝家有事呢！」

說完，雲松便垂下頭，閉著眼睛自己掌起嘴來。

謝玉嬌這時候情緒稍稍穩定了一些，逢年過節的，謝家能有什麼大事呢？這麼一想，她便開口道：「別打了，我還是先去問問到底出了什麼事吧！」

周天昊怎麼放心謝玉嬌自己回去，他找個人交代了一聲，便陪謝玉嬌一起回了小院。

他們抵達小院的時候，劉福根剛喝完一盞茶，方才的急切之情也稍微收斂了一點，他見謝玉嬌和周天昊都來了，開口道：「回殿下，是這樣的，去年做的六萬件棉襖都送去了前線，可是昨日兵部的人說，那些棉襖有問題，裡頭都塞著黑心棉，把七爺喊去問話了。」

謝玉嬌聽到這裡，頓時覺得很不對勁。去年那六萬件棉襖，跟之前謝老爺自願捐獻的不一樣，這是謝家第一次接朝廷的生意，因此他們並不敢怠慢，那些棉花都是管事們親自去山東等地收回來的，當時還怕遇上韃子，讓她擔心了好一陣子。

「大約是弄錯了吧，所有拿回來要做棉襖的棉花，我和幾個管事都看過，沒有什麼黑心棉啊！」謝玉嬌想了想，轉過頭問周天昊道：「除了謝家，還有別人做棉襖嗎？」

周天昊皺著眉頭想了半天，才開口道：「我想起來了，這批棉襖總共要十萬件，因為是八月底要的，我怕青龍村那些村民來不及，因此只要他們做六萬件，至於剩下那四萬件是哪家做的，我就不清楚了。」

謝玉嬌聽周天昊這麼說，心裡就有數了，她勸劉福根道：「你先回去向我娘回話，就說這件事與謝家無關，七叔只是被喊去問話，應該沒什麼大礙，一會兒我再派人去兵部打聽。」

劉福根一個勁兒地點頭道：「原本夫人讓老奴先去找舅老爺，只是老奴覺得這件事舅老爺並不清楚，就直接來問小姐了，正巧殿下也在。」

周天昊這個時候臉色卻不太好看，前線要打仗，最怕的就是軍需品出問題，若真如劉福根所言，棉襖裡有黑心棉，只怕會鬧出不小的風波。他雖然不管軍需品這一塊，但是既然知道這件事，倒是沒辦法不過問了。

「妳別派什麼人去打探了，一會兒我親自跑一趟兵部，看看到底是怎麼回事，若真有這樣的問題，必定嚴懲不貸。」周天昊說道。

謝玉嬌見周天昊已經有了幾分怒意，反倒勸起他來。「行了，你也別生氣，對商人來說，朝廷的訂單必定有利可圖，況且那些黑心棉又被塞在棉襖裡頭，只怕這次不過是意外被人揪出來的，你們打了幾年的仗了，難道以前都沒發現過不成？」

這回謝玉嬌倒是猜對了，所謂沒有比較，就沒有傷害，這次謝家跟其他家的棉襖一起送去前線，一比之下，品質的高低立見。那些打仗的將士都是些直腸子的漢子，他們覺得棉襖的好壞落差實在太大，就將棉襖撕開來看一眼，這才發現有些棉襖裡面竟然全部是黑心棉，更誇張的是，還有直接塞了好些稻草進去的。

兵部得到這個消息，頓時嚇了一跳，幾個負責軍需品的人也都如坐針氈，急忙責問禮部，禮部查了一下去年負責軍需棉襖的人家，謝家也名列其中，因此謝雲臻自然少不了被叫去問話。

周天昊聽了這話，臉色越發難看起來。以前他在軍營的時候，得知他們常遇到棉襖笨重且不保暖的情形，因此很多將士上陣殺敵時都是輕裝，只是周天昊運氣好，第一次上場打仗就穿上謝家捐的棉襖罷了。這時候聽謝玉嬌一說，才知道那些負責軍需品的人不知道暗中得了多少黑心錢，氣得額頭上的青筋都暴了起來。

謝玉嬌見狀，連忙喊住劉福根道：「你先別急著回話，由我這邊派人回去謝家，你就跟著殿下去吧，也能早些知道到底是怎麼一回事。」

誰知周天昊著急得很，他已經放下茶盞走到了門口，謝玉嬌趕緊接過丫鬟送來的大氅追上去替他披上，又勸道：「你別急著生氣啊，什麼事都先問清楚了再說。」

周天昊點了點頭，沈下臉來，帶著劉福根往外頭去了。

兵部衙門中，謝雲臻坐在平常審問重犯的刑房裡，看著周圍那些自己從未見過的刑具，略略皺了皺眉。

「謝七爺，只要你認了這批有問題的棉襖是謝家送上來的，我馬上就派人送你回家。你也知道，如今謝家有睿王殿下這個後臺，即便出了這麼點事，也完全沒有什麼問題，皇上這般器重睿王殿下，最多就是訓斥個幾句，若換成了別人家，那可是要殺頭、掉腦袋的呀！你若是能高抬貴手幫這個忙，以後你就是我爺爺。」坐在謝雲臻對面的圓臉官員小心翼翼地說著話，還一直留意謝雲臻的表情。

謝雲臻輕笑了一聲，反問他。「在下若是不認，大人是打算屈打成招嗎？」

那人聞言，臉上的笑意一僵，尷尬道：「謝七爺放心，我們都是讀書人……」

謝雲臻不等他把話說完，忽然開口繼續說道：「若是在下記得沒錯的話，大人是乙未年的同進士吧？當年因為舞弊案，一甲、二甲全都作廢，朝廷只留了幾個同進士，大人便是其中一員。」

「你……」那個人頓時有種被人看穿內心的羞恥感，他咬了咬牙，眸中透出一絲冷冽來，嗤笑道：「其實除了招認，還有別的辦法，這件事也能早日完結，那就是畏罪自殺。」

謝雲臻在京城沈浮多年，也做過一些官員的門客，如何不知道這些伎倆，嘆了口氣道：「大人這個辦法確實不錯，真可謂神不知，鬼不覺……」

說著，謝雲臻就看到那圓臉官員從壺中倒滿了一杯酒，推到自己面前。

想了想，謝雲臻伸手端起那白瓷酒杯，拿在手中看了片刻，正打算潑到地上的時候，忽然聽見門外傳來急促的腳步聲，一個侍衛從外頭跌入刑房中，他一見到那官員，就驚恐地喊道：「唐大人，殿……殿下來了。」

那姓唐的官員嚇了一跳，隨即看見周天昊領著兵部一眾官員，從遊廊走了過來。他頓時覺得後背一冷，不自覺地癱軟在地上，只能伏著冰冷的地面，顫顫巍巍道：「下……下官，叩見殿下。」

周天昊面色森冷，他一抬頭就看見放在桌子中央的那壺東西，以及坐在桌子前，手上拿著酒杯，神色平靜的謝雲臻。周天昊擠出一絲笑意，開口道：「七叔，您在這裡幹麼？」

謝雲臻這時候才放下酒杯起身相迎，他朝周天昊拱了拱手，低頭看了跪在一旁的唐姓官員一眼，開口道：「唐大人請在下喝酒，只可惜沒有下酒菜。」

周天昊冷笑一聲，走上前將那杯酒拿起來道：「不知道唐大人這杯酒，本王能不能喝？」

姓唐的早已嚇出一身冷汗，這時候又聽周天昊這麼說，頓時抖得一句話都說不出來。身後幾位兵部官員素來知道周天昊的脾氣，無人敢上前勸解，每個人眼睛都是眨也不眨地盯著周天昊手中那杯酒，心跳瘋狂加速。

周天昊忽然間笑了，他將那杯酒放回桌上，淡淡道：「唐大人如此盡忠職守，這杯酒，本王賞了唐大人。」

那姓唐的聽到這句話，兩眼瞪得發直，接著身子一軟，暈死了過去。

周天昊踹了他一腳，轉頭看向兵部眾人，眉宇中盡是肅殺之色，臉上一片寒光。「你們若是也想得本王賞的美酒，最好學學唐大人，要盡忠職守才是。」

眾人聞言嚇得跪倒在地，身子抖得跟篩糠一樣，無人敢應答。

周天昊這才落坐，他提了幾個重要官員，將事情原原本本問了個清楚。兵部自知瞞不了周天昊，便供出禮部幾個官員，經過查證，那出了問題的四萬件棉襖，是何家送上來的。

黑心棉的事情剛被軍營的人捅破，何家就把衙門打點得妥妥貼貼了。這些官員都貪圖何家的銀子，況且如今禧妃有孕，在後宮的聲勢如日中天，因此下面的人才想出這種辦法，想讓謝家揹黑鍋，以討好何家。

周天昊弄清了事情的真相，便讓劉福根送謝雲臻回去，親自進宮面聖。

文帝正盛寵禧妃，聽了這番話，頓時氣得火冒三丈。

周天昊沈思了片刻，開口道：「皇兄不必太過生氣，禧妃是個閨閣女子，只怕她不知道這些事，只是何家因為她而得勢，竟猖狂至此，實在不容放任；但是眼下何家捐了三十五萬兩的銀子，這件事若是鬧開，人家只會說何家接了朝廷的案子賺錢，又裝好人把銀子還回來，說來倒是朝廷被何家愚弄了，到底掛不住面子。依臣弟看來，不如將此事按住不發，由皇兄偷偷告訴禧妃，讓何家再吐一些銀子出來如何？」

文帝方才正在氣頭上，恨不得馬上把何家的人拖出去斬了，這時候聽周天昊這麼一分析，暗自思量了片刻，開口道：「皇弟這辦法果然精妙，只是你那遠在北邊的大皇兄也知道這件事，若是朕不處理，只怕將士們心寒。」

周天昊托著下巴想了想，何家這樁事雖然情節惡劣，但畢竟不是什麼謀財害命的大事，賠償一些銀子應該能抵罪，便道：「等要到了銀子，皇兄可以修書給大皇兄，把討要銀子的事告訴他，並另外撥足軍需品送過去，只要有銀子、有軍需品，大皇兄自然不會說什麼。」

文帝在御書房內來回踱步了一會兒，點頭應了下來。

幾日之後，朝中傳來了消息，原本只捐三十五萬兩銀子的何家，一口氣又捐了六十五萬兩，足足湊了一百萬兩的銀子。何家老太爺為了這個在榻上氣得心肝疼，而兵部、禮部的官員，也在不知不覺中有了大規模的遷調，好些官員或降職、或調離金陵，去了偏遠的地方。康廣壽因為在江寧任內的考績優異，被破格調任至兵部，擔任主事一職。

冬去春來，謝玉嬌住著的小院旁邊，這幾日又傳來了隆隆的火炮聲，幾十門火炮都已經製作完畢，正在進行最後的演習。

徐氏親自過來接謝玉嬌回謝家宅住，她聽見火炮聲，忍不住問道：「晚上也這麼吵嗎？那怎麼睡得著？」

「晚上有時候會來兩下，不過過了戌時就安靜了，不只是我，如今連她都習慣了呢！」此時謝玉嬌已經懷孕七、八個月了，整個肚子圓滾滾的。

徐氏笑著說道：「可不是，那麼大聲，可別嚇壞了孩子，還是早些跟著我回去住得好。」

原本謝玉嬌還打算在這邊多住一陣子的，可是徐氏都已經忍不住親自過來接她了，她也不好意思讓徐氏白跑一趟；況且如今謝玉嬌的肚子越來越大，周天昊也不敢再碰她，兩人天天睡在一起，又是對耐力的一種考驗。謝玉嬌見周天昊這幾日也很忙，心一橫就答應徐氏回謝家宅。

「剛開始聽見火炮聲的時候，我嚇了一跳，她也跟著在肚子裡抖了抖呢，如今倒是好多了。」謝玉嬌伸手摸了摸自己的肚皮，依稀能感覺到裡面的小寶寶正安安穩穩地睡著。

就在此時，周天昊從門外走了進來，他看見徐氏，拱了拱手，接著對謝玉嬌道：「我有空就過去看妳，妳跟著岳母回去吧！」

徐氏知道謝玉嬌和周天昊兩個人必定還有話要說，便領著丫鬟們去外頭整理行李，留他們在房裡。

謝玉嬌稍稍側過身子，低著頭道：「聽說現在北邊又打了起來，你最近專心練兵吧，不用老是記掛著我。」

說到這裡，謝玉嬌轉過身來，頓時紅了眼眶，握著拳頭往周天昊的胸口搥道：「你這個壞人，當初騙我要解甲歸田，哄我嫁給你，如今卻又要……」

謝玉嬌再也說不下去，忍不住抽泣了幾聲，接著就被周天昊摟進懷中安撫，他吻著她的髮絲道：「我發誓，這是最後一次了，妳放心，這次我絕對不騙妳。」

其實謝玉嬌方才不過一時沒忍住而已，這會兒見周天昊又是發誓、又是保證的，早就不氣了，用手戳著他胸前的鎧甲道：「大概是快要生了，最近情緒總有些波動，你別太放在心上。」

周天昊如何能不放在心上，他早就自責得心痛了，低頭想了想，他嘆了口氣道：「本該陪著妳的，要不然到時我向皇兄請幾天產假？」

謝玉嬌聽了這話，忍不住笑了出來，捏了捏周天昊的臉頰道：「少尋我開心了，只怕皇兄連什麼是產假都不知道吧？你啊……」

說著，謝玉嬌閉上眼睛、踮起腳尖，對著周天昊的唇瓣親了上去。

周天昊輕輕地回吻了謝玉嬌，接著捏了捏她的鼻頭道：「好了，車馬都在門外等著啦，我送妳出去。」

謝玉嬌點了點頭，雖然還是依依不捨，但也只能讓周天昊扶著自己出門。

院子裡的桃花開了一片，紅豔豔的像火一樣，周天昊順手折了一朵，簪在謝玉嬌的鬢邊，滿含柔情地看著她。

「我要走了，說好嘍，你可不准常跑過來啊！」從湯山到謝家宅來回要幾個時辰，他這樣騎馬奔波，她實在心疼。

「好，我聽妳的，想妳的時候就去。」周天昊顯然沒把謝玉嬌的話放在心上。

去。

謝玉嬌也不去跟周天昊爭辯，點了點頭，由丫鬟們扶著上了馬車，徐氏則跟在她後頭進

一挽起簾子，謝玉嬌就看見周天昊站在外頭，她想了想，也不知道還有什麼話能說，便淡淡道：「去吧，我們這就走了。」

馬車緩緩動了起來，謝玉嬌靜靜凝視著周天昊，看見他的身影越來越遠、越來越小，這才放下簾子嘆了口氣。

徐氏見謝玉嬌心事重重的，不禁開口問道：「我聽妳舅舅說北邊又打了起來，昊兒是不是……」

謝玉嬌知道徐氏禁不得嚇，但要是不告訴她，只怕她又會寢食難安，便勸慰道：「嗯，只是目前狀況仍不明朗，殿下還沒說要動身，娘就暫且放心吧，不到最後關頭，殿下不會親自出馬的。」

徐氏終究還是不放心，嘆道：「娘心疼他，也心疼妳，更心疼妳腹中的孩子，只希望老天保佑，讓這場仗早點打完吧！」

謝玉嬌輕輕應了一聲，如今她月分大了，禁不起顛簸，只能靠在馬車壁上閉目養神，把這些令人心煩的瑣事先拋到腦後去。

謝府裡，徐氏早已經安置好了一切，還請了兩個年輕又健康的奶娘候著，做好了謝玉嬌

臨盆的所有準備，省得之後為了這些事手忙腳亂。

謝玉嬌住回了繡樓裡，一樓的一間空房特地布置成嬰兒房，省得生產過後房間裡血氣太重，衝撞了小娃兒。

小娃兒的衣服都預備齊全了，因為不知道性別，因此謝玉嬌準備了一些藍色、黃色的小衣裳，這樣不論男女，穿起來都好看得很；只有徐氏還一味覺得是男孩，親手做了幾件寶藍色的褂子跟正紅的小肚兜。

另外，徐氏還打了一匣子的金鐲子、金鎖片、金項圈，謝玉嬌瞧著那些讓人眼花撩亂的配件，哭笑不得道：「娘這是何必呢？孩子還那麼小，準備這些做什麼？難道她能戴上不成？」

「就算戴不成也該備著，不管男女，這些將來總派得上用場，若是男孩，就留著娶媳婦用；若是女孩，也能充當嫁妝。」徐氏滿臉堆著笑，繼續道：「再說，這不是只給小娃兒一個人的，朝宗也有，我不過就是多打了一些而已。」

謝玉嬌聽徐氏這麼說，只好勉為其難地收下，命丫鬟放進庫房鎖起來。

「娘實在不需要這樣，她怎麼能跟朝宗比呢？不過是外孫罷了，朝宗可是謝家的獨苗。」謝玉嬌雖然收下了東西，可心裡還是覺得有些不妥，不知道別人曉不曉得徐氏做的這些事，雖說如今謝家都是徐氏說了算，但這麼做很難不落人口實。

「什麼外孫不外孫的？娘只知道，若是沒有朝宗，這個謝家就是妳一個人的，只是老天可憐妳爹無後，這才有了朝宗，但娘絕對不會因為有了他就虧待妳。」徐氏說著，拍了拍謝玉嬌的手背道：「妳放心好了，娘心中自有計較。」

謝玉嬌這才鬆了口氣，雖說徐氏還是有些糊塗，然而她當了這一陣子的家，卻練出幾分氣勢來了。

「那女兒就放心收下嘍，還是娘對我最好了。」謝玉嬌撒嬌道。

徐氏聽了這話，心裡甜滋滋的，她又叮囑謝玉嬌了幾句，就帶著丫鬟回房休息了。

謝玉嬌躺在床上，一時之間有些睡不著，她肚子裡的孩子大概也知道換了地方，一個晚上動個不停。謝玉嬌靠著枕頭，看向外頭的夜色，她來這裡不過三年多的光景，卻彷彿已經經歷了一世，如今有個新生命將要透過她的身體來到這個世界，即使堅強冷靜如她，也難免緊張起來……

第八十章 與子偕老

聽說謝玉嬌回謝家待產，好些人前來探望她，這日則是沈家大娘帶著他們家的小女兒前來。

因為沈石虎的事，謝玉嬌總覺得有些對不住沈家，如今見沈大娘高高興興地來看她，心中那塊大石頭就落下了。沈家小女兒今年十五歲了，也到了議親的時候，前些日子已經由徐氏牽線，將她和陶來喜的二兒子配在一起。

說起陶來喜家的二兒子，他可是在棲霞書院念書，來年就要考舉人了，先不論能不能高中，總之他是眾人眼中的潛力股，不知道有多少姑娘家願意跟著他，因此沈家豈有不應下來的道理？

陶來喜知道沈家是謝朝宗的親舅家，家裡另外兩個男孩子也都在讀書，將來彼此都能幫襯，也對這門親事沒有任何意見。

謝玉嬌前幾日才聽說這件事，如今見了沈家二姑娘，免不了恭喜她一番，又送了她一對赤金纏絲手鐲。

小女兒有了好歸宿，沈大娘自然高興，但是之前沈石虎的事，實在讓她有點尷尬。他和謝玉嬌的身分一比，原本就有點癩蝦蟆想吃天鵝肉的的感覺，如今謝玉嬌嫁的是當朝王爺，更是高不可攀，因此便陪笑道：「姑奶奶氣色看起來真不錯，肚子又圓又尖的，可找大夫瞧過？會不會是男娃？」

謝玉嬌笑著回道：「倒是沒問過，只是不論男女，殿下都喜歡。」

沈大娘又道：「前兩日才收到我家老大的信，說他殺了好幾個韃子，如今已升了校尉，也不知道是個什麼官？」

謝玉嬌對將士的等級也不太明白，但是升級總歸是好事，便道：「校尉也不小了，似乎再升一級就是將軍了？」

沈大娘聽了樂得合不攏嘴，一個勁兒地點頭道：「要真是這樣，那就是祖宗積德，咱們沈家也能出個將軍了。」

在她們聊天的時候，沈姨娘安安靜靜地坐在一旁，臉上一直帶笑。她如今一心一意照顧謝朝宗，平常也會幫忙徐氏處理一些內院雜事、做做針線活，原本有些消瘦的身子倒是發福了幾分。

這時候謝朝宗從外頭進來，他見到沈大娘，恭恭敬敬地行禮，喊了一聲「婆婆」。徐氏笑著拉謝朝宗到她懷裡坐下，問他方才出去玩了些什麼，眾人開開心心談天，氣氛和氣融融。

用過午膳後，謝玉嬌回繡樓小憩片刻，等她醒來的時候，看見一襲銀亮的鎧甲出現在簾外，她清了清嗓子，周天昊便轉過身挽了簾子進來。

「妳醒了？」周天昊輕聲問道。

謝玉嬌才剛睡醒，臉頰有些泛紅，她低啞著嗓子問道：「你來了怎麼不叫醒我？」

「丫鬟說妳月分大了，晚上總睡不好。」周天昊說著，坐在謝玉嬌的床沿上，伸手理了理她有些散亂的髮絲，眸中散發著柔情。

「你想我了？所以過來？」謝玉嬌眨著眼問周天昊，臉上還帶著幾分嬌笑。

「無時無刻不想，只是不能隨時過來罷了。」說完，周天昊握住謝玉嬌的手，低頭在她手背上落下一吻。

謝玉嬌看見周天昊身上的鎧甲，擦得閃閃發亮，就像是出鞘的寶劍一樣，不禁喃喃道：「待你上了戰場，我可不准你時時刻刻都想，等殺了韃子回來，我們就要一輩子一起，永遠不分開。」

周天昊聞言愣了片刻，他這次來謝家，其實正是為了出征之事，只是謝玉嬌臨盆在即，他還沒想好到底要怎麼跟她開口，誰知道她卻比自己先說出來。

此刻周天昊頓時生出幾分尷尬，他嚥了嚥口水道：「嬌嬌，妳這是……」

謝玉嬌很清楚周天昊捨不得她，可也放不下前線的戰事，索性依偎在他身上，小聲道：「怎麼了？你不好意思說的話，我替你說了，還有什麼不滿意的嗎？」

周天昊黝黑的臉龐微微一紅，他嗅著謝玉嬌的髮絲道：「怎麼會不滿意？我對妳向來滿意得很，只是覺得……」

說起來周天昊算是油嘴滑舌，這個時候反倒變得不會說話，謝玉嬌見他這般語無倫次，抬起頭來，用手指壓住他的唇瓣。

這次戰火蔓延得極快，一年的蟄伏，已經是大雍和韃靼彼此的極限，大雍的將士經過嚴格的操練，不再像當初那麼好對付，目前已經讓韃子退後達上百公里。

周天昊這次雖然不在戰場，卻是心急如焚，因為一旦韃子退到京城，必定會採取死守的戰略，那麼這個時候那幾十門的火炮，就是決勝的關鍵了。

「皇兄已經下旨封我為征北大元帥，帶著火炮去前線支援，只怕過不了幾日就要走了。」說著，周天昊伸出手撫摸起謝玉嬌那圓滾滾的肚皮，這裡面是他第一個孩子，只可惜，他大概不能親眼見她來到這個世界上了。

謝玉嬌握住周天昊那帶著老繭的掌心，臉上帶著笑道：「那不是更好？等到你回來的時候，她大概已經會叫爹了，你不用出力，就白白得了一個乖寶貝呢！」

周天昊知道謝玉嬌是故意逗自己，可是這時候他卻怎麼樣都開心不起來。此時他見謝玉嬌忽然低下頭去，接著又覺得自己的手背一熱，原是她眸中的淚滴落了下來。

托著謝玉嬌的臉頰，周天昊低頭溫柔地吻去她臉上的淚痕，正色道：「嬌嬌，等我回來。」

謝玉嬌努力地點了點頭，伸手抱住周天昊，靠在他的懷中，久久不肯放開。

三日之後，劉福根從城裡帶了消息回來，明天便是大軍開拔之日。這幾天周天昊一直都在湯山的防衛營整頓軍備，明天一早軍隊就會從湯山啟程，路經金陵城東門，由文帝目送他們北上討伐韃靼大軍。

失去城池不過一朝一夕的事，想要奪回來，卻得經歷太多磨難與努力。謝玉嬌低低嘆了口氣，只怕周天昊回來的時候，娃兒不光會喊爹，甚至都要能到處跑了。

徐氏聽到這個消息，忍不住在心中嘆息，她見謝玉嬌的臉色不好看，便開口勸慰道：「妳如今身子不方便，也不能親自去送他一程。」

謝玉嬌愣了片刻，低下頭伸手撫摸自己的肚皮，淡淡道：「不送也罷，反正他早晚會回來。」

徐氏聞言，一個勁兒地點頭稱是，這時候謝玉嬌稍稍欠了欠身子，忽然聽見下面嘩啦一聲，身子底下的春衫瞬間濕了一整片，她皺起秀眉，捂著肚子道：「娘……娘，我的肚子……肚子疼……」

見到謝玉嬌身下濕了，徐氏嚇了一跳，知道她這是羊水破了，可算算時日，還有半個多月才要生，這下是早產了。

徐氏趕忙起身扶著謝玉嬌躺到炕上，又吩咐道：「快……快去找穩婆，再把衛靜喊來。」

說完，徐氏見劉福根在一旁站著，急忙道：「你……你快去軍營告訴昊兒，就說嬌嬌要生了。」

謝玉嬌這時候挺過了一陣疼痛，她聽徐氏這麼吩咐，慌忙喊住劉福根道：「劉二管家留步，不要去……不要去軍營，讓他放心離開。」

雖然謝玉嬌沒生過孩子，卻很清楚生產這件事不容易，她又是頭胎，快一點少不了也要三、四個時辰，要是慢的話，只怕拖個兩、三天都有可能，她這時候才剛開始痛，要是告訴周天昊，豈不是耽誤了他明日的行程？

若是周天昊這個主帥被自己牽絆住，導致軍心動搖，那可不是鬧著玩的。

「嬌嬌，妳這又是何苦呢？」徐氏見謝玉嬌疼得皺著眉頭，忍不住擦了擦眼淚。

謝玉嬌緩了一口氣道：「沒有他，孩子一樣能順產，若是因此耽誤了他們出征的吉時，那就是千古罪過了。」

徐氏聽了這番話才止住淚水，對劉福根點了點頭道：「劉二管家就聽嬌嬌的吧，你在門口候著，等昊兒出發了，咱們再報喜去。」

劉福根不斷點頭稱是，忙去外頭候著，一時之間婆子、丫鬟忙進忙出地準備東西，謝玉嬌則被扶著進了產房。一陣陣痛楚襲來，她只能咬著汗巾強忍疼痛，額頭上冒出一片冷汗。

「嬌嬌，妳千萬要忍著點，頭一胎比較折騰，以後就好了。」徐氏一邊安慰謝玉嬌，一邊替她擦汗。

謝玉嬌卻想不明白，這麼痛……生一個已經是活受罪了，誰還願意生第二個啊?!

「啊……」謝玉嬌帶著哭腔喊出聲，身子忍不住扭動起來。

徐氏焦心地拉著謝玉嬌的手，看著她這般痛苦，恨不得代替她受難。

這個時候衛靜和穩婆都已經到了，衛靜替謝玉嬌把過脈搏，穩婆則檢查了一下產道開指的情況，確認過後，穩婆道：「姑奶奶胎位是正的，但瞧著尚未入盆，只怕還要等一等。」

衛靜等穩婆說完才開口道：「我這裡有江老太醫留下來的催生保命丹，先讓夫人吃一顆，這樣產程就能稍微快一些。」

那位穩婆雖然是附近最有名的，但是並未幫京城的官家接生過，她聽說有這種藥，便回道：「既然有這種藥，那再好不過，讓姑奶奶服下之後，再等上幾個時辰，也就差不多了。」

謝玉嬌聽說還要再疼幾個時辰，忍不住握著徐氏的手，把臉埋在她掌心哭了起來。

徐氏又是心疼、又是擔心，她抖著手替謝玉嬌擦汗，不停輕聲勸慰道：「嬌嬌忍著點，一會兒嗓子啞掉，可就喊不出來了，留著力氣吧！」

謝玉嬌這個時候哪裡還有什麼理智，眼淚與尖叫無非都是生理反應而已，疼痛已經超越了她能承受的極限，可是除了忍，也沒別的辦法。

不知道過了多久，天色漸漸暗了下去，廊下點起了一盞盞燈籠，繡樓裡一直傳出忽高忽低、嘶啞的尖叫聲。忽然間，尖叫聲消失了，片刻之後，一道洪亮的啼哭聲從房間裡傳了出來。

謝玉嬌整個人昏昏沈沈的，迷迷糊糊間，只感覺到徐氏抱著孩子送到她眼前，可是她這會兒已經用盡了力氣，連抬起眼皮看清孩子長相的力氣都沒了。

徐氏見謝玉嬌合上了眸子，嚇得連忙將孩子遞給一旁的奶娘，轉頭道：「嬌嬌……嬌嬌妳這是怎麼了？」

一旁的衛靜連忙跨步上前，握住謝玉嬌的手腕，細細診治了半天，之後才鬆了口氣道：「謝夫人放心，我們夫人只是累得昏睡過去，並無大礙。」

徐氏聽了才放下心來，臉上堆著笑去看初生的小娃兒，笑著道：「真是的，累得連自己的閨女都沒能看一眼，就睡過去了。」

謝玉嬌這胎生了一個閨女，就跟謝朝宗猜的一樣，看起來謝朝宗的眼睛可比徐氏的瞎猜管用多了。

張嬤嬤湊上來看了小娃兒一眼，笑著說道：「夫人您瞧瞧，這女娃就跟小姐長得一模一樣啊！老奴記得當年小姐出生的時候也是這個樣子，哭聲響亮得不得了，可是一哭過就乖乖地睡覺，一點也不鬧人。」

「可不是？如今她都這麼大了，還生下了自己的娃，看來我們都老了呢！」徐氏一邊說，一邊忍不住感動得落下淚來。

昏睡中的謝玉嬌雖然暫時中斷跟外界的聯繫，但是仍舊覺得自己疲憊不堪，彷彿積蓄了許久的力氣，都在這一天內用光了。她睡得特別沈，甚至還夢見了她前世的媽媽，一個跟徐氏容貌相同，溫婉慈愛的女子。謝玉嬌告訴她自己在別的世界活得很好，還替她生了一個外孫女，她看見媽媽高興得落下淚來，囑咐她要好好過下去。

謝玉嬌還想跟媽媽多說幾句話，可是人忽然間就不見了，她緊張地睜開眼睛，只見昏暗的燭光下，一張俊逸剛直的面容出現在她眼前。謝玉嬌嚇了一跳，以為自己仍置身夢中，忍不住伸出手去，撫上他那道英氣的眉。

窗外的天空已經露出了魚肚白，周天昊握住謝玉嬌的手，低頭在她手背上親了一口，抱著自己的帽盔站起來，迎著朝陽，朗聲道：「嬌嬌，妳和閨女一起等著我回來。」

又是一年夏末，山下的農家小院中，幾個丫鬟正圍著一個穿著紅褂子的小女娃，手把手地教她走路。

小女娃膽子小，人家一鬆開手，她就不敢動了，只站在原地，紅著眼睛看著周圍的小丫鬟們，接著小小的鼻頭皺了皺，落下了淚來。

一個穿著秋香色褙子的年輕婦人見了，不禁嘆了口氣，連忙放下手中的東西，走過去道：「妳們幾個又欺負小姐了？仔細妳們的皮。」

這話才剛說出口，就聽見房裡傳出一個脆生生的聲音來。「奶娘別說了，是我讓她們看著妞妞，讓她練練膽子的，都一歲多了，還不敢自己走路，整天要人抱著，怎麼行呢？」

那位年輕婦人聽了，陪笑道：「夫人說得是，只是平常殿下實在嬌慣小姐，只要他在家，都不讓小姐離開他的手，再這樣下去，奴婢這個奶娘都該回自己家去了。」

謝玉嬌淡淡一笑，稍微示意了一下，便有丫鬟替她挽了簾子，讓她從裡頭出來。

站定在原地的小女娃看見謝玉嬌，立刻張開雙手，奶聲奶氣地喊道：「娘……娘……抱抱……」

她的小嘴唇一抖一抖的，眼看著淚水又快掉下來了。謝玉嬌看見女兒這副模樣，一顆心沒來由地抽了一下，跟著心疼起來；只是今日好不容易周天昊不在家，若是再不趁著此機會，讓這個丫頭學會走路，等她爹回來，就又是扛脖子騎大馬的了，哪可能放她下來自己走？

「妞妞乖，自己走到娘這邊，娘就抱抱妳好嗎？」謝玉嬌蹲下身子，朝小女娃伸出手，因為怕她跌倒，謝玉嬌的手離她半公尺遠而已，周圍還有一群丫鬟護著，算是給她很大的鼓勵跟空間了。

小女娃很想挪出腳步，可是才剛剛動了一下，她的身子就晃動起來，嚇得她連忙把腳縮回去，接著乾脆一屁股蹲下哭了起來。

「娘壞……娘壞壞……妞妞要爹……」

眼看自己的寶貝女兒要起賴來，謝玉嬌只能乾瞪著眼，看她打算鬧到幾時。

遠在金陵行宮的周天昊，正坐在文帝的寢宮內，只見一批批太醫走進去又走出來，他們還時不時用袖子擦著額頭上的汗。周天昊抬起頭來，就看見徐皇后摟著二皇子的肩，躲在角落掉眼淚。

這個時候，一直在文帝身邊服侍的劉公公從簾子後走了出來，他向周天昊行禮道：「殿下，陛下請您進去。」

周天昊站起身，臉上神色肅然，他跟在劉公公身後，一顆心不斷往下沈。

接近文帝的寢榻時，劉公公忽然放慢了腳步，稍稍側首，低聲對周天昊道：「殿下，只怕陛下是熬不過這關了，您要節哀啊！」

周天昊只覺得胸口一悶，呼吸都變得艱難起來。他從京城那個死人堆中爬回來之後，不過才過了兩、三個月的時間，竟然就傳出這樣的噩耗。文帝去年冬天感染風寒後，一直無法痊癒，不斷咳嗽，直至前幾天咳出血來，就這樣起不了身了。

「本王知道了，多謝劉公公費心，皇兄的後事，已經開始安排了吧？」雖然不願意提起這件事，但周天昊還是得問出口。

「皇后娘娘已經吩咐下去了，雖然陛下一心想回北邊，可如今京城被炸成了半片廢墟，前幾日安國公才傳信回來，若要北遷回京，至少還要再等兩年，這……」說到這裡，劉公公不禁老淚縱橫。

此時宮女挽起了最後一道簾子，周天昊深深吸了一口氣，努力克制住鼻腔傳來的那股酸澀，走到文帝跟前。

「皇兄，您還好嗎？」周天昊說出這句話的時候，忍不住哽咽出聲，兩行淚無聲無息地落下。

文帝雖然沒什麼精氣神，可是臉色看起來卻還不錯，大概就是所謂的迴光返照吧？他看見周天昊落下淚來，澀笑道：「男兒有淚不輕彈，皇弟是頂天立地的漢子，更不可如此。」

周天昊微微頷首，換上一副笑容道：「皇兄，京城已經收回來了，臣弟還多占了韃子幾百里的草原，等皇兄痊癒，就能去草原狩獵，到時候可以跟臣弟一較高下。」

文帝臉上帶著笑，勉強點了點頭，又合上了眸子，說道：「你從小就桀驁不馴，可是先帝卻最喜歡你……你說你不想當皇帝，為了這件事跟先帝爭吵，鬧得離宮出走，可是到頭來，你還是沒解脫，朕替你做了十幾年皇帝，然而這江山，卻是你替朕奪回來的……」

說到這裡，文帝忍不住又咳了幾聲，他喘了幾口粗氣，才繼續道：「可……可是……如今……如今朕要去了……皇兒他……他還小，你……你……」

周天昊此刻已經明白文帝的意思，臨終託孤這件事，本不好回絕，可是周天昊卻低著頭，撩起袍子跪在文帝跟前，重重磕頭道：「皇兄，臣弟沒有戀棧權勢之心，只想陪著妻女，農舍茅屋、粗茶淡飯。眼下大雍已經收回故土，二皇子有安國公輔佐，必定能成為一代英主，懇請皇兄打消念頭，放臣弟一條生路吧！」

文帝聞言，咳得更嚴重了，一旁的太醫急忙端水給他，文帝喝了口水，勉強緩過氣來，過了良久，他才喃喃開口，彷彿在自言自語。「也是……你連皇帝都不想當，一個攝政王之位，又如何困得住你呢？罷了、罷了……你……走吧！」

周天昊伏趴在地，額頭緊緊貼在底下冰涼的青石板磚上，聽到文帝此言，又重重地磕了幾下頭。

文帝說完這些話，無力地揮了揮那垂在寢榻外的手，周天昊用眼角的餘光看見了，握緊拳頭，重重地閉了閉眼，隨即撩袍起身，頭也不回地離去了。

小院中，謝玉嬌和小女娃學走路的拉鋸戰還沒結束，任憑謝玉嬌怎麼哄，小女娃只顧蹲在地上，委屈地掉眼淚。

正當謝玉嬌支著額頭，實在不知道如何是好時，一道洪亮的聲音忽然從遠方傳來。「妞妞別怕，爹回來了。」

小女娃聽見這熟悉的聲音，再也克制不住心中的委屈，竟然動作迅速地站起身子，朝周天昊進來的方向飛奔而去。

沒錯，是飛奔……不算真正會走路的妞妞，在看見她老爹的這一刻，終於掌握了「走」的功夫，並且觸發了隱形技能，直接晉級為「跑」。

周天昊抱起小女娃，狠狠地親了一口，見她小臉都哭花了，問謝玉嬌道：「趁我不在家，妳又欺負閨女了？」

謝玉嬌絞著帕子，咬牙道：「我哪裡欺負她了？你這個……有了閨女就不要媳婦的壞蛋。」

周天昊聞言哈哈大笑起來，他走到謝玉嬌身邊，忽然將她一把摟進懷中，咬著她的耳朵道：「誰說的，我當然要，晚上更要狠狠地要。」

謝玉嬌一張臉頓時脹得通紅，她用拳頭捶著周天昊的胸口，一旁的小女娃笑著道：「羞羞，臉紅，娘生小弟弟。」

看著他們父女倆一唱一和，謝玉嬌覺得自己簡直無力招架，只好笑咪咪地在他們兩人臉上各親一口，又捏了捏女兒的小臉道：「妞妞乖，我們先回去吃晚飯，晚上睡覺時讓爹講故事給妳聽好不好？」

小女娃一個勁兒地點頭。「好……講灰姑娘、王子。」

故事裡的灰姑娘與王子幸福地生活著，而故事外的謝玉嬌與周天昊，也會開開心心，永遠快樂地度過一輩子……

——全書完

不求雙飛翼　願能一點通／芳菲

2016年10月出版

彩鳳迎春

她的老鄉在京城開了鼎鼎有名的寶育堂，她的天衣閣也不遑多讓，
如今她不僅事業得意，愛情也頗為圓滿，
只可惜，相公的科舉之路卻不太順，遇上歹人惡意阻撓，
與此同時，婆婆又驟逝，連番打擊下，相公會否一蹶不振啊……

文創風 459 1

趙彩鳳，年方十五，自小便和隔壁村的一戶人家結了娃娃親，
誰知那短命鬼活到十六歲竟開始害起病來，且還病得不輕，
男方家於是急忙要把婚事給辦了，順便看能不能沖一沖喜，
不料，轎子才抬到半路上，那小子就嚥氣啦！
所以，退親的轎子還沒抬回家門口，小閨女一個想不開就投河自殺了，
然後，再睜開眼時，她這個21世紀的趙鳳竟莫名其妙地成了趙彩鳳！

文創風 460 2

穿來一陣子後，她也算是對趙家幾口人有些瞭解了——
頂樑柱趙老爹已不在人世，由寡母獨力扶養四個子女，
因為要照顧弟妹們，所以家中能外出工作掙錢的只有母親，
想當然耳，一家子的生活能有多好？真是窮得連狗都嫌啊！
幸好她沒那麼輕易被打倒，家裡沒錢，那就想辦法賺嘍！
女子最好在家相夫教子那一套，她這個現代人可不打算奉行呢！

文創風 461 3

嗯？母親與隔壁的宋家寡母密謀著把她和宋家獨子湊成對？
宋家這個大她幾歲的窮秀才她是略知一二的，畢竟是鄰居嘛，
老實說，他長得也算斯文俊朗，是貨真價實的小鮮肉一個，
若不是他家實在窮極了，想嫁他的姑娘應該不少才是，
可姊在現代已是近三十的輕熟女了，這麼嫩的鮮肉她實在沒臉吞啊！

文創風 462 4

這回宋明軒要上京考舉人，她被點名跟著去替他張羅生活起居，
可沒名沒分的，她這個鄰家妹子跟著去算個啥啊？
偏偏她也想去京城考察一下做生意的可能性，便就答應了，
這天子腳下果真繁華熱鬧，若能弄間鋪子應能賺點錢定居下來，
剛好她家姥爺廚藝佳，招牌的雞湯麵更是遠近馳名，
不若就把姥爺、姥姥接來住，開間麵店，還能就近照顧二老呢！

文創風 463 5

這個宋明軒不僅中舉了，還是頭名的解元，也太厲害了吧？
看來這小鮮肉不容小覷，好好栽培說不定將來還能中狀元呢！
既然另一半這麼有前途，那這賺錢養家的責任就包在她身上吧！
首先嘛，先想個鴛鴦火鍋的點子賣給酒樓，每年分些紅利，
接著再拿筆錢開間綢緞莊，把日子過得紅紅火火、滋滋潤潤的，
唉唷，這光是想想，她都覺得銀子要滾滾而來了呢！

文創風 464 6 完

手工量身訂製服這門手藝在現代也是頗受推崇的，
畢竟它走的是獨一無二的路線，並且還絕不會跟別人撞衫，
對滿京城的千金小姐們來說，這是多大的福音啊！
衝著這一點，趙彩鳳決定好好開發頂級客層這條線，
試完水溫後甚至還直接開了間天衣閣，專門經營這一塊，
果然，她的判斷無誤，貴女們爭相下訂，花錢都不眨眼的啊！

2017年2月出版

冤家勾勾纏

文創風 497～498

上一世，他為了忠君令她抑鬱而終，
這一世，他誓言再不負她、傷她，
所有阻礙在他們之間的人，他都要一一除去……

願得一人心　白首不相離／紅葉飄香

即便她是身分尊貴的郡主，還有個皇帝舅舅又如何？
他身邊及心中最重要、最關心的人永遠不是她寧汐。
新婚之夜，他那青梅竹馬的表妹突然生病，還昏迷不醒，
他在表妹屋外守了一夜，而她則天真地認為兩人兄妹情深；
兩年後她懷孕了，尚在驚喜中就被表妹的一番話打蒙了，
表妹說自小在侯府長大，願意屈身給她夫君做妾，望她成全。
笑話，她為何要與其他女子分享丈夫？何況這人還是自己的摯友！
不料她拒絕後，表妹竟下藥生生打掉她的孩子，害得她再不能受孕！
為了安撫她，侯府將表妹遠嫁江南，呵，這算哪門子的懲罰？
於是，她與舒恒的夫妻緣分走到了盡頭，至死都是對相敬如冰的夫妻，
幸而上天垂憐，讓前世抑鬱而終的她重生回到了未嫁人前，
這一世，她不奢求潑天的富貴，也不奢望什麼情愛了，
只求能活得肆意些，想笑就笑，想哭就哭，不再委屈了自己便好，
無奈，只是這麼個小小的希望，竟也是求之卻不可得。
她不懂，他既不愛她，又何苦與她糾纏不清，甚至求了皇帝賜婚呢？

2017年2月出版

娘子押對寶

文創風 491～492

這個時代的女子過得太拘束，
她想讓她們的生活也能海闊天空，
於是，大燕朝討論度最高的「公瑾女學館」就此開張……

同舟共濟，幸福可期／新綠

張木盼著能嫁個好郎君，不求大富大貴，只求兩廂情願，
只是前夫家一直死纏爛打，大有不弄死她不罷休的意味，
好不容易擇了個好姻緣，卻時不時冒出覬覦自家夫君的小娘子，
她要斬斷前夫這朵爛桃花，又要護住得來不易的家，
沒想到在古代經營婚姻竟這般不容易！
關於夫君吳陵，他是木匠丁二爺的徒弟兼養子，真實身分是個謎，
不過對張木來說，只要夫妻攜手並進，簡單過日子她便心滿意足，
尤其相公寵她護她，看似溫和俊秀，其實閨房之樂也參透不少，
她異想天開想經營女學館，他也把家當雙手奉上。
她本以為兩人風雨同舟，就沒有過不去的風浪，
豈料某天相公離家未歸，她這才明白他其實大有來頭，
他的深藏不露，原來是有一段不堪回首的過去——

喜逢好逑　並蒂成歡／半巧

2017年2月出版

貴妻揚進門

既然嫁與不嫁是兩難，又非得選條路走，
要不豁出去……跟那男人賭一把？

文創風 493 1

昏迷醒來竟穿越到古代，家徒四壁，還有弟妹要養？!
佟析秋連抱怨都省了，趕快賺銀子撐起門戶才是正經！
可親爹卻派繼母接他們進京，逼她嫁入鎮國侯府，
既然逃不了，不如交換條件，讓弟妹分府自立吧。
但侯府流言甚多，聽說她要嫁的亓三郎不光丟官還瘸腿毀容？!
這夫家是個坑啊……但為謀得生機，她也只好冒險一搏了！

文創風 494 2

說到成親這件事，亓三郎忍不住要誇自己娶得好，
當初他虎落平陽，差點被那口惡氣憋死，
好不容易相中喜歡的姑娘，當然要想辦法明媒正娶！
佟析秋果然沒讓他失望，雖然是個小財迷，
但智謀與他平分秋色，馭人更勝一籌，他的妻捨她其誰？
他打算日久天長地慢慢寵她，把她的心手到擒來～～

文創風 495 3

後宅危機四伏，朝堂也暗潮洶湧，
家裡小人打不完，奪嫡之火卻熊熊燒上侯府，
佟析秋被誣陷與皇子有染，險些丟了小命，
亓三郎大怒，決定替她討回公道，讓她的心牆瞬間瓦解——
他挺她信她，又堅持不納妾，這樣好的夫君上哪兒找？
她不能讓他獨自犯險，既然是禍躲不過，就一起面對吧！

文創風 496 4 完

自古天家無父子，太子露出狐狸尾巴，率軍逼宮，
亓三郎拚死救駕，保全侯府，陪著佟析秋平安生下龍鳳胎。
孰料日子才平靜不久，壞消息又接二連三地來——
大兒染上急症命在旦夕，隨後又與妻子分別被擄，下落不明！
種種證據指向東宮餘孽及府中內應，豈能原諒，
敢在虎口拔鬚？他一個都不會放過，統統等著見閻王吧！

流浪貓狗介紹所

為流浪貓狗加油 和貓寶貝 狗寶貝

廝守終生(一定要終生喔！)的幸福機會

對人來說，貓寶貝狗寶貝只是生活的一部分，但妳（你）對牠們來說，卻是生活的全部，領養前請一定要考慮清楚——

▲ 機靈又逗人的小短腿　Sun

性　　別：男生
品　　種：米克斯
年　　紀：1歲
個　　性：活潑不怕生，極為聰明靈巧
健康狀況：身體健康，2016年8月已接種疫苗
目前住所：台中市霧峰區

本期資料來源：台灣認養地圖

『Sun』的故事：

Sun被救援時是在2015年寒流來襲的前夕，當時牠只有兩個月大，對一切都還懵懵懂懂。中途發現牠時，牠正一副不知天高地厚的模樣，四腳朝天的躺在車速極快的路上，自己開心地玩著。中途怕Sun一不小心就會遭遇不測，便趕緊將牠帶離，安置在園裡一個叫「貓屋」的地方。

然而中途察覺，Sun對身形比自己大的狗有高度的恐懼，光是遠遠地看著都會發出慘叫聲，甚至想要盡可能地遠離。中途猜想，Sun在外頭或許曾被成犬攻擊過才會如此，而那麼小的毛孩子卻總是驚慌失措的樣子，讓人十分心疼；於是，Sun就被志工帶回家中照顧，對大狗的恐懼也才漸漸有所改善。

待在志工家中一段時間後，Sun又回到「貓屋」生活，牠不像一開始那樣對其他成犬感到害怕，甚至還迅速篡位成了「貓屋」裡的狗王呢！中途表示，最令他們感到好笑又有趣的是，Sun剛來到園裡時，腳掌很大，腳骨又粗，大家都堅信牠長大後是大型的米克斯，沒想到後來卻變成矮矮壯壯的小短腿，這讓大夥們都非常意外呢！

如果您喜愛並有意收養可愛的矮壯小短腿Sun，歡迎來信leader1998@gmail.com（陳小姐），或傳Line：leader1998，或是搜尋臉書專頁：狗狗山。

認養資格：

1. 認養者須年滿20歲，有獨立經濟能力，並獲得全家人的同意。
2. 須同意簽認養寵物切結書，並能讓中途瞭解Sun以後的生活環境。
3. 同意送養人日後之追蹤探訪，並對待Sun不離不棄。
4. 同意讓Sun絕育，且不可長期關、綁著Sun，亦不可隨意放養。
5. 為讓中途對您有更深入的瞭解，中途會先有份線上問卷請您填寫。

來信請說明：

a. 個人基本資料：姓名、性別、年齡、家庭狀況、職業與經濟來源等。
b. 想認養Sun的理由。
c. 過去養寵物的經驗，及簡介一下您的飼養環境。
d. 若未來有當兵、結婚、懷孕、畢業、出國或搬家等計劃，將如何安置Sun？

文創風 512

嗆辣美嬌娘 4 完

國家圖書館出版品預行編目資料

嗆辣美嬌娘 / 芳菲著. --
初版. -- 臺北市 : 狗屋, 2017.04
冊 ; 公分. --（文創風）
ISBN 978-986-328-713-1（第4冊：平裝）. --

857.7　　　106002031

著作者	芳菲
編輯	連宓均
校對	沈毓萍　林安祺
發行所	狗屋出版社有限公司
地址	台北市104中山區龍江路71巷15號1樓
電話	02-2776-5889～0
發行字號	局版台業字845號
法律顧問	蕭雄淋律師
總經銷	知遠文化事業有限公司
電話	02-2664-8800
初版	2017年4月
國際書碼	ISBN-13　978-986-328-713-1

本著作物由北京晉江原創網絡科技有限公司授權出版

定價250元

狗屋劃撥帳號：19001626

網址：love.doghouse.com.tw　E-mail：love@doghouse.com.tw